KB247318

마지막 풍수

이 청 지음

마지막 풍수

이 청 지음

도·서·출·판 **문화문고**

차 례

1. 천기누설 6

2. 김홍련화 보살 20

3. 양사백 29

4. 도선(道詵) 43

5. 죽비(竹扉) 59

6. 수경(壽璟) 선생 69

7. 돈의 저주 78

8. 양날의 칼 99

9. 잠자리 114

10. 선언 120

11. 과학자 147

12. 사기꾼들 155

13. 성묘(省墓) 174

14. 무애사(无碍寺) 189

15. 괴물 199

16. 찬란한 노을 208

17. 대통령 219

18. 분노 240

19. 파로호(破虜湖) 249

20. 개벽 271

1.
천기누설

그해 12월은 유난히 추웠다. 대통령 선거는 22일로 예정돼 있었다. 5년마다 생병을 앓듯 치러내던 선거였으나 이번은 조금 달랐다. 지금까지 5년 단임제로 하던 대통령의 임기를 4년으로 축소하는 대신 연임이 가능하도록 헌법을 뜯어고쳤다. 5년 단임제로 한 것은 1987년의 6월항쟁으로 궁지에 몰린 전두환의 5공이 만들어놓고 나간 제도인데(전두환 자신은 7년을 해먹었다) 이제 와서야 뜯어고친 것이었다. 그 때까지 대통령선거와 국회의원 선거의 일정이 어긋나 총선과 대선을 연거푸 치르느라 소모되던 국가적 소란을 어느 정도 줄일 수 있게 되었다. 그리고 대통령은 한 번 당선되면 큰 과오가 없는 이상 연임에 성공하여 8년을 해먹을 수 있는 길이 열린 셈이었다. 임기가 너무 짧아 할 일을 제대로 못했다는 대통령들의 변명은 듣지 않아도 될 것이었다.

그보다 더 중요한 변화가 있었다. 이번의 개헌은 시민혁명이 얻어낸 전리품이었다. 당초 북아프리카에서 일어난 자스민혁명의 불길이 튀니지, 이집트를 휩쓸고 리비아의 가다피를 저승으로 보내더니 시리아, 예멘으로 옮아 붙은 불길이 사우디 왕가를 사막의 모래더미에 처박았고, 내친김에 이란을 거쳐 중앙아시아의 옛 소련에서 독립한 나라를 휩쓸고 나서 중국에 상륙하여 천지개벽을 일으킨 후 태평양을 건너 미국으로 상륙했다. 이 때까지 세계를 휩쓴 혁명의 바람은 '민주화'라는 이름의 바람이었다. 이것이 미국에 가더니 자본주의를 수술해야 한다는 쪽으로 변모되었다. 미국의 자본주의는 말기암 환자처럼 수술대 위에 눕고 말았다. 미국이 자본주의 이후를 모색하기 시작하는 감기 증세를 보이자 대한민국은 폐렴 환자처럼 중병을 앓기 시작했다. 그리하여 거대한 담론이 이루어지고 자본주의를 극복하는 운동이 벌어졌다. 사유재산제도를 부정하고 시장의 역할을 축소시키는 방향으로 세계의 흐름을 대한민국이 한 발 앞질러 나가기 시작한 것이다.

그러므로 이번의 대통령 선거는 대한민국이 자본주의에서 다른 무엇으로 변모하는 과정의 과도기를 이끄는 중요한 임무를 띤 정권을 선택하는 일이었다. 중요한 것은 그것뿐이 아니었다. 북조선인민공화국이 마침내 내부적 모순이 곪아 터지기 시작하여 충성스럽던 군부가 도처에서 반기를 들기 시작하고 죽은 듯이 숨을 죽이고 있던 인민들도 걸핏하면 떼를 지어 거리로 쏟아져 나오기 시작했다. 통일이라는 거대한 민족적 대업을 감당해야 할지도 모르는 대통령을 뽑아야 할 판이었다.

정권을 잡고 있던 보수 여당은 정권을 내놓을 준비가 돼 있었다. 시민단체가 주도한 시민혁명의 결과 개헌을 하게 되었으므로 그런 나라를 이끌어갈 힘도 취향도 여당에게는 없었다. 따라서 이번 대통령 선거는 시민단체가 공동으로 내세운 민권 변호사 출신 여삼락과 제도권의 제1야당 총재인 김서학의 대결로 압축되었다. 종래의 분류법으로 하자면 여당이 맥을 못추는 무주공산에서 야당끼리 대결하는 이상한 선거였다. 어느 날 돌원숭이처럼 평지돌출한 여삼락 변호사보다는 오랜 세월 야당을 이끌며 지역적으로 한반도의 서쪽을 반분하여 지배해 온 김서학 총재의 당선이 거의 확실해 보였다. 누구도 의심하는 사람이 없었다. 그 당의 국회의원들은 정권을 잡으면 무슨 장관으로 기용될 것인지 줄을 대고 알아보느라 부산했고, 장차 기업활동이 어려워질 것을 대비하여 기업인들이 축적해 둔 부를 은닉하기 위하여 해외로 빠져 나가는 단서를 잡아 돈을 뜯어내어 재미를 보는 국회의원도 있었다. 그들은 자본주의가 변하여 다른 무슨 주의니 체제로 바뀌더라도 돈의 위력은 영원하다는 것을 알고 있을 정도로 똑똑했다.

풍수 양사백은 늙은 마누라가 잘 보이지도 않는 눈에 돋보기를 끼고 겨우 짜서 만들어준 감색 목도리를 목 위로 치켜올리고 이른 새벽에 서울역 대합실에 서 있었다. 오래 기다릴 것 없이 합동신문의 편집국장 이동준이 두터운 코트로 온몸을 감싸고 멍게처럼 뒤뚱거리며 2층 계단을 뛰어 올라왔다. 그는 손에 조간신문을 둘둘 말아 쥐고 있었다. 합동신문이었다.

"그놈의 신문 지겹지도 않소?"

영감의 핀잔에 아랑곳하지 않고 이동준은 신문을 펼쳐 보였다.

"여기 뭐가 났어요."

"맨 그 타령인데 뭘. 여론조사 없었으면 신문 뭘로 만들 작정이었
소?"

이동준은 영감의 핀잔은 들은 척도 않고 신문 기사를 설명했다.

"그 여론조사 말입니다. 우리 신문하고 무슨 기관이 합작으로 한 건
데 이상한 현상이 일어나고 있어요."

"뭐가 이상합니까? 김서학 총재가 갑자기 죽기라도 했다는 거요?"

"그 양반은 대통령 한 번 해먹기 전에는 죽지도 못하는 박복한 영감
이고, 그게 아니라 여삼락이 말입니다. 조금씩 야금야금 김총재의 턱밑
에까지 올라왔어요."

큰 활자로 뽑아놓은 수치가 눈에 들어왔다. 김서학 총재 43퍼센트,
여삼락 37퍼센트였다. 여당 후보는 두 자리수를 채우지도 못했다.

"이것 보세요. 공식적인 선거운동이 시작된 이후 두 사람의 격차가
조금씩 줄어들고 있다니까요."

"뭘 걱정해요? 김서학은 아마 여삼락에게 진다면 혁명이라도 일으킬
사람인데."

"그게 문제라니까. 차라리 여당에게 진다면 덜 억울할 텐데 여삼락은
자신이 길러놓은 새파란 놈이거든요. 호랑이 새끼를 잘못 기른 것을 알
고 복장이 터질 지경일 겁니다, 지금."

"복장이 터지건 심장이 터지건 그 사람이 알아서 할 일이고 열차나
탑시다."

고속열차를 탔더니 이동준이 가지고 온 신문을 다 보기도 전에 부산
역에 도착해 있었다. 두 사람은 택시로 서부 버스터미널로 가서 창원행
버스에 올랐다. 창원에서 다시 택시로 대구 쪽으로 가다가 낙동강을 끼

고 한가하게 누워 있는 시골 마을에서 내렸다. 여삼락의 고향 마을이었다. 마을 뒤로 해발 삼백미터급의 산봉우리가 제법 넓은 자락을 펼치고 마을을 보듬어 안고 있었다. 그 뒤로 그보다 좀 더 높은 산이 형님처럼 버티고 서 있었고, 다시 그 뒤를 멀리 소백산맥에서 갈라져 온 준령의 물결이 겹겹이 파도처럼 어디론가 흘러가고 있었다.

"저기 앞에 보이는 작은 산 있지요? 그 뒤를 돌아가면 깊은 골짜기가 구곡수를 이루면서 저 뒤쪽의 산맥으로 파고들어갈 거요. 그곳에 천하 대명당이 숨어 있을 거요."

"어떻게 알아요?"

이동준이 노골적으로 못 믿겠다는 표정을 지으며 물었다.

"가 보면 알게 됩니다."

칠십대 노인이 앞을 서고 오십대 초반의 중년 남자가 그 뒤를 따랐다. 마을 뒷산의 중턱에 어르기도 전에 뒤따르던 중년이 헉헉거렸다.

"아니, 무슨 노인네가 산을 그렇게 잘 타요? 뒤에서 보니 다람쥐처럼 걸어가시네. 좀 쉬었다 갑시다."

숲속의 펑퍼짐한 바위에 엉덩이를 내려놓고 앉았다. 이동준이 지나는 말처럼 했다.

"저는 풍수를 믿지 않습니다만 선생님의 산 타는 능력은 믿을 수밖에 없군요."

"이 국장의 산 타는 모습을 보니 책상 앞에 앉아 담배 연기에 오장육부가 찌들고 저녁에는 또 술판에 앉아 온몸과 마음을 모두 학대하는 대한민국 중년들의 표상을 보는 것 같아 가슴이 아픕니다. 몸과 영혼이 모두 퇴화한 겁니다. 진화해야지 퇴화해서야 되겠습니까?"

"인정합니다. 그렇지 않아도 선생님 뒤를 따라 헉헉거리며 올라오면서 저나름으로 반성하고 결심한 것이 있습니다."

"그게 뭐요?"

"이대로 살아서는 안 되겠다, 앞으로 기자들도 책상머리에서 전화질로 쓰거나 술 마시는 자리에서 뽑아오는 기사는 쓰지 못하게 해야겠다, 뭐 이런 정도의 반성과 결심이었지요. 한데 선생님께서는 이 산너머에 구곡수가 있을 거라고 어떻게 확신하는 겁니까?"

마침 전망이 트이고 산허리를 감돌아 뒤편 산맥 흐름의 윤곽이 들어왔기 때문에 양사백은 설명했다.

"저 멀리 물결처럼 첩첩이 흘러오는 용맥이 보이지요? 저게 동쪽에서 서쪽으로 뻗어가는 종조산(宗祖山)의 맥입니다. 거기서 서남쪽으로 갈래져서 흘러온 것이 조산(祖山)이고 조산에서 방향을 틀어 주산(主山)이 달려옵니다. 그 기상이 꿈틀거리는 거대한 용과 같으니 하락리수(河洛理數)에 맞는 태교혈(胎交穴)을 빚을 자리가 분명합니다."

"하락리수는 뭐고 태교혈은 뭡니까?"

"하락리수는 하도(河圖)와 낙서(洛書)에 나오는 기본 수치인데 합하여 15가 되는 수를 말합니다. 종조산에서 조산과 주산으로 뻗어오는 용맥의 역학(易學) 수치가 합하여 15가 된다는 말이지요. 그 아래에 필시 생기가 넘치는 대명당 진혈(眞穴)이 있다는 것이 선인들의 관찰 기록입니다."

"그런데 산 아래에서 척 보기만 하면 하락리수가 일치하는지 알 수가 있습니까?"

"이 국장은 어느 지역의 경찰서 유치장에 갇혀 있는 사소한 범죄인

의 이야기를 초임 기자들이 물고 오면 그것만 보고도 대뜸 우리 사회의
병리를 짚어내지 않습니까?"

"알겠습니다. 제가 무례를 범했으니 앞으로는 선생님의 말씀과 능력
을 절반 쯤은 믿기로 하겠습니다. 절반입니다, 아시겠지요?"

"맘대로 하시구랴."

다시 걸었다. 산은 작은 봉우리의 정상에 올라서서 이제 다 왔다 하
는 순간 다시 더 큰 봉우리가 이어지고 거기에 오르면 다시 또 더 큰 봉
우리가 이어지는 법이지만 그런 봉우리들도 언젠가는 끝이 있는 법이
어서 마침내 내리막길을 걷게 되는 법이었다. 이동준은 그런 각오로 영
감의 뒤를 따르고 있었다. 예상했던 그대로였다. 마을 뒤편을 감싸고 있
던 얕은 봉우리는 이제 시작에 지나지 않았다. 봉우리를 넘으니 새로운
봉우리가 도무지 어디가 시작이고 어디가 끝인지 알 수도 없을 정도로
첩첩이 이어지고 있었고, 그 봉우리들 사이로 흐르는 계곡수를 따라 가
늘게 길이 나 있었다.

"이걸 구곡수(九曲水)라 합니다. 저 안에 필시 대명당을 감추어놓고
있을 겁니다."

양사백이 지도를 펼쳐놓고 들여다보면서 말했다.

"여기 이 점이 여삼락의 증조부 여상(呂尙)의 묘소 자립니다. 지도상
으로 보기에도 명당 진혈이 틀림없어요. 풍수로 살아온지 오래 되었으
나 이런 대명당을 만나보기는 쉽지 않았거든요."

"아직 보지도 않고 대명당이니 소명당이니 하는 것은 괜한 소리 아
닙니까?"

이동준이 비아냥거렸다.

"국세(局勢)라는 것이 있어요. 형국(形局)이라고도 합니다. 형국이 갖추어져야 진혈(眞穴)이 있는 법이고 진혈이 있어야 형국이 비로소 생명력을 얻는 것입니다."

양사백은 참을성 있게 설명해 주고 있었다.

"하, 그러니까 형국과 혈의 관계는 여자의 생김새하고 음부와 같은 것이군요. 제아무리 잘 생기고 몸매가 좋으면 뭘합니까. 거길 잘라내거나 꿰매버린 아프리카나 중동 여자들처럼요. 그래서 명당을 옥문(玉門)이라고도 하는 겁니까?"

"이 국장, 당신은 여자의 그 물건을 숭배하는 사람, 맞지요?"

"천만에요. 저는 여자의 거기가 없어도 사랑할 수 있습니다. 됐어요?"

"거짓말하고 있다고 얼굴에 씌어 있어요. 입 다물고 걸읍시다. 거의 다 온 것 같아요."

구곡수라 하나 벌써 열 몇 번째 물굽이를 돌아 깊은 골짜기로 파고들어 온 셈이었다. 이동준이 그 얘기를 꺼내려는데 양사백이 계곡 건너편에 주먹을 불끈 쥐고 있는 형상의 작은 봉우리를 가리켰다.

"다 온 것 같습니다."

널바위를 건너뛰어 맞은편 산자락으로 들어갔다.

"여기가 사람의 팔로 치면 손목인 셈이고 두상으로 치면 목(咽喉)에 해당하는 부분입니다. 그래서 풍수 용어로 결인(結咽)이라고 부릅니다. 아무리 행룡(行龍)이 그럴듯해도 결인이 없으면 혈도 없습니다. 지도에 표시된 여삼락의 증조부 묘소가 저 안에 있는 것이 분명하고 이곳에 주먹을 힘차게 불끈 쥔 것 같은 형상의 결인이 있고, 맞은편 안산(案山)이

저리 수려한데다 청룡 백호가 뚜렷하게 감싸고 돌았고 계곡수가 내 앞으로 흘러 들어오니 풍수 관점에서 최상의 조건을 두루 갖춘 자리가 틀림이 없어요. 한 가지, 딱 한 가지 흠이라면 안산이 중간에 끊어진 것처럼 움푹 파인 것인데, 어쨌든 올라가 봅시다.”

소나무가 제법 울울하게 들어선 산이었다. 여삼락의 증조부 여상과 증조모의 합장 묘소는 그 소나무 숲이 조금 끊어진 듯한 산중턱에 있었다. 옛날에는 지지리도 못살았던 가난의 땟국이 무덤에 그대로 드러나 보였다. 봉분은 찌그러져 있었고, 겨우 작은 돌 하나에 글자를 새겨넣은 비석은 풍상에 마모되어 제대로 알아보기 힘들 정도였다. 억지로 새기면서 읽어보니 여삼락의 증조부 여상의 묘소가 분명했다. 옆줄에는 ‘배 나주 임씨(配 羅州林氏)라고 새겨져 있어 여상과 그의 부인 나주 임씨의 합장묘임을 밝혀주고 있었다.

묘소의 주인을 확인한 양사백이 허리를 펴고 안산과 현무(玄武)를 살펴보았다. 그런 다음 무덤 앞의 작은 전정(前庭)에 퍼질러 앉았다.

“설명해 주십시오.”

이동준이 양사백의 입술을 지켜보았다.

“믿지도 않는 풍수의 얘기를 들어서 뭘 하겠다고 그러시오?”

“세상 살자면 꼭 믿는 얘기만 듣고 사는 것은 아니지 않습니까. 듣자니까 교회 목사 중 상당수가 하나님의 존재를 믿지 않는다 하고 중들 중에 상당수가 성불을 믿지 않는다고 합디다. 하물며 풍수를 믿지 않는다 하여 서울에서 여기까지 따라온 저를 나무랄 필요가 있겠습니까.”

“듣고 보니 그럴듯한 말이오. 자, 그러면 믿거나 말거나 내가 얘기하리다. 이 국장이 풍수를 믿지 않기 때문에 이야기를 하는 것입니다. 무슨 말인지 이해하십니까?"

"이해합니다. 듣고나서 잊어버려라, 그 말이지요?"

'맞습니다. 풍수의 헛소리니 잊어버리시오. 그럼 그럴 줄 알고 이야기 하겠소. 저 뒷산을 보시오. 병풍처럼 이 지점을 에워싸듯 길게 두른 산세를. 그것이 연장되어 청룡도 되고 백호가 되어 바람을 갈무리(藏風)했습니다. 저것을 어병(御屛)이라 합니다. 만인지상(萬人之上), 즉 임금의 옥좌를 에워싸고 두른 병풍을 상징합니다. 저 상징이 맞다면 이 묘소의 후손은 만인지상이 됩니다. 요즘 용어로는 대통령이지요. 그러나 정말 안타깝습니다. 어병의 좌측 중간이 푹 꺼져 있는데 대통령을 하다가 중도에 그만두는 역사상 처음 있는 기이한 일이 벌어질 겁니다. 안산도 정말 수려한 외관이지만 속살에 흠결이 보입니다. 저것 역시 단명 대통령이 될 것이라는 예고입니다. 자, 이 말을 당신네 신문에서 기사 쓰는 방식으로 표현하면 어떻게 됩니까?"

"기사가 되지 않습니다. 사실을 입증할 무슨 단서가 없기 때문입니다."

"그럼 됐소. 여기까지 하고, 우리 그만 오늘 일은 잊어버립시다."

"이세 전붑니까?"

"전붑니다. 굳이 풍수 용어로 말하자면 이 자리를 빚은 형국은 회룡고조형(回龍顧祖形)의 전형입니다. 그리고 이 묘소의 한가운데로 강한 생기(生氣)가 무서운 기세로 뻗어나오고 있습니다. 자손 중 한 사람이 만인지상에 오르지 않을 수 없는 운명입니다. 그러나,"

"뭡니까?"

"주역(周易) 건위천괘(乾爲天卦)의 상구(上九) 효(爻)에 대해 주공(周

公)이 지은 효사(爻辭)에 항룡-유회(亢龍有悔)라는 말이 나옵니다.”

“무슨 뜻입니까?”

“너무 높이 날아오른 용은 후회한다, 뭐 그런 뜻이겠지요. 하늘 끝까지 날아오르면 뭐가 있을까요? 허무한 공간일 테지요.”

“여삼락, 개인의 운명은 어떻게 됩니까? 그는 아직 젊습니다. 단명 대통령이라니, 그 후에는 어떻게 됩니까?”

“나는 점쟁이가 아닙니다. 풍수는 여기까지입니다. 그 후의 일은 여삼락 스스로 만들어 나가겠지요.”

이동준은 입이 무거운 사람이었다. 그리고 자신의 말대로 풍수를 믿지 않았다. 지기(地氣)가 살아 있는 사람의 길흉에 영향을 준다는 인과관계를 과학적, 합리적으로 설명해 주지 못하는 한 풍수를 절대로 믿지 않겠다는 생각에는 변함이 없었다. 그러면서도 양사백과 함께 여삼락의 고향과 선산을 답산한 것은 그저 단순한 호기심 때문이었다. 여론조사에서 지난 1년 동안 줄곧 1위를 지켜온 김서학 총재를 물리치고 시민후보 여삼락이 대통령에 당선된다는 것부터가 지나친 상상력의 소치였다. 신문도 예상을 할 수는 있다. 그러나 공상소설을 쓸 수는 없는 것이다. 하물며 인간 세상과 아무런 상관도 없는 산세의 형상을 의인화하여 미래를 예단한다는 것이 얼마나 황당한 일인가.

그는 양사백과 함께 여삼락의 고향에 갔다 온 후 사흘 동안 마음 속에서 풍수의 헛소리를 말끔하게 청소해 버렸다. 사흘이 지나고 풍수의 예언을 완전히 잊었다고 생각할 무렵 그는 지방검찰청장으로 있는 옛 친구와 술을 마셨다.

“이봐, 이 국장. 뭐가 보여?”

"아무것도 안 보이는데?"

"그렇지? 자네 눈에도 아무것도 안 보이지? 안개가 워낙 자욱해서 말이야."

"자넨 뭐가 하고 싶어?"

동준이 물었다. 아직 취하지는 않았으나 두 사람 모두 술을 빙자하여 약간 풀어지고 싶은 기분이었다.

"총장."

친구가 서슴없이 대답했다.

"그렇다면 여삼락에게 줄을 대 봐."

이동준이 지나는 말처럼 했다.

"에이, 이 사람. 농담이지? 아니야? 자네 표정 보니 정말인가 보네?"

"그래, 정말이야. 다음 대통령은 여삼락이야."

"김서학은 뭐하고? 잠이나 자나?"

"김서학은 아날로그 정치의 한 부분이지. 여삼락은 디지털시대의 새로운 타입이야. 문명은 바야흐로 디지털시대인데 정치만 아날로그에 머물 수는 없는 일 아닌가?"

"그게 전부야? 여삼락이 대통령 된다는 이유가?"

"또 있어. 유명한 풍수 영감하고 며칠 전에 여삼락의 고향 선산을 답산했는데, 만인시상을 낳을 천하대명당이라는 거야. 그 양반의 증조부모 묘소가."

"자네, 도참을 믿나?"

"아니, 자네는 뭘 믿나?"

"나도 자네와 마찬가지로 사실을 믿었네. 그런데 요즘 와서 사실이라는 것에 대한 확신이 없어졌어. 눈에 보이는 것만 사실이라면 얼마나 좋겠나."

둘이 함께 잔을 비웠다. 두 사람 다 이마가 따뜻해지고 있었다.

"자네 오늘 말한 것에 대해 근거를 대 줄 수 있나?"

"무슨 말? 여삼락?"

"당선된다는 것하고, 단명할 것이라는 것하고. 두 가지 다 무당이나 미아리 점쟁이 수준이긴 하지만."

"풍수에게 들었어."

"힉, 그것 보라구. 헛소리야. 기껏 풍수라니. 난 또 북쪽 아이들이 무슨 장난을 치겠다는 정보라도 입수한 줄 알았어."

"웃자."

두 사람은 웃고 또 마셨다. 이제부터는 술이 술을 마실 차례였다.

지방에서 검찰청장을 하는 친구도 풍수라는 말만 듣고도 실소를 했으므로 이 소문이 퍼져나가게 되리라고는 상상도 하지 않았다. 그러나 이동준의 이 생각은 착각이었다. 조간신문 마감시간이 촉박했으므로 여느 때처럼 정신이 없는데 문화부장이 할 일 없는 사람처럼 뒷짐을 지고 어슬렁거리며 걸어오더니 책상 앞에 섰다.

"국장님. 여삼락의 족보를 캐볼까 합니다."

"갑자기, 왜?"

"그가 대통령 된다는 소문이 돌고 있어요. 혹시 압니까. 천지가 개벽할지. 그래서 그의 족보와 출생 및 성장 신화를 만들어 두려고요."

"누가 그래? 여삼락이 된다고."

"풍수가 그랬다는데요."

“풍수?”

“들으셨군요?”

“아니, 김 부장은 풍수를 믿나?”

“믿을 것이 아무것도 없으니 개가 짖어도 이상한 징조 아닌가 하고 귀를 기울이게 됩니다. 우리 시대에 믿을 것이 너무 없거든요.”

“어차피 후보들에 대해 모두 기사를 준비해 둬야지, 새삼 왜 그래?”

“저도 모르겠어요. 어쩐지 풍수의 말이 맞을 것 같거든요.”

“자네 여기 때려치우고 풍수로 나서려는가?”

“협박하시는군요. 그런 국장님도 풍수 말에 귀를 기울이고 계시지요?”

“대체 어디서 나온 얘긴가?”

“검찰청 주변에서 흘러나온 얘긴데 신빙성이 있다고들 합니다.”

“검찰?”

“예, 검찰.”

검찰은 비교적 똑똑한 사람들이 모여 있는 곳이다. 적어도 근거 없는 유언비어 따위가 돌아다닐 동네가 아니다. 그런데도 그쪽 사람들이 수근대는 소리를 줄입기자들이 귓등으로 듣고 와서 부장이라는 자가 듣고 다닐 정도라면 이건 좀 심각한 질병이었다. 의사들이 예측하지 못한 질병을 괴질이라 부르는 것처럼 이 현상은 괴질의 일종이었다.

2.
김홍련화 보살

양력으로 섣달 초이틀, 대통령 선거를 이십일 앞둔 그날 태백산 속 무애사(無碍寺)는 깊은 겨울 속에 누워 있었다. 마당에 내려앉은 하얀 서릿발을 까맣게 윤이 흐르는 자동차가 굵은 바퀴 자국을 내면서 지나갔다. 서울 번호판이었다. 꽁무니를 물고 강원도 번호판의 자동차가 한 대 들어오고 그 뒤를 서울 번호판의 자동차 한 대가 더 들어왔다. 대웅전 앞의 주차장은 금방 자동차로 가득찼다.

대웅전 뒤의 요사 함열당(含悅堂)에서 총무 스님 정관이 손바닥을 삭삭 부비면서 종종걸음으로 달려나왔다.

"생각보다 일찍 오셨군요."

"태백산이 아득한 줄 알았는데 서울에서 지척이구만."

서울 번호판의 자동차에서 내린 국회의원 소기섭이 맑고 차가운 산 속의 공기를 폐부 깊이 빨아들이면서 말했다.

"옛날에는, 아니지요, 얼마 전까지만 해도 아득한 산골이었습니다. 한데 요즘은 도로가 좋아져서 이 작은 땅덩어리 어디에도 숨을 곳이 없어졌습니다."

"스님들이 숨어 살아야 할 이유가 뭡니까? 혹 죄를 지으셨습니까?"

"마음 속 악마가 열 두 마리 쯤 됩니다."

"호, 그렇게나 많아요?"

"큰스님께서는 조금 전 기침하셨습니다. 곧 염화실로 나오실 겁니다."

뒤따라 온 자동차에서 내린 사람들이 허리를 절반으로 꺾은 채 걸어와 소기섭에게 인사를 했다. 그 자신도 도당 위원장으로 같은 국회의원 뱃지를 달고 있으면서도 중앙당 정책의장 간판에다 총재의 최측근으로 알려져 있는 소기섭 앞에서는 천리 밖에서부터 기어올 수 밖에 없는 몸입니다 하는 자세였다. 그 뒤에 따라온 자동차에서는 사십 대의 젊은 남자가 내렸다. 그는 국회의원 뱃지를 달고 있지는 않았으나 아버지로부터 큰 기업을 물려받아 황제노릇을 해 보니 지루해져서 정치나 해볼까 하여 공천의 물꼬를 틀어쥐고 있는 소기섭의 꽁무니를 졸졸 따라다니고 있는 중이었다. 소기섭이 도당위원장 정상봉과 기업인 유진영을 서로 소개시키고, 이어서 정관 스님에게 그들을 일일이 소개하는 절차가 끝나자 일행은 대웅전을 옆으로 끼고 돌아 함열당으로 들어갔다.

서양식으로 지은 이층 집이었다. 유진영은 함열당 건물을 한눈에 담았다. 지난 봄 소기섭이 보내온 메모를 보고 계열사 중 건설회사 사장을 불러 이 집을 지어주도록 지시했으나 눈으로 확인한 것은 처음이었다. 소기섭도 유진영의 마음 속을 읽고 있다는 듯 현관 앞에서 걸음을 멈추고 돌아보았다.

"유 회장의 보시로 지은 집입니다. 역시 잘 지었어요."

태백산의 산세와 그 속에 깊이 파묻힌 산사의 전체적인 가람 배치와 어울리지 않는다는 느낌이었으나 유진영은 말을 밖으로 내뱉지는 않았다. 속으로 '천박한 놈들' 했을 뿐이었다.

함열당의 구조는 보통 서양식의 가옥과 비슷했다. 현관의 공간을 일부러 키워 양쪽 벽에 커다란 그림을 걸어놓았는데 한쪽은 포대화상을 그린 중국 그림이었고, 또 한쪽은 조선시대 후반에 활약한 한국화가의 산수화였다. 건축비의 내역에 그림 값이 포함돼 있던 것을 유진영은 기억해 내고 그림을 유심히 살펴 봤다. 아무나 그릴 수 있을 것 같은 그림이었다. 아무나 그리지는 못하더라도 그 정도로 거액을 드릴만한 가치가 있을까, 그런 가치가 있다 하더라도 현관 벽에 걸어놓기에는 어딘지 어울리지 않는다는 생각이었다. 하여튼 이 무애사 전체가 어울리지 않는 한 폭의 그림 같다는 느낌이 아까부터 뒷덜미에 달라붙어 있었다.

일반 주택이라면 거실에 해당하는 공간에 염화실이라는 편액이 붙어 있었다. 정관 스님의 안내로 방문객들이 둥근 탁자를 가운데 두고 빙 둘러 앉자 승복을 곱게 입은 젊은 여자가 녹차를 내 왔다. 소기섭은 여자의 얼굴에 눈길을 멈추었고, 정상봉은 그녀의 허리와 엉덩이에 눈을 주었다가 재빨리 거두었고, 유진영은 찻잔을 옮기는 그녀의 가느다란 손등을 바라보고 있었다.

유진영의 머리 속으로 번개같이 스쳐가는 생각이 있었다.

'무애 스님 속세 나이가 일흔 중반이라 했었지? 노인들은 새벽잠이 없는데 이 노인이 서울에서 손님이 여기까지 당도했는데도 아직 이불 속에 들어 있었다면 그 원인이 이 여자에게 있었던 것은 아닐까? 손가락 움직이는 모습하며 촉촉한 입술하며 엄청 밝힐 것 같은 여잔데 노인이 감당하기 벅차지 않을까?'

"김홍련화(金紅蓮花) 보살님이십니다."

정관이 여자를 소개했다. 홍련이든 청련이든 이 젊은 여자가 산중 사찰에서 무슨 소임을 맡고 있는지 그것까지 일러야 마땅한데 정관은 그저 이름만 밝히고 끝이었다. 나머지는 알아서 짐작들 하시라, 그런 식이었다. 내실 쪽 출입구로 조실 무애(無涯) 스님이 들어왔다. 칠십대 중반의 나이 답지 않게 강한 허벅지와 꼿꼿한 허리를 가지고 있는 노인이었다. 입을 열자 목소리에도 힘이 실려 있었다,

"멀리서 반가운 손님들이 오셨구만. 고뿔이 들어서 새벽녘에야 잠이 들어 이제 일어났어요. 이거 미안합니다."

말은 그렇게 했지만 별로 미안해 하는 기색은 아니었다. 이어서 단도직입으로 본론으로 말을 이끌었다.

"어제 신문에서 봤어요. 총재님께서 이번에는 자신만만하시더만. 그렇게 될 겁니다. 운이 돌아왔어요. 누구도 거역할 수 없는 운이."

"낙관만 하기는 이릅니다. 우리 총재님에게는 열렬한 지지자들 못지않게 그보다 수적으로 약간 우세한 그악스런 안티그룹이 있거든요. 이 사람들이 똘똘 뭉치면 절대로 안 됩니다. 그래서 말씀인데 스님께서 게송을 하나 내려주시면 저희를 돕는 신문 잡지에서 은근하게 써먹도록 할 것입니다. 스님의 예지력은 이미 너무나 유명해서 폭발적인 효과가

있을 겁니다. 문제는, 여당은 이번 선거를 포기한 듯하지만 같은 야당의 시민후보로 등장한 여삼락이 꺼끄러운 상대로 떠오르고 있습니다."

"......?"

소기섭은 일단 말을 꺼내놓았으니 주저할 까닭이 없다는 듯 거침없이 말을 이었다.

"얼마 전에 얼빠진 풍수 한 사람이 여삼락의 선영에 갔다 와서 만인지상의 인물이 날 거라고 했다는 말이 온 세상에 떠돌아다니고 있습니다. 이에는 이, 칼에는 칼이라는 논리에 따라 풍수의 헛소리를 잠 재우기 위해서도 스님의 게송이 절실하게 필요하게 됐습니다."

"날더러 학생들 작문하듯이 억지로 게송을 만들어라, 그 말씀이오?"

"억지가 아니라 판을 만들어 보자, 그 말씀이지요."

"그게 그 소리지. 총재님의 뜻이오?"

"총재님께서는 모르고 계십니다."

"그럼 누구의 머리에서 그런 귀신이 곡할 아이디어가 나온 거요?"

"참모들 모두의 생각입니다. 최초 발상이 누구냐 하는 것은 이제 중요하지 않습니다."

"안 돼요."

무애 스님이 고개를 오른편 벽쪽으로 돌렸기 때문에 모두 그쪽으로 고개를 돌렸다. 벽 뿐이었다.

"총재님께서 직접 오셔서 부탁을 해도 안 되는 일은 안 됩니다. 이보시오, 소의원님, 정치하는 사람들은 세상이 모두 자기들 중심으로 돌아가고 있는 줄로 착각들을 하는데 세상은 그렇게 돌고 있는 것 아닙니다."

"알고 있습니다."

소기섭의 목소리는 어름처럼 차갑게 식어 있었다.

"조금 전에 저희에게 차를 대접하신 분이 김홍련화 보살 맞지요? 그분의 속명이 김연숙이고, 부모는 보령에서 과수원 하는 분들 맞지요?"

"보살의 신상을 나보다 더 잘 알고 계시누만."

"그냥 보살이 아닙니다. 우리 당에 젊은 사람들이 많습니다. 그 중에 저 보살님, 김연숙에 대해 시시콜콜하게 알고 있는 친구가 하나 있습니다. 그의 말에 따르면 스님의 아들 두 사람 중 하나가 서울에서 대학 다닐 때 김연숙이라는 여학생과 동거를 했습니다. 어느 해 여름 아들은 아버지에게 자신의 여자를 선보이기 위해 태백산 속의 절로 데리고 왔습니다. 절에 온 젊은 여자는 여름방학이 끝나고 학교로 돌아가야 하는 날짜가 되었는데도 서울로 돌아가지 않았습니다. 아들이 수상하게 생각하고 살펴보니 그 여자가 아버지 스님과 한 이불을 덮고 있는 것을 목격했어요. 그 여자는 곧 머리를 깎고 출가하는 형식을 취하여 계속 절에 남았습니다. 그 다음부터가 참으로 이상한데 아들도 출가하여 중이 되었고 아버지는 큰스님 소리를 들으며 사회적으로 이름이 알려진 명사가 되었지만 그 여인은 아예 환속하여 보살의 이름으로 절간의 안방을 차지하고 앉아 아버지와 아들을 번갈아 만난다는 소문이 있습니다. 하도 희한한 일이라 말 같지 않다 하여 밀쳐버리고 싶지만 스님께서 조금 전에 워낙 단호하게 말씀 하시니 우리도 이 일에 관심을 가지고 지켜볼 밖에요."

"내가 진실을 말씀 드려도 믿지 않을 것이니 더 이야기할 것 없고, 그래, 내가 게송을 만들어 발표한다면 당신들은 무엇을 해줄 생각이오?"

“역시 스님께서는 머리가 잘 도십니다. 저희 총재님께서 입만 열면 스님을 우리 시대 최고의 도인이자 믿을 수 있는 동지라고 하시는 말씀이 빈 말 아님을 알겠습니다. 세상에 그냥 되는 일이 어디 있습니까. 다행히 이곳 무애사의 당우는 그럭저럭 배치가 완료 되었으나 여기까지 오면서 보니 영동고속도로에서 내린 후 국도와 지방도로를 이어서 달리다가 마지막 십오 킬로미터 정도는 산길 소로라, 겨울에 눈이 오거나 여름 장마 때는 이용하기 어려울 것 같더군요. 이런 곳을 포장하여 불법을 널리 홍포해야 그게 올바른 정치지요.”

“좋습니다. 그럼 총재님께서 대통령 당선되어 당신들이 정권을 잡으면 무애사 들어오는 진입로 십오킬로미터를 포장해 주어야 합니다. 믿을 수 있겠소?”

“이차선 도로 십오킬로 정도 포장도 못하는 권력을 권력이라 할 수 있겠습니까. 한데 그 게송을 지금 좀 들어볼 수 없을까요?”

“그러지요.”

무애 스님은 목소리를 가다듬더니 게송을 읊었다.

“비에 젖은 나그네 오얏나무 아래서 울고

삿갓 쓴 저 농부 홀로 웃음 짓네.“

“좋습니다. 역시 스님이십니다.”

“너무 티가 나지 않습니까. 지난 번 대선 때 스님께서 발표하신 게송은 너무 어려워서 해설을 듣고도 무슨 뜻인지 모르겠더라고요. 노스트라다무스의 예언서도 알쏭달쏭한 것이 생명력이고, 정감록도 그렇지요. 하여튼 천기누설이란 다양한 해석이 가능하도록 만들어진 언어의 요술이거든요. 한데 지금 읊으신 게송은 이가는 물먹고 김가가 된다, 어린아이도 짐작할 수 있는 문구입니다. 불신 받지 않을까 걱정됩니다. 또 지금의 판세는 여당의 이가가 문제가 아니라 같은 야권의 여삼락이 더 껄끄러운 경쟁 상대로 드러나고 있습니다.”

“그래도 과녁은 여당에 맞추어야지요. 요점은 김씨 성을 가진 분이 대통령으로 된다는 점만 강조하면 되는 겁니다. 여삼락이 신경 쓰이면 그 사람하고의 관계는 총재님의 정치력이자 소의원님의 정치력이 어느 정도 발휘되느냐에 따라 결판 나겠지요.”

“맞습니다. 큰 깨달음을 주셨습니다. 게송도 아주 마음에 듭니다. 명확한 메시지, 파괴력이 엄청날 것입니다. 다만 이것을 언제 어떤 방법으로 유포시키느냐, 이것이 기술적인 문제입니다. 기자들을 제가 몰아 올 테니 스님께서는 마지 못한 듯 이 게송을 내놓으셔야 합니다. 기자들이 제 스스로의 머리로 뭔가 발견한 것처럼 감동 받게 만들어주어야 합니다. 기술적인 문제라 하는 것은 바로 이 대목입니다.”

“맞는 말이오. 기왕 일이 이렇게 되었으니 잘해 봅시다. 이 자리에 계신 분들 오늘 얘기는 못들은 걸로 합시다. 한 가지 찜찜한 일이, 양사백이라는 풍수가 있습니다. 그가 여삼락의 선영을 살펴보고 만인지상이라 했으면 그냥 웃고 넘길 일이 아니거든요. 다른 사람은 몰라도 나는 양사백을 잘 압니다. 그는 신통력이 있어서 오늘 여기서 일어난 일도 누구에게 듣지 않고도 훤히 꿰뚫고 있을 사람입니다. 그 자가 훼방을 놓겠다고 작심하면 일이 우리 생각대로 굴러가지 않을 수도 있어요.”

“양사백 선생에 대해서는 알고 있습니다.

“그 자를 알아요?”“총재님의 뿌리에 대해 강한 의문을 제기하고 있는 핵심 인물입니다. 우리 국민들은 뿌리에 대한 집착이 강해서 양사백이 내놓은 의혹이 크게 부풀려지면 좋지 않은 영향을 끼치게 될 거라고 봅니다. 하나 염려 놓으십시오. 그런 자를 적당히 주물러 놓는 전문가들이 또 있으니까요."

"도대체 정당 안에는 없는 것이 뭐요?"

"세상에 있을만한 것은 정당에도 다 있어요."

소기섭은 정상봉을 돌아보았다.

"정 의원, 밖에 나가 자동차에 대기하고 있는 김 비서한테 준비해온 서류를 갖다 달라고 부탁 좀 해 주시겠소?"

정 의원은 말없이 고개를 꾸벅이고 자신이 직접 밖으로 나가더니 잠시 후에 노란 서류봉투를 들고 들어왔다. 그 속에서 제법 두툼한 두 통의 보고서가 나왔다. 풍수 양사백에 대한 조사 보고서였다. 소기섭은 그 중 한 권을 무애 스님에게 내밀었다.

3.
양사백

그가 태어난 때는 일제시대가 말기로 가던 1936년, 태어난 곳은 전라남도 구례군 지리산 남쪽 자락의 화엄사 아랫마을이었다.

영웅 호걸이 태어나면 으레 그에 상응하는 태몽과 탄생 설화가 따르는 법인데 평범하다 못해 지나치게 평범한 양사백의 경우 출생 설화는 당연히 없고 다만 그의 모친이 꿈에 개를 보았다고 했다. 태몽은 '개꿈'이었다. 개꿈은 꿈 축에도 끼지 못하는 하지하(下之下) 등급이라 그런 꿈이 있었다는 것조차 잊고 살았다. 그러다가 일흔이 넘은 나이에야 풍수 노릇하느라고 부지런히 발품 팔고 다니던 중 어느 산사에서 스님에게 개꿈 얘기를 했더니 그 스님 얘기가

"개는 충성스럽고 의리 있고, 부지런하고 제 목숨을 바쳐 주인을 돕

는 영물이니 선생 또한 이 땅의 주인인 백성을 잘 살게 하려고 공익풍수를 주창하고 실천하니 그 꿈이 딱 들어맞는구만요. 개꿈이 나쁜 꿈 아닙니다."

그 말 들은 후로 그는 가끔 어머니가 들려주었다는 태몽 이야기를 한다. 개꿈에 대한 일반 상식이 얼마나 잘못된 것인지에 대한 설명과 함께.

개꿈을 꾸었든 용꿈을 꾸었든 그가 장남으로 태어나고 보니 집안은 똥구멍이 찢어질 정도로 가난했다. 땅 뙈기라고는 송곳 꽂을 땅도 없었다. 가뜩이나 지리산 아랫자락의 헐벗은 산을 개간하여 밭도 만들고 골짜기에는 논도 만들어 버즘처럼 붙어 사는 마을인데 그 중에서도 자갈밭 한 뙈기 없는 그의 부모들은 산다기보다 목숨 줄 놓지 않기 위해 간신히 썩은 새끼줄이라도 붙들고 연명하는 수준이었다. 산과 들에서 뜯어온 나물 비슷한 것을 넣고 밀기울이나 보리 몇 알 섞어 바가지 물을 붓고 끓여낸 갱죽이 고작이었다. 영양도 없는 물로만 배를 채우다 보니 아이들은 뱃가죽만 늘어나 배가 공처럼 부풀어 올랐고 물 오른 소나무 어린 가지나 풀숲에 통통하게 알을 밴 삐기만 보면 환장한 것처럼 달려들어 씹어 목구멍으로 넘겼다.

봄이면 작은 막대기 하나 들고 온 들판을 헤매며 개구리 잡기에 열중했다. 풀섶에서 폴짝 뛰어올라 오줌을 싸고 도망가는 놈을 쫓아가서 막대기로 때려 죽이고 윗부분은 버리고 아래쪽 두 다리만 풀 줄기에 꿰어 들고 집으로 돌아오면 어머니는 그 소중한 단백질 덩어리에 소금을 조금 뿌린 후 밥을 짓던 화덕의 불에 올려 구워주었다. 가을에는 어딜 가도 메뚜기가 지천이었다. 알을 베어 통통한 놈도 있었다. 이것들 역시 풀줄기에 꿰어들고 와서 화덕불에 올려 구워 먹었다. 더러 너무 타서 재가 돼버린 놈도 있었다. 그것도 두 손바닥으로 부벼서 재를 털어내고 입안으로 밀어넣었다.

양식이라는 것은 있을 때보다 없을 때가 더 많았다. 그러므로 먹을 것이 없는 것이 정상이었다. 피죽이라도 끓이자면 낱알 곡식이 조금은 있어야 하는데 그마저 떨어지면 어머니는 어린 아들 양사백에게 바가지를 손에 쥐어주고 건너마을 늙은 농부에게 시집 간 맏딸네가 사는 집으로 보내는 것이었다. 쌀 몇 줌이라도 얻어오라는 심부름이었다. 그런 심부름을 갈 때가 정말이지 싫었다. 온 가족이 굶주린 배를 안고 자신이 가지고 올 곡식을 기다리고 있는 것을 생각하고 싫더라도 내색을 않고 바가지나 자루 같은 것을 들고 누님이 사는 집으로 가긴 갔으나 누님네 살림도 변변치 못했고, 늙은 자형의 눈치를 봐야하니 그것도 못할 짓이었다. 누님네집에 도착하여 쌀 몇 줌 주기를 기다려 마당 한옆에 서 있을 때의 참담한 심정은 칠십년이 지난 지금도 잊혀지지 않는 삽화였다.

물에 사는 고동도 제 몸에 맞는 껍질을 구하여 들어가 산다. 그러나 가난한 사람은 들어가 누울 집이 없었다. 내 집은 가져본 적도 없고 남의 집 곁방을 빌어 살거나 누가 버리고 간, 찌그러져가는 초가가 그들의 보금자리였다. 수리조합 사택, 빈집에 들어가 살 때는 온 세상이 내 것이 된 것 같은 착각이 들 정도였다.

대체 가난하다는 것은 무엇을 말함이며 어떻게 발생하는가. 즉 사람은 어떤 과정을 거쳐 가난해지는가. 양사백의 가난은 그 자신이 만든 것이 아니었으나 견디기 힘들기는 마찬가지였고 가난에 대한 근본원인을 알고싶다는 욕망을 지니게 했다.

　사백의 부모는 지리산 아랫마을에서는 워낙 땅이 척박하고 한계가 있어 날품을 팔아 식구들 입 살리기도 힘들다는 판단 아래 전라북도 김제의 만경평야 어귀에 있는 마을로 이사를 한 일이 있었다. 그러나 아무리 땅이 넓고 기름지다고 해도 내 것이 없어 가난하기는 어디서나 마찬가지였다. 그 사실을 깨달았을 때 양씨 부부는 떠날 때와 마찬가지로 빈손만 들고 고향으로 돌아왔다. 그들이 고향에 되돌아왔을 때 사백의 나이 아홉 살이었다. 일제는 조선 반도를 문화적으로 완전히 동화시키기 위해 보통교육을 실시키로 하고 전국에 보통학교를 세웠다. 나중에 국민학교가 되었다가 얼마 전부터 초등학교로 개칭한 바로 그 학교였다. 물론 사백의 부모는 아들을 신식교육기관인 보통학교에도 보내지 못했고, 구식으로 천자문을 가르치는 서당에도 보내지 못했다. 입학 학령이 되었으나 글을 읽고 쓴다는 것은 사백에게 너무나 호사스런 일이었다.

　그 해 여름, 마을에 떠돌이 영감 한 사람이 바람에 떠밀리듯 어디선가 흘러 들어왔다. 그 무렵만 해도 나그네가 오면 먹여주고 재워주던 아름다운 전통이 살아 있을 때였다. 마을에서 좀 산다는 집에서 거둘 것이로되 그럴만한 집이 없어 하는 수 없이 영감은 마을에서 공동으로 사용하는 회관 비슷한 집에 머물기로 했다. 쉰이 넘을 듯한 나이의 영감은 벙어리였다. 남루한 입성이었으나 꼬장한 성품이 온몸에서 풍겼고, 박식하여 모르는 것이 없었다. 문자속도 깊어 말을 못하면서도 마을 사람들이 축문이나 상량문, 액막이글이나 제사 때 지방(紙榜)까지 영감에게 부탁했고, 그 때마다 영감은 싫은 내색 하지 않고 자기 일처럼 글을 써주었다.

영감의 진짜 실력은 달리 있었다. 그는 사람들의 사주를 뽑아 앞일을 예측하고 나쁜 일을 예방하기 위한 방책을 가르쳐 줬다. 그러자 사람들은 자잘한 병이 들어도 영감을 찾아왔고 택일이나 궁합도 보러왔다. 용하다는 소문이 널리 퍼졌다.

'귀신같이 점을 잘 본다'는 소문이 나자 양사백의 모친이 갑자기 불침을 맞은 듯 소스라쳐 일어나더니 아들 사백의 손을 이끌고 이웃마을까지 내달렸다. 영감은 아홉살짜리 뗏국이 흐르는 사내아이와 그 엄마를 유심히 바라봤다. 아이의 얼굴을 찬찬히 뜯어보던 영감은 종이를 펼치고 붓으로 뭔가를 적어내려갔다. 그것은 아이의 사주였다. 사주란 태어난 연월일시를 이르는 것으로 이것을 간지로 계산하여 길흉화복을 점치는 수법이 발전해 왔다. 아이의 얼굴만 보고 그 아이의 사주를 거침없이 써내려 갔는데 틀림이 없었다. 스스로 쓴 사주를 앞에 놓고 영감이 말 대신 종이에 적었다.

"지금은 가난하여 장차 무엇이 될지 알 수 없는 것처럼 보이지만 이 아이는 자라서 많은 사람에게 덕을 베풀 사람이 됩니다. 그러므로 지금부디 다른 일보다 공부를 시키세요. 형편이 어렵다고 공부시키지 않으면 영영 이 모양으로 살다 갈 것입니다."

용한 전쟁이로부터 미래에 대한 희망의 열쇠를 받은 모친은 집으로 돌아와 저녁에 남편에게 진지하게 아이의 문제를 놓고 상의했다. 그 결과 아이를 보통학교에 보내기로 마음을 굳혔다. 양사백이 보통학교에 들어가게 된 내력은 그와 같았다. 가난으로부터 탈출하는 유일한 엘리베이터, 공부에 아이를 실어보내기로 작정한 것이었다.

그러나 부모들이 큰마음 먹고 보낸 학교에서 아이는 즐거움을 느끼지 못했다. 학교 공부는 아이의 흥미를 자아내지 못했고, 다른 아이들보다 뛰어나지도 않았다. 남들은 그저 학교를 다녀야 한다니까 다닐 뿐이지만 학교 다닐 여력이 눈꼽만치도 없던 양씨네 집안에서는 대충 공부하는 시늉만 하기 위해 학교에 다녀서는 안 될 형편이었다.

그 사이에 역사는 폭포 같은 소리를 내며 이 산골마을을 덮치고 지나갔다. 해방이 됐다. 바다 건너 제주도에서 공산 게릴라의 해방 투쟁이 봉화를 올리더니 그것을 진압하기 위해 출동 대기 중이던 지상 부대가 반란을 일으켜 여수와 순천을 장악했다. 대대적인 소탕전에 밀리던 공산 반군은 지리산으로 숨어들었고, 그 때부터 고요하게 가난만 넘치던 지리산 자락의 마을들은 전쟁터로 변하였다. 지리산에 숨어든 공산반군이 거의 소탕될 무렵 한반도의 허리를 가로지르며 부자연스럽게 놓여 있던 38선 경계를 밀치고 북한 인민군이 밀고 내려왔다.

그동안 전개되던 국지전이 전면전으로, 게릴라를 대신하여 정규군이 맞붙는 진짜 전쟁이 시작된 것이었다. 그 무렵 양사백은 십대 후반의 청년으로 자라 있었다. 청년이라고 딱히 할 일이 있는 것은 아니었다. 군에 들어갈까 하고 망설이고 있는데 전날 이웃 마을에서 머물다 떠난 벙어리영감이 전쟁의 폭풍에 날려 떠돌다가 이 마을로 돌아왔다. 해방과 동시에 떠났으니 딱 오년만의 유턴이었다.

지난 번 그가 묵었던 이웃 마을의 회관은 불타서 없어졌다. 영감은 물결에 떠밀려 여기까지 왔으나 머물 곳이 없었다. 벙어리 영감이 이웃 마을에 다시 나타났으나 머물 집이 없어 떠나게 됐다는 말을 듣고 모친이 신들린 것처럼 벌떡 일어나더니 한달음에 이웃 마을로 가서 그 영감을 모시고 왔다. 5년 전 이곳을 떠날 때만 해도 칠십대 후반의 아직은 갈길이 남아 있는 사람으로 보였는데 팔십 고개를 넘어버린 벙어리 영감의 행색은 내일이라도 당장 관속에 누울 사람 같은 형용이었다.

"어쩌겠냐? 오갈 데 없는 모양이니 저러다가 영감 하나 길에서 죽겄다. 우리가 살펴야제. 니 방에 함께 자면 안 되겄냐?"

모친이 '니 방'이라고 하는 것은 부엌 옆에 이어서 만든 봉당이었다. 바닥을 멍석으로 깔았는데 구멍난 멍석 사이로 흙먼지가 풀썩풀썩 올라와 목구멍이 메케했다. 어쨌거나 비를 피할만한 것이 방이라 한다면 그것도 방이었다. 그 방에서 열 여섯살의 양사백과 팔십 두 살의 벙어리 영감이 동거하게 되었다.

두 사람의 소통 수단은 필담이었다. 벼루에 먹을 갈아 붓으로 한지에 글을 써서 소통했다. 양사백은 먼저 노인의 이름과 나이, 그리고 고향을 물었다.

노인은 묻지 않은 것까지 문자로 써내려갔다.

"이름은 송경운(宋耕雲), 그냥 알기쉽게 송담(宋曇)이라고들 부르네. 나이는 여든둘이나 먹었고, 고향은 강원도 어디이나 태어난 곳이 어디라는 것은 내게 아무 의미가 없으니 더 알려고 하지 말 것, 벙어리가 된 것은 스무살 때 심한 열병을 앓아 죽을 고비를 간신히 넘기고 나자 귀가 들리지 않게 되었다. 다만 내가 가진 재주가 몇 가지 있으니 얼마나 살지 모르나 사는 날까지 자네에게 내가 가진 것 전부를 주고 가겠다."

아마 모친이 노린 것도 이것 아니었는지 모를 일이었다. 아버지 양씨는 3년 전에 세상을 버렸다. 별것 아닌 종기가 등짝에 나더니 그게 화근이 되어 자리보전하고 누워서는 다시는 일어나지 못하고 말았다.

아버지를 데리고 간 병의 이름도 모른 채 초상을 치러야 했다. 사람이 살아 있을 때는 냉담하던 이웃들도 죽어서 차갑게 식어버리면 조금 관대해지는 법이어서 어떤 이는 밥을 지어오고 어떤 이는 콩나물을 길러 동이째 가져오기도 했다. 또 어떤 이는 국을 끓여 오기도 했다. 그것으로 빈소를 차리고 곡을 하고 겨우 초상 흉내를 내기는 했으나 어디다 묻어야 할지 장지를 구하지 못했다. 모친도 양사백도 그에 대해서는 아무 대책이 없었다. 마을에서 나이가 가장 많은 노인이 나서서 해결책을 내놓았다.

"뒷산 너럭방구 아래 청산 김씨 무덤이 있는디 그 부근이 명당이라고들 한다. 한데 명당이면 뭐하나, 자손이 돌보지 않아 버려진 무덤이나 진배 없으니 그 옆에 적당한 자리를 파고 투장(偸葬)하는 것이 어떻겠나. 혹시 후일을 누가 아나. 하필 투장한 그 자리가 명당진혈이라 양 씨네 가문 후손들이 크게 발복할지, 죽어서라도 자손을 위하고픈 마음은 간절할 터이니 그리 하게나."

찬밥 더운밥 가릴 처지가 아니었다. 마을 장정 몇 사람이 멍석에 시신을 둘둘 말아 번갈아 지게에 지고 뒷산으로 올라 청산 김씨 조상묘의 좌측 선익(蟬翼) 근처에 투장하고 위를 평탄하게 하여 감쪽같이 덮어놓았다. 그날 양사백은 봉분 없는 아버지 무덤 옆에서 생각했다.

'내가 자라서 무엇이 될지 모르지만 반드시 아버지 유택만은 제대로 만들어 드리겠습니다. 남의 집에 몰래 기식하는 처지가 아니라 당당하게 내 집을 지어 그 안에서 장차 어머니가 세상을 떠나면 두 분이 함께 편히 지내도록 해 드리고야 말겠습니다.'

그렇게 원을 세웠다. 이제 사주와 주역, 풍수에도 대단한 지식을 가진 벙어리영감이 제 발로 찾아왔으니 이 영감으로부터 뭔가를 배워 아버지 유택을 제대로 지어 드리리라. 그 생각이 열여섯 청년의 머리에 가득했던 것이다.

양사백을 훈련시키려는 벙어리영감 송담의 계획은 아주 낮은 단계부터 체계적으로 진행됐다. 노인은 우선 한 방을 쓰는 동거인으로 필담으로 의사를 전달하려면 의사 전달수단으로서의 문자를 상호 간에 충분히 숙지하고 있어야 된다는 이유를 들어 양사백에게 한자 공부를 하도록 종용했다. 『천자문』을 완전히 읽고 쓰고 하여 기초를 닦은 후에는 『사자소학』과『동몽선습』을 떼고 이어『대학』과『논어』를 섭렵한 후 마침내 『주역』으로 진입했다. 여기까지 오는데 1년 반이 걸렸을 뿐이었다. 선생은 좋은 학생을 만나 내심으로 신이 났고 학생은 뜻밖에 깊이를 알 수 없는 스승을 만나 알고 싶은 욕구를 마음껏 채우고 있었다. 가장 즐거워 한 사람은 갈 곳 없는 노인을 집으로 모시고 온 양사백의 모친이었다.

지리산 공비 토벌 임무를 맡은 백야전사령부 예하의 1개 중대가 마을에 주둔했다. 벽송사에 차려놓은 남부군 야전의무대를 급습하여 적의 후방 지원 전략을 뿌리째 흔들어버린 그 중대였다.

중대장은 만주군 출신으로 공산 비적과의 전투에 경험이 많은 군인이었다. 중대장이 송담 노인에 대한 이야기를 주워듣고 양사백의 집을 찾아왔다. 군화를 신은 채로 방에 들어와 노인의 앞에 거만한 몸짓으로 앉으면서 하는 말이 명령조였다.

“벙어리라 말은 못하지만 두 눈은 멀쩡하니 관상은 보겠구만. 내 사주와 관상을 봐 주시오.”

"신발부터 벗고 오시오. 여기는 사람이 사는 방입니다."

노인이 한자로 종이에 쓰자 양사백이 그것을 번역하여 말해 주었다.

중대장은 군화를 벗지 않았다.

"미안하오만 군인은 잘 때 말고는 군화를 벗을 수가 없소이다. 당신들이 빨갱인지 아닌지도 모르는 일이고."

송담 노인은 중대장이 끄적거려 내놓은 사주를 들여다보고 관상을 살피더니 그대로 돌아앉으며 팔을 저었다. 돌아가라는 뜻이었다.

"무슨 소리요. 볼 것이 없는 사주가 어디 있소. 말씀해 주실 때까지 여기서 이렇게 기다리겠소."

적을 쫓고 있던 중대장이 여기서 죽치고 있으면 전투는 누가 하고 많은 중대원들의 목숨은 누가 지키는가? 노인은 잠시 생각하더니 종이에 할 말을 적었다.

"당신 목숨은 오늘로서 끝이오."

"그게 무슨 말씀이야?"

중대장은 펄쩍 뛰었다. 노인이 다시 적었다.

"오늘까지, 여기까지가 당신이 누릴 수 있는 생명의 한계라는 말씀이오. 무슨 말인지 못알아들으시겠소?"

"알겠소."

중대장은 고개를 바로 세우고 노인을 바라보았다.

"만일 내일까지 내가 살아 있으면 당신의 목숨을 내가 거두겠소."

노인은 담담하게 고개를 끄덕였다.

"이건 농담 아닙니다, 노인장. 지금은 전쟁 중이오. 공비와 연통하는 이런 마을에서 노인 한 사람 보내는 데는 긴 이유가 필요 없어요."

노인은 웃으며 고개를 끄덕였다.

중대장은 돌아갔다. 양사백이 필담으로 물었다.

"선생님, 어쩌자고 그런 위험한 약속을 하셨습니까?"

"염려 말게."

송담 노인은 여유가 있었다.

"저 사람의 인중이 움푹 꺼지고 미간이 좁혀져 있는 것이 염라왕 앞에 서기 직전의 모습이야. 절대로 오늘밤을 넘기지 못할 걸세."

중대장이 살아 있어도 큰일이었고 그가 죽어도 큰일이었다.

그날 밤 중대장은 벙어리 노인의 점괘가 마음에 걸렸는지 마을 외곽에서부터 이중으로 방어진지를 구축하고 공비의 야습을 철저하게 봉쇄하라는 명령을 내렸다. 그래놓고도 마음이 놓이지 않자 경계태세를 수시로 점검하며 순찰을 돌았다. 그 때문인지 '낮에는 대한민국, 밤에는 인민공화국'이라는 말이 무색할 정도로 밤마다 쳐들어 오던 빨치산들은 그날은 침공해 오지 않았다. 새벽녘이 되자 중대장은 더 이상 적의 공격은 없을 것이라고 판단하고 마을 외곽에 나가 있는 초소의 경계병들을 불러들였다.

"미친놈의 영감."

날이 밝기가 무섭게 영감을 찾아가 혼구멍을 내줄 생각을 하니 공연히 즐거웠다. 중대장이 홀로 비직거리며 나오는 웃음을 참고 있는데 갑자기 시골 마을의 좁은 골목이 일제히 일어섰다. 위장하여 매복해 있던 적들이 공격을 개시한 것이었다. 그들은 맨 먼저 중대장을 타격 목표로 삼아 임시 지휘소로 정해놓은 농가를 덮쳤다. 중대장은 잠을 좀 자 두려고 군화를 벗다가 도로 신었다. 카빈 소총을 들고 밖으로 나가려는데

문 앞에서 막대 모양의 수류탄이 터지면서 그는 온몸에 파편이 박혀 정신을 잃었다. 이윽고 방에 진입한 적병이 아직 목숨이 붙어 있는 중대장을 확인 사살했다. 이날 공비의 침투 목적은 이쪽의 전투 지휘부를 무력화시키는 것이었는지 중대장을 사살하자 적은 곧 물러나 산 속으로 깊이 도주해 버렸다. 다음날 아침에야 운봉에 있던 연대 사령부가 중대장의 전사를 확인하고 적을 추격하기 시작, 해가 기울 무렵에는 공산 비적 일개 대대를 완전히 박멸하는 전과를 올렸다. 중대장의 죽음에 대한 보복으로는 충분한 전과였다.

지리산 공비 토벌부대의 장병들 사이에 송담 노인에 대한 이야기가 돌았다. 이야기는 한 사람 건너 다음 사람으로 옮겨지면서 부풀리고 과장되더니 마침내 '누가 죽고 누가 살지 앞을 훤히 내다보는 귀신 같은 벙어리영감'으로 입소문이 났다. 난처해진 토벌부대의 연대장이 노인을 찾아왔다.

"소문이 이상하게 나서 군의 사기를 떨어뜨리고 있습니다. 군인들이 모두 살 것인지 죽을 것인지 봐 달라고 하기 전에 노인께서 잠시 이곳을 떠나심이 어떨까 합니다만."

"알겠소."

노인은 일이 이렇게 될 줄 알고 있었던 것처럼 순순히 대답했다. 준비할 것도 없었다. 노인이 올 때 가지고 왔던 행낭 속에는 갈아입을 속옷 몇 벌하고 주역과 사주에 관련한 책 몇 권, 그리고 두루마리 종이와 붓과 벼루와 먹, 이것이 고작이었는데 떠날 때도 마찬가지였다. 마당에 내려서면서 노인은 백지를 꺼내어 양사백에게 제법 긴 글을 썼다.

"이 지역은 신라말에 도선 스님이 수행하고 주석했던 곳이다. 내가 두 번이나 이곳에 찾아온 것도 그 때문이었다. 네가 자라서 도선 스님을 만나거든 내가 여기 왔었다고 전해주게나."

노인은 떠났다. 어디로 간다는 말도 없었다. 그 자신도 어디로 갈지 알 수 없었으리라. 마지막으로 당부한 말을 곱씹어 보았으나 도무지 종잡을 수 없는 말이었다. 신라 말에 살았던 도선 스님을 만나거든 안부 전해 달라고? 떠나야 한다는 두려움 때문에 필시 노인의 정신이 파괴된 것 같았다. 아니면 그런 헛소리를 할 사람이 아니었다.

그때 떠난 후로 다시는 노인의 소식을 들을 수 없었고 행적도 알 수 없었다. 늙은 코끼리가 자신의 무덤자리를 찾아가듯 그렇게 떠난 노인이었다. 그날 이후 양사백은 살다가 회향할 때 자식이나 다른 가족에게 의지하여 수고를 끼칠 필요 없이 코끼리가 무덤자리를 찾아가듯, 그 자리를 아무도 모르듯 그렇게 가리라, 그렇게 작심했다. 인생이 한 편의 연극 무대라면 마지막 장면을 짜놓은 것이었다. 인생의 첫 장면은 내 의지와는 전혀 상관 없이 이루어진 일이므로 이 무대 위에서 인간이 고작 할 수 있는 일은 마지막 장면을 스스로 각본 쓰고 연기하고 연출하는 일이었다. 땟국 흐르는 행낭 하나 짊어지고 떠나간 팔순의 벙어리영삼의 뒷모습이 남겨준 것은 인생의 마지막 장면은 스스로 만드는 것이다, 하는 가르침이었다.

그로부디 삼십어 년간 양사백은 벙어리 송담 노인도 신라 말에 살았다는 도선 스님도 다 잊어버렸다. 사는 것이 팍팍하여 이것저것 옆으로 눈길 줄 겨를이 없었다. 해방과 전쟁이 휩쓸고 간 폐허 위에는 도처에 기회도 많았다. 초등학교도 겨우 나와 시쳇말로 가방끈이 짧은 그였지만 공무원 노릇도 했고, 회사를 설립하여 경영도 했다. 초등학교 교사였던 참한 여자를 맞아 장가 들고 가정도 꾸렸다. 아이들이 태어났고 그 아이들 가르쳐 번듯하게 살도록 뒷바라지 하느라 눈코 뜰 새가 없었다. 야간 대학교 다녀 가방끈 짧아 고민하던 콤플렉스도 몰아냈다. 그래도 기쁘지 않았다. 쉰 다섯, 다니던 기관에서 '정년이 되었으니 이제 집으로 돌아가 편히 쉬시라'는 통고를 받고 그제야 정신이 들었다.

4.
도선(道詵)

양사백은 자신이 살아온 자취를 돌아보았다. 이 가파른 절벽 같은 세상, 용케도 살아왔다는 느낌에 스스로 대견한 마음이 없지 않았다. 태어나던 그 시절에는 산아 제한하자는 권고도 없었고 임신을 조절하는 기술도 몰랐다. 아이들은 줄줄이 태어나 보통 한 쌍의 부부가 대여섯은 보통이고 많다 싶으면 일고 여덟, 열명까지 쉽게 낳았다. 그 중에서 인간 구신 한 때까지 살아남을 확률은 반반이었다. 반타작으로 두 명 중 한 명은 일찌감치 저승으로 갔다. 천연두에 걸려 온몸에 열꽃을 피우다가 숨을 놓았고, 호열자(콜레라)로 피똥을 싸다가 가는 놈도 수를 헤아리기 어려울 지경이었다. 폐결핵으로 피를 토하는 사람과 한 상에 앉아 밥을 먹어야 했고, 결핵을 앓는 여자가 밝힌다는 괴상한 루머 때문에 여자를 볼 때 헛갈린 적도 있었다. 역병을 이기고 살아남은 남자들은 전쟁터에 총알받이로 끌려가 백골 상자에 담겨 돌아왔다. 인간은 가을날 거대한 암석의 표면에 붙은 한 마리 잠자리처럼 무력한 존재였다. 그래도 대견하지 않으냐, 여기까지 왔으니.

용케 살아 남았다는 대견한 마음에 스스로 자만하여 인생은 이렇게 사는 것인가 보다 하고 쉽게 생각했던 것이 잘못이었다. 살아온 것, 그것이 전부가 아니었다. 이제 시작일 뿐이었다. 아직도 내게는 긴 시간이 남아 있다, 하고 그는 생각했다.

정신을 차려보니 구례구(求禮口)역이었다. 전라선, 서울에서 대전을 지나 익산역에서 갈라져 한 가닥은 전주, 광주를 지나 목포로 가고 다른 한 가닥은 담양, 남원을 지나 순천, 여수에 이른다. 목포가 종착역인 선이 호남선이고 여수가 종착연인 철로가 전라선이다. 이 전라선이 지리산 자락을 감돌아가는 길에 구례구역이 있다. 시장끼가 돌아 역 앞 국밥집에서 국밥 한 그릇으로 점심을 때운 그는 택시를 타고 곧장 화엄사 아랫마을로 갔다. 거의 40년만이었다, 고향땅을 밟은 것은.

화엄사는 구례군 마산면 황전리, 깊은 계곡 속에 천년의 꿈에 잠겨 있는 절이다. 양사백이 태어나 자란 곳은 마산면 광평리이고 그 지척에는 도선 스님이 십오세에 출가하여 지리산의 한 자락인 월유산 화엄사에서 수계하고 가까운 암자에서 풍수지리의 심묘한 진리를 터득할 때까지 홀로 수행했던 암자가 있었다는 수도리가 지척이다. 양사백은 수도리에서 택시를 보냈다. 출가입산하여 비구로 구족계를 수계하였다면 불세존의 가르침을 따라 법계개공(法界皆空)의 현묘한 이치를 깨달아 열반적정에 드는 것이 옳은 이치거늘 어찌하여 이 양반은 그런 대도를 버리고 옆길로 들어서서 풍수지리학을 지팡이삼아 팔도를 순유하였다는 말인가. 늘 마음 속에 담고 있던 일도 아닌데 그날 갑자기 그것이 궁금해지던 것이었다.

도선 스님이 수학했다는 암자는 흔적도 없고 그 암자가 서 있었던 자리에 대나무숲이 조성되어 푸른 세월을 알려주고 있었다. "훗날 도선 스님을 만나거든 내가 여기 왔었다고 알려주게." 하고 필담으로 어렵사리 말하던 송담 노인의 모습이 떠올랐다. 도선 스님이 내게 찾아왔던 것을 내가 여태 알지 못했구나, 가슴을 쳤으나 이미 지난 일들이었다. 신라에 천재적인 명풍수가 있어 중국의 책략을 막아버리자 중국에서 도선의 목숨을 앗아가기로 하고 병사를 보내어 도선을 체포한다. 그때 도선이 옆에 있는 큰 바위를 가리키며 말하기를 "저 바위가 검게 변하면 내가 죽은 줄로 아시오. 바위가 흰 색이면 내가 살아 있다는 증거이니 그리 아시오." 했다고 한다. 바위는 아직도 검게 변하지 않고 맑고 흰 빛을 띠고 있으니 도선은 죽지 않았다는 전설 같은 이야기가 민간에 전해오고 있는 것이다. 어쩌면 도선이 죽지 않기를 바라는 마음, 초인적인 영웅을 대망하는 민간 신앙이 그런 설화를 만들지 않았을까. 도선 스님은 죽지 않았다. 송담이라는 벙어리 노인으로 이 땅에 다시 오고, 그 후 또 무슨 이름과 형상으로 올지는 모르지만 분명 다시 현신할 것이다. 그때 나는 그 분을 알아보지 못하는 어리석음을 다시는 되풀이하지 말아야지. 그러기 위해서는 도선 스님의 행적을 알고 법을 알고 국토의 사특한 기운을 제거하여 민생을 돕고자 했던 비보풍수(裨補風水)를 알아야 했다. 그것이 시작이었다.

　　지리산 자락의 고향 구례에서 돌아온 양사백은 부인 허정자에게 자신이 가는 길을 알리고 이해를 구했다. 허정자는 십여년 전에 초등학교 교사를 그만두고 서울시경 부근의 북창동에 자그마한 해장국집을 내어 장사를 하고 있었다. 서울시경에 근무하는 경찰과 드나드는 손님들이 고객이었다. 식당 경영은 고단하고 피로한 일이었으나 수입이 남편 양사백이 직장에서 가지고 오는 월급보다 수십 배에 달할 정도로 장사가 잘 됐기 때문에 고단한 것도 잊고 살아왔던 것이다.

　　그날도 가게에서 돌아오자마자 끙끙 앓는 소리를 내며 누워버리는 허정자의 침대 머리맡에 앉아 양사백은 어렵사리 말을 꺼냈다. 그는 자신의 출생에서 지금까지 살아온 줄거리를 대충 늘어놓았다.

　　"거기까지는 아는 얘긴데, 대체 무슨 말씀을 하시려고 운을 이렇게 길게 잡으시우?"

　　"여보, 내가 이 나이에 새롭게 인생을 출발하려고 하오. 그 출발점을 찾은 거요, 어제, 고향에서."

　　허정자는 잠이 확 깨는 표정으로 허리를 세웠다.

　　"혹시, 귀농? 혼자 가시우."

　　"귀농은 무슨, 혼자 가는 것도 아니오. 당신이 사는 곳이 내 집이오. 집을 떠나서 살지는 않으리다, 절대로."

　　"그럼, 대체 뭘 하시겠다는 거유?"

　　"뭘 하겠다는 것이 아니라 이제부터 내가 뭣이 될 수 있는지 알아볼 참이오. 이번에 도선 국사를 만났어요. 어릴 때 날 가르쳤던 송담 노인도 만나고. 그들이 말합디다. 이 땅에 할 일이 산처럼 쌓였는데 사람이 없다고."

“도선 국사? 송담 노인? 한 사람은 천년 전에 죽은 사람이고 한 사람은 오십년 전에 죽은 사람인데 그들을 만나 보았다고?”

“그렇다니까, 얘기를 나누었소.”

“여보.”

정년퇴직이 사람을 이 지경으로 만들다니, 허정자는 덜컥 겁이 나서 말했다.

“그래, 뭣이 되고 싶은지 마음대로 하시우. 집안 살림은 지금처럼 내가 맡을 테니까, 돈 걱정, 집안 걱정 다 놓으시고 두 번째 인생 출발을 멋지게 해 보시우. 근데 뭐가 될 참이우?”

“풍수지리학, 이름은 들어봤소?”

“남의 묏자리 봐 주고 몇 푼 얻어쓰는 막가는 인생 말이우?”

“그것도 풍수는 풍수지. 하지만 도선 국사를 생각해 보시오. 어지러운 나라를 평안하게 하기 위해 팔도를 톺아 다니며 나쁜 지력을 보강하는 일을 했소. 오늘날 우리가 그럭저럭 사는 것도 다 그 양반 덕이라고.”

“그러니까 당신 말씀은 도선 국사가 되든가 그런 역할을 하는 풍수가 되고 싶다, 그 말이우?”

“그렇소, 바로 맞혔소.”

“여보.”

아무래도 양사백의 머리에 이상이 생긴 것이 분명하다고 판단한 허정자는 일단 남편에게는 부디 꿈을 이루어 보시라고 좋은 말로 해놓고 잠이 들었다. 내일, 아들 둘과 상의 해 보고, 이 방면에 용한 의사가 어느 병원에 있는지 알아볼 생각이었다.

그러나 양사백은 허정자가 정신과 의사를 알아보기 전에 일을 벌여 나갔다. 그는 어릴 때 벙어리 노인 송담에게서 배운 것을 아슴하게 복기하면서 대체 어디서부터 시작해야 하는지 가늠해 보았다. 먼저 사물의 원리를 알고 적용하기 위해서는 역학(易學)이 기본이라는 데에 생각이 미쳤다. 쉽지는 않으나 도전해 보기로 했다. 『주역』을 강의하는 학원에 등록을 했다. 동양학원의 원장은 흰 턱수염을 날리며 모시 바지저고리를 곱게 다려 입은 칠십대의 노인이었다.

"저에게 『주역』을 배우러 오시는 분들 중에 선생은 아주 젊은 나이에 속합니다. 그러니 늦었다고 생각지 마십시오. 개 중에는 늙은 나이에 점이나 봐 주고 용돈벌이라도 해 볼 요량으로 배우는 사람들도 있는데 인류가 발견해 낸 최고의 철학 체계를 기껏 용돈벌이에나 써먹다니 꿈이 고작 그래서야 되겠어요? 선생은 『주역』을 배워 무엇에다 쓰려고 하시오?"

"풍수지리학을 하려고 합니다. 그 바탕이 역학이라 해서,"

"맞습니다. 풍수지리학의 바탕이지요, 역학이. 그런 줄도 모르고 대충 어깨너머로 주워들은 서푼어치 상식으로 남의 묏자리 길흉을 판단하는 무서운 노인들이 더러 있다고 해요. 정말 큰일입니다. 자알 오셨소. 대한민국에 역학을 나만큼 잘 가르치는 사람도 없다고들 합니다."

참 좋은 세상이었다. 역학을 가르치는 학원만 있는 것이 아니라 아예 풍수지리학을 체계적으로 가르치는 전문 학원이 따로 있었다. 거기도 등록했다. 이곳 원장도 칠십줄의 노인이었다. 일부러 수염을 길러 허세를 부리지는 않았으나 며칠쯤 면도를 하지 않았는지 지저분한 수염이 턱과 코밑에 쓰레기처럼 붙어 있었다. 목소리는 반쯤 쉬어 있었다. 이수경(李壽璟)이라고 적힌 명함을 내밀면서 그가 말했다.

“이 바닥에서는 그냥 수경 선생이라고들 합니다. 조상 전래의 최고 지혜를 오늘에 되살려 응용하도록 애를 쓰고 있습니다만, 솔직히 어렵습니다. 서양 과학의 물결이 워낙 도도해서 옛것은 모두 낡은 것이다, 버려야 한다, 이러고들 있어요. 나라 망합니다. 솔직히 이 나라 망하는 것 걱정 안 되는데 그 속에 내 목숨보다 사랑하는 내 손자놈들이 있다 이 말이거든요. 그러니 잘 돼야지. 어쩌겠어요. 실례지만 선생은 손자가 몇이나 돼요?”

“두 놈입니다. 하나는 친손자고 하나는 외손자고요.”

“친손자, 외손자 가릴 것 뭐 있나요. 모두 내 핏줄이고 내 새끼들인데. 그러니 그놈들이 살아갈 세상을 좋게 만들어보자, 이 정도 욕심은 가져야 풍수 될 자격이 있는 겁니다. 선생은, 성이 양 씨라 했지요? 양 선생은 무슨 욕심을 가지고 여길 찾아오셨소?”

“저는 도선 국사를 만났습니다.”

“도선 국사를? 만나?”

“그렇습니다. 만나고 목소리도 들었습니다. 꿈이 아니라 생시에요. 믿지 못하시겠습니까?”

“아니요, 천만에. 믿습니다. 선생이 저 문을 밀고 들어오는 순간 알아보았습니다. 아, 이 분은 도선 국사의 현신이다, 하고요. 한데 도선 스님께서 불행하게 돌아가신 내막을 알고 계십니까?”

“중국 사람들의 모략에 말려든 것이지요. 요즘도 그 이상의 모략이 있습니다. 종교라는 이름으로, 외교라는 허울로 모략이 진행되고 있다고 봅니다. 대한민국의 것을 모조리 쓸어 없애려는 모략이 그겁니다.”

"옳소, 옳아요. 바로 그겁니다. 내가 이런 분을 만나려고 지금껏 기다려 왔습니다. 이까짓 학원으로 몇 푼이나 벌겠어요? 늘 적자지. 양 선생이 그 보상을 충분히 해 주셔야 합니다. 자, 우리 강의실로 갑시다."

수경 선생의 강의실은 학원이 세들어 있는 작은 건물의 지하에 있는 술집 〈청주집〉이었다. 안주는 돼지, 수육과 파전 등이었는데 주인 아주머니는 수경 선생을 위하여 메뉴에도 없는 빈대떡을 구워냈다. 술은 시키지도 않았는데 주인 아주머니가 직접 담갔다는 막걸리가 나왔다.

"불법인 줄 알지만 원장님(아주머니는 수경 선생을 그렇게 불렀다)이 이것만 찾으시니까 별도로 조금 담가두었다가 오실 때마다 내드리고 있어요."

아주머니는 오십줄에 갓 들어선 나이였다. 수경 선생의 눈길이 아주머니의 허리와 가슴께를 스쳐 지나가는 것을 느끼면서 양사백은 술 몇 모금을 마셨다.

"풍수는 끝났어요."

술은 마시지도 않고 냄새만 조금 맡았을 뿐인데 수경 선생이 반쯤 꼬부라진 소리를 내기 시작했다.

"사양사업이 아니라 완전히 파장이라 그 말이오. 조선시대에는 풍수도 과거시험의 한 과목이었지. 비록 잡과였지만 말이오. 지금 사람들은 눈에 보이는 것만 사실이라고 믿는 천치 바보들이란 말이오. 헌데, 이런 바보들의 시대에 더 지독한 바보들이 또 있습니다. 뒤늦게 풍수를 해보겠다고 나서는 바보, 바로 당신 같은 사람을 두고 하는 말이오. 당장 때려치우시오."

"때려치우지 않겠습니다. 저는 진짜 바보가 될랍니다."

"어, 그래요? 진짜 바보? 우리 진짜 바보들끼리 한 잔 합시다, 건배."

막걸리 세 주전자를 나누어 마셨을 뿐인데 수경 선생은 탁자에 코를 박았다. 그 뒷감당을 청주집 주인 아주머니에게 맡겨놓고 양사백은 집으로 돌아왔다. 오는 길에 대형서점에 들러 풍수에 관한 책은 모조리 사서 들고 왔다. 어쩌면 학원에서 배울 것이 없을지도 모르므로 혼자서 공부하는 것이 더 빠른 길일지도 모른다는 불안이 있었다.

그러나 예상은 빗나갔다. 다음날 오전에 역학을 공부하고 점심을 북창동 해장국집에서 해장국으로 때운 후 수경 선생의 학원에 들르자 수경 선생은 본격적으로 가르칠 준비를 해놓고 있었다. 어제 청주집에서 헤롱거리던 노인은 없어지고 풍수지리학의 당대 고수인 수경 선생만 앞에 있었다. 면도도 깨끗이 했고 셔츠와 바지도 새 것이었다. 강의를 하기 전에 그가 말했다.

"뗏목의 비유를 아십니까?"

"부처님께서,"

"맞소. 불법을 좀 아시는구만. 잘 됐소. 우리가 배우려고 하는 세계도 뿌리에 들어가면 불법과 상통하거든. 어쨌거나 뗏목은, 세존의 본뜻이 오해되고 있는 설법들 중에 대표적인 경우지요. 강을 건너면 뗏목은 버려라, 하는 것인데 강물은 오온과 십이처로 형성된 사물의 진실이므로 그 허망한 것에 집착하여 내 것을 찾는 미망이 곧 강물인 셈이지요. 불완전하고 집착으로 빚어진 세계니까 늘 불안하지요. 그 강을 지혜와 인고의 뗏목으로 건너면 안락의 저쪽 언덕에 닿습니다. 피안이라 하고 열반이라고도 합니다. 그런 후에는 뗏목을 지고 다니지 말고 버리라고 세존께서는 말씀하셨어요. 우리가 버려야 할 뗏목을 열반 그 자체로 착각하여 둘러메고 다니는 한심한 사람들이 뜻밖에도 많습니다. 나는 풍수지리도 불법과 같다고 생각합니다. 어느 정도 경지에 다달으면 풍수지리의 지혜를 버릴 필요가 있어요. 그것을 움켜쥐고 명예를 탐하는 사람, 돈벌이에 열심인 사람, 벼라별 사람들이 많지만 도선 스님께서는 일찌감치 다 버린 사람입니다. 그 분은 뗏목조차 없이 홀로 격랑의 바다를 헤엄쳐 가신 분입니다."

잠시 허공을 보던 수경 선생이 후우 숨을 뱉으며 물었다.

"어떻게 생각하시오? 양 선생은. 도선 국사, 무학 대사로 이어지는 승려 출신의 풍수지리학 도사들하고 남사고와 같은 선비 출신의 풍수 전문가 중 어느 편이 더 수승하다고 생각하시오?"

"개인의 취향을 물으신다면 대사로서 풍수지리학에 깊은 조예를 지니신 분들이 대지와 물, 바람의 조화를 더 잘 꿰뚫고 있었던 것 같습니다."

"맞는 말씀, 왜 그럴까요?"

"그건, 풍수지리학의 요체가 역학이나 내룡의 형세 판단만으로 끝나는 것이 아니고 자연이 빚어놓은 생기(生氣)를 찾는 일이므로 수행이 깊은 스님들께서 생기 감응의 도를 더 잘 알고 있었기 때문 아니었을까요?" 수경 선생은 양사백의 무릎을 아프게 치며 소리를 질렀다.

"정확하게 맞췄어요. 바로 그겁니다. 선생이 비록 만권의 저서를 독파하여 고금의 지식을 다 섭렵했다 해도 보이지 않는 대지의 기를 감응할 능력이 없으면 눈 뜬 장님과 다를 바 없다 이 말이오."

"아득하군요. 그러다가 늦은 나이에 출가하고 말겠습니다."

"걱정 말아요. 출가는 못합니다. 대개의 풍수쟁이들은 속물이라 출가에 이르지는 못합디다. 자, 나중에 생각할 것은 나중에 생각합시다. 대가리 깨지는 수가 있으니까. 우리 공부해 볼까요?"

그렇게 공부가 시작됐다. 공부는 스승인 수경 선생과 양사백의 일대일 수학이었다. 예상했던대로 먼저 풍수의 고전에 대한 독해였다. 중국에서 나온 역사상 최초의 풍수지리학 고전인 『청오경(靑烏經)』(일명 葬書)에 대한 풀이부터 시작했다. 길지 않은 책이었으나 풍수에 관한 모든 문제를 짚어낸 탁월한 고전이었다. 세 시간에 걸쳐 청오경을 해석하던 수경 선생은 하품을 길게 하더니 들고 있던 책을 집어던져버렸다.

"이게 뗏목입니다. 이따위 옛사람이 쓴 글을 보물처럼 떠받들고 다녀서는 뗏목을 지고 다니는 어리석은 인간과 다를 바가 없어요. 옛 사람들의 저서를 깊이 탐독하여 마음에 새기되 그 책들의 내용에 의지해서는 안 됩니다. 청오자는 청오자고 도선은 도선일 뿐이며 양사백의 풍수 이론은 양사백 홀로 만들어야 하는 겁니다. 내 말 알아듣겠소?"

"알아듣습니다."

양사백은 속으로 자신이 스승 복이 있는 사람이라고 생각하고 있었다.

"사족을 달자면 이 우주에 고정불변의 진리란 없어요. 이 학문은 완성된 경지가 없으므로 언제나 새로운 사람이 새로운 경험을 보태야 합니다. 집을 지을 때 벽돌 한 장씩 올려놓듯이 말입니다."

"저도 제 자신의 벽돌 한 장을 올려놓도록 하겠습니다."

"좋소. 하지만 겁을 먹지는 마시오. 어떤 사람은 이 대목에서 겁을 먹고 다음날 공부하러 오지 않고 도망을 치더라니까."

"제가 도망 칠 사람 같아 보입니까?"

"아니, 당신은 도망치지 않아. 그 대신 내 등을 밟고 서겠구만."

"도망치지도 않고, 선생님의 등을 밟고 서지도 않을 겁니다."

"그건 지나봐야 알 일이고. 내일은 우리『금낭경(錦囊經)』을 공부해 봅시다. 이 정도면 진도가 아주 빠른 편입니다."

양사백은 그날밤을 꼬박 세웠다.『청오경』의 내용은 씹으면 씹을 수록 경이었다. 그리하여 새벽녘에는『청오경』의 내용을 거의 욀 정도가 됐다. 그 자신도 놀랄 정도의 집중력이었다. 긴가민가 하던 부인 허정자도 그 모습을 보고는 미래의 풍수지리학자 양사백의 첫 후원자가 되기로 약조했다.

다음날은 약속대로『금낭경』을 공부했고, 그 다음날은『발미론(發微論)』, 그 다음날은『산능의장(山陵議狀)』, 또 그 다음날은『도장 12법(倒杖12法)』,『천옥경(天玉經)』,『장법도장(葬法倒杖)』,『감룡경(撼龍經)』의 순으로 독해를 계속했다. 강행군이었다. 천자문을 하룻밤에 짓고 머리가 하얗게 세었다 하여『천자문』을 백수문(白首文)이라 하듯 풍수 고전 읽기를 거의 마칠 즈음 양사백은 칠십대인 수경 선생과 비슷할 정도로 폭삭 늙어 있었다.

풍수 관련 고전 읽기는 모두 반 년이 소요됐다. 수경 선생은 늦깎이 양사백의 교육에 혼신의 힘과 지식을 총동원했다. 마치 후계자의 양성에 자신의 생명을 부어넣으면 사후에도 생명이 연장되기라도 하는 것처럼 신명을 다하였다. 제자 또한 그러한 스승의 열기에 휩쓸려 있는 힘을 다 쏟아부어 공부를 지었다.

반 년이 지나 고전 독해가 거의 끝나가자 이번에는 분금법과 택일법 등 실전에서 부딪치는 문제들을 하나씩 가르쳤다. 다시 반 년이 흘러

도합 1년이 지나갔다. 수경 선생은 왼쪽 무릎 관절에 물이 고이는 증상이 생겨 다리를 절룩이고 다녔다. 그런데도 그는 뒤늦게 얻은 제자를 데리고 명당으로 소문 나 있는 무덤들을 답사하여 왜 명당인가? 하는 문제를 내놓고 확인하는 현장학습을 실시했다.

처음 답사한 것은 이병철, 구인회, 조홍제의 거대 재벌들이 탄생한 서부 경남 남강 연변의 마을이었다. 그런 다음 조선왕조의 왕가 고분들을 살펴보았다. 충남 예산군 덕산면 상가리에 있는 대원군 이하응의 선친 묘소인 남연군묘(南延君墓)로부터 전주시 풍남동에 있는 조경묘(肇慶廟), 경기도 구리시 동구동 동구릉에 있는 태조 이성계의 왕릉, 예종(睿宗)과 숙종(肅宗) 두 임금과 왕비들이 묻혀 있는 서오릉(西五陵), 여주에 있는 세종의 영릉(英陵), 강원도 삼척의 두타산에 있는 준경묘(濬慶墓), 광릉의 세조릉, 그리고 수도 한양의 지리학적 특장과 평양, 경주, 부여의 비교 분석, 한양 도성 내의 궁궐 배치의 선악을 골고루 가르쳐 주었다. 다음으로 대한민국 역대 대통령들의 생가와 조상의 분묘들이 분석의 도마 위에 올랐다. 이승만의 고향은 황해도이기 때문에 갈 수 없는 땅이 돼버렸으나 그 이후 윤보선, 박정희의 생가와 조상묘는 현장에 가서 확인하고 선악을 판별하여 대통령 재임 중의 행적과 대비하여 파악하는 과정을 거쳤다.

명문가의 묘소도 배우고 가르치는 중요한 자료가 됐다. 경기도 용인의 영일 정씨(迎日鄭氏)와 연안 이씨(延安李氏) 조상 묘소와 그 후손들의 비교, 안동 김씨 세도의 문을 열게 한 김도(金翿)의 묘, 동래 정씨 시조 정문도(鄭文道)의 묘, 명재상 황희를 낳은 황군비(黃均庇)의 묘, 충남 서천군 한산면 지현리의 한산 이씨 시조묘, 전북 순창군 인계면 마흘리의 광산 김씨 김극뉴(金克忸)의 묘, 춘천에 있는 평산 신씨 시조 신숭겸(申崇謙)의 묘, 등등 수많은 묘소들을 둘러보고 주변 산형의 전개를 확인했다. 멀리 소양강을 바라보는 춘천의 신씨 충절공 묘소 앞에 앉아 수경 선생이 말했다.

"왜 이렇게 번잡한 짓을 하고 돌아다니는지 아시겠소?"

"명당의 요건을 눈으로 직접 확인하라는 뜻으로 압니다."

"맞소. 그러나 무엇이 부족한지 이제 아시겠소?"

"결정적인 문제를 풀지 못하고 있습니다. 진혈이 무엇인지, 어떻게 찾는 것인지 선생님께서 이제 가르쳐 주십시오."

"이 무덤을 보시오."

수경 선생은 등 뒤에 있는 숭겸의 묘소를 돌아보았다.

"봉분이 삼기(三基)입니다. 전해 오는 이야기로는 공산(公山) 전투에서 태조 왕건을 대신하여 목숨을 바친 숭겸의 충절을 기려 태조가 자신의 신후지로 정해놓은 이곳 묘소를 양보했다고 합니다. 하지만 충절공의 시신은 목이 없는지라 황금으로 두상을 만들어 함께 묻었는데 소문을 듣고 도굴꾼들이 무덤을 파헤칠 일이 염려되는지라 도굴꾼들의 눈을 속이기 위해 봉분을 3기로 했다고 합니다. 여기 보이는 삼기의 무덤들 중 두 개는 후세 사람들 눈을 속이기 위해 만들어둔 가짜 무덤이다, 이 말이지요. 그렇다면 진짜는 어느 것인가? 양 선생이라면 가려낼 재간이 있습니까?"

"없습니다. 모릅니다. 그것을 가르쳐 주십시오."

"가르칠 수 없습니다."

수경 선생이 담담한 어조로 말했다.

"여기서부터는 오로지 양 선생의 발원과 수행이 담보할 일입니다. 언덕 위에까지는 우리가 동행하여 왔으나 저 언덕까지 건너가는 일은 양 선생 혼자서 할 일이기 때문입니다. 수행으로 할 일입니다. 옛 사람들은 그를 일러 도(道)라고 했습니다. 기(氣)를 감응하고 기를 부리는 경지에 이르면 저쪽 언덕에 이르는 것입니다. 양 선생이 저쪽 언덕에 이르게 되면 부디 나를 잊지 마시고 그쪽 소식을 일러주시오. 그렇게 될 줄로 알고 여기까지 왔으니 이제부터 홀로 가시오, 부디."

헤어지면서 또 한 마디를 보탰다.

"양 선생이…… 도선 국사의 환생임을 입증해 주시게."

수경 선생이 지금까지 양사백에게 기울여 온 정성과 노력의 원인이 비로소 밝혀졌다. 그는 양사백을 도선 국사의 환생으로 믿어 온 것이었다. 수경 선생의 잠적도 도선 국사 환생 드라마의 완성을 위한 나름의 계획 중 하나일 것으로 짐작됐다. 한동안 그 노인을 만날 수가 없었다. 학원은 문을 닫았고 집을 찾아갔으나 수경 노인이 귀가하지 않은지 반년이 넘었다고 늙고 지쳐보이는 부인이 말했다. 학원이 있는 건물 지하의 청주집이 문득 떠올라 청주집으로 갔으나 며칠 전 멀리 떠난다는 말을 남기고 나가 다시는 얼굴을 보여주지 않는다는 푸념이었다. 떠나버린 것이었다. 아주 떠난 것이 아니라 양사백이 자신을 찾지 못하도록, 너 이상 기대지 못하도록 홀로 서라는 뜻을 그런 식으로 전한 것이었다.

며칠동안 수경 선생을 찾아다니다가 찾지 못하자 비로소 양사백은 수경 노인이 자신을 피하기 위해 어디로 숨어버렸다는 사실을 깨달았다. 그와 함께 수경 선생이 신숭겸의 묘소에서 화두처럼 던진 말들이 의식의 표면으로 살아나는 것이었다. 산의 행룡(行龍)을 알고 국세(局

勢)를 알고 주역으로 이치를 따져 알아도 최종적으로 혈(穴)을 찾는 형안이 없다면 만사가 헛일이라고 했다. 여기까지 온 것이 모두 헛된 발길이라고도 했다.

수경 선생의 가르침을 한 마디로 하자면 '수행으로 알 일이다' '수행으로 도를 이루고 기를 감응할 수 있어야 진혈(眞穴)을 찾는 형안이 생긴다'는 것이었다.

5.
죽비(竹扉)

양사백은 산사를 찾았다. 이름이 널리 알려진 고승이 있는 곳이면 아무리 깊은 산속이라도 찾아 나섰다. 양산 통도사 청운암의 소허(笑虛) 스님은 살아 있는 부처로 일컬어질 정도로 일찍이 정등각(正等覺)을 이룬 스님으로 알려져 있었다. 젊은 사람도 오르기 힘든 산중턱의 암자 한켠 '소허실'에 늙은 소허 스님이 홀로 살고 있었고 암자 주지이자 시자인 젊은 스님이 가끔 수발하고 있었다. 주지마저 본사에 할 일이 있거나 먼 지방에 볼일이 있어 산을 내려가고 나면 노인이 혼자 끼니를 만들어 먹어야 하는 궁벽한 살림이었다. 소허 스님은 얼굴 전면에 저승꽃이 가득 피어 있었고, 팔다리가 마음대로 움직여지지 않는, 말 그대로 늙은이였다.

삼배를 하고 단정한 자세로 앉자 노스님은 사백의 이마를 손가락으로 쿡 찔렀다.

"풍수가 불가에는 왜 기웃거리노?"

"스님께서 시간의 흐름을 끊고, 공간의 맥을 짚어 어제 오늘과 내일을 훤히 내다보신다는 말씀 듣고 찾아왔습니다. 그런 혜안을 얻으려면 어떤 수행을 해야 합니까?"

"내가 점쟁이인 줄 잘못 알고 찾아온 허깨비가 또 한 사람 늘었네 그래. 나는 그런 것 모르니 돌아가시게."

노스님은 언하에 거절하고 돌아앉아 버렸다. 양사백은 소허실을 나와 발 아래 부서지는 구름의 바다를 내려다보고 있었다. 젊은 주지스님이 등 뒤에 있었다.

"큰스님께서는 한 번 돌아 앉아버리시면 다시는 절대로 그 사람을 보지 않으시는 분입니다. 이만 내려가시지요."

소허 스님은 그가 입을 열기도 전에 풍수라는 것을 알아보았다. 이런 산속에 앉아 찾아오는 사람들의 직업이나 관심사를 척 알아 맞출 정도라면 땅 속에 흐르는 생기라고 모를 리가 없을 것이었다. 그러나 풍수 일을 하려는 사람에게는 그런 혜안을 전해줄 마음이 없다는 것을 분명히 했으므로 물러날 도리 밖에 없었다.

"큰스님께서 많이 부족하군요."

그는 일부러 방 안에 있는 노인에게 들릴 정도로 큰 소리로 말했다.

"저를 보고 풍수라고 곧장 알아맞히신 것은 옳았습니다. 그 후가 잘못하고 계시는 겁니다. 미물에도 불성이 있다고 깨친 분이 선재동자가 오면 공양을 올리고 풍수가 오면 내친다는 법을 어느 개똥밭에서 주워

왔다는 말입니까? 저런 정도라면 다리 아프게 산을 오르지 않았을 것을, 스님도 잘 사시오."

주지에게 화풀이를 하고 짐짓 돌아서려는데 방문이 벌컥 열렸다. 남이 자신에게 험담하는 말을 몰래 엿들은 어린아이처럼 잔뜩 화가 난 얼굴이었다.

"이놈, 다시 들어올 요량이면 얼른 들어오지 왜 거기서 똥마려운 놈처럼 뭉개고 있는 게야?"

"아, 예에. 지금 들어갑니다."

다시 소허실 방바닥에 무릎을 꿇고 앉았다.

"풍수도 세상에 나올 때는 다 이유가 있을 것이니 어디 얼마나 쓸모가 있을지 시험해 보자꾸나. 이 암자는 다 좋은데 지대가 높아서 밤이면 너무 추워. 오늘부터 자네는 불목한이를 하게."

"예에."

암자 주위에 나무는 지천이었다. 말라죽은 나무, 바람에 자빠져 말라가고 있는 나무, 서로 몸을 부대껴 쓰러진 나무, 그리고 세월 저편 전쟁의 상흔으로 포탄에 타버린 나무까지 주워다 적당히 잘라 아궁이 근처에 쌓아놓기만 하면 될 일이었나. 그러나 헤 보니 쉬운 일은 아니었다. 비탈에 자빠져있는 나무 등걸을 모으려다 미끄러져 바위에 머리를 부딪칠 뻔했고, 한 짐 만늘어 시게에 지고 오다가 나뭇가지에 지게 팔이 걸려 뒤로 나둥글어지기도 했다. 오전에 한 짐, 오후에 한 짐, 하루 두 짐씩 나무를 하기에도 바빴다. 큰스님은 새로 온 불목한이의 일하는 솜씨가 마음에 들지 않아 끊임없이 잔소리를 늘어놓았다. 이 나무는 너무 썩어 화력이 없다느니, 이 나무는 마르지 않은 생솔이라 연기만 나지

불꽃은 없다느니, 단 한 번도 만족하여 수고했다는 말 한 마디 하는 법이 없었다.

그래도 참았다. 양사백이 불목한이 노릇 하는 시기를 마음 속으로 정해놓은 시한은 석 달이었다. 석 달이 지나면 바로 그 다음날 지게를 벗어던지고 산을 내려가리라. 바로 그 석달이 되던 날 저녁 공양을 마치고 계곡물에 설거지를 해서 그릇을 들고 오는데 큰스님이 법당 앞에 서서 기다리고 있었다.

"땔나무는 저만치 해 두었으니 올 겨울은 따숩게 나겠구나. 암자에 불목한이는 더 이상 필요가 없으니 너는 어찌하겠느냐? 하산하겠다고 마음을 먹은 모양인데 내려가겠느냐?"

"내일 아침 인사를 드릴 생각이었습니다."

"그건 안다."

이쪽의 마음속을 거울처럼 들여다보고 있던 큰스님이었다.

"하산하는데 필요한 노자를 보탤 생각이다. 내 방으로 오너라."

암자는 좁아서 법당 하나와 방 두 개가 전부였다. 그 중 하나는 주지와 불목한이가 함께 쓰고 맨 갓방을 큰스님이 쓰고 있었다. 큰스님 방에 기척을 내고 들어가자 스님은 촛불도 켜지 않은 어둠 속에 앉아 있었다.

"내가 주려는 노자는 이것이다. 부모가 너를 낳기 전의 너는 무엇이었느냐? 너의 본래 면목을 일러 보아라."

"모르겠습니다."

"큰 의심을 가지고 잠시도 이 의문을 놓지 말아라. 앉으나 서나 움직일 때나 멈출 때나, 잠을 잘 때도 놓아서는 안 된다. 이것이 내가 주는 노자이니 섭하게 생각 말아라."

떠나고 싶지 않습니다. 저를 붙들어 주시고 공부를 경책하여 주십시오. 스님 무릎 앞에서 배워 반드시 큰 소식을 가지고 오겠습니다. 그렇게 말하고 싶었으나 그는 아무 말도 못하고 큰스님 앞에서 물러나 이튿날 아침 산을 내려왔다. 올 때는 초여름이었으나 갈 때는 가을이 깊어 온 산이 낙엽색으로 물들어 있었다.

양사백은 큰스님이 내려준 화두를 한 시도 놓지 않았다. 화두를 붙들고 참구하는 방법을 제대로 배운 적은 없었다. 큰스님에게서 그것을 배우고 떠나야 했으나 큰스님이 내쫓은 셈이니 그럴 수도 없는 일이었다. 혼자서 가라는 뜻이구나, 그는 그렇게 짐작했다. 집에서나 산에서나 그는 어딜 가든지 화두를 잡고 앉았다. 반가부좌를 하고 앉아 '이것이 무엇인가?' 하는 의심을 지었다. 처음 며칠 동안은 잠시만 방심해도 뿔뿔이 도망치던 화두가 차츰 마음의 대부분 공간을 차지하고 앉아 주인 행세를 했다. 얼마 있으니 어떤 생각도 끼어들지 못할 정도로 화두가 가득했다. 밤에 잠을 잘 때도 화두를 들고 있는 자신의 모습을 보았다.

꿈에서 화두를 보던 날 아침 그는 통도사가 있는 영축산으로 달려가 한달음에 청운암으로 올라갔다. 소허실은 비어 있었고 젊은 주지도 보이지 않았다. 나이 쉰을 넘긴듯한 낯선 스님이 반가운 얼굴로 맞아주었다.

"소허 스님을 뵈러 왔습니다만."

"혹시 양사백 처사님?"

"그렇습니다."

"큰스님께서 처사님께서 오시면 이걸 드리라는 부탁이 있었습니다.

화두가 성성하여 몽중일여가 되었다고 자랑하러 올 것이다. 처사님이 원하던 생기감응의 신통력은 아직도 멀었으니 혹여 자랑할 생각일랑 버리고 정진을 계속하라, 그리고 법명을 미리 내린다고 말씀하시고 이 것을 주셨습니다."

한지로 곱게 접은 봉투였다. 열어보니 종이 한 장이 나왔다. 거기에는 붓글씨로 처사 양사백, 법명 활안(活眼)이라 적혀 있었다.

"큰스님은 어디에 계십니까?"

낯선 스님은 웃었다.

"낸들 어찌 알겠습니까. 저 산을 타넘는 구름이 내일 어디서 머물지, 어느 산을 휘감아 가고 있을지 어찌 알겠습니까?"

노인이다. 웬만한 스님들은 뒷방 신세를 질 연세였다. 그러나 소허 스님은 아직도 수행자의 흐름을 멈추지 않고 있었다. 내가 아는 노인들은 왜 다들 그 모양인가? 송담 노인이 그랬고, 이제 다시 소허가 그 모양이었다. 멈추기를 거부하는 노인들. 양사백은 자신도 운명적으로 그 길을 가게 될 줄 알았다. 소허 스님이 내려준 법명을 생각해보았다. 밝은 눈을 가지라는 경고이기도 하고 밝은 눈을 갖게 될 것이라는 축복의 뜻도 있었다. 화두를 꿈자리에서도 놓지 않았다는 것을 큰 자랑이라고 들고 뛰어온 자신을 얼마나 가당찮게 보았을까. 어디선가 웃고 있을 노인의 얼굴이 떠올랐다.

일단 서울의 집으로 돌아온 활안 양사백은 진짜 활안의 신통력을 얻기 위해 용맹정진을 하기로 결정하고 일반인들의 참여가 허용되는 강원도 오대산 상원사의 참선과정에 참여했다. 긴 기간은 아니었고 일반 신도라는 점을 감안하여 수행 과정은 느슨하게 짜여져 있었다. 좌선시간도 하루 여덟 시간이 전부였다. 새벽에 두 시간, 아침 공양 후 두 시간, 점심 공양 후 두 시간, 그리고 저녁 공양 후 두 시간이었다. 그러나 다른 사람들이 가부좌를 풀고 방선할 시간에 양사백은 그대로 선방에 앉아 일어날 줄 몰랐다. 잠도 자지 않았고, 밥도 먹지 않았다. 일찍이 부처님께서 육신에 대한 지나친 학대는 삼가고 중도의 길을 갈 것을 권유하였지만 일체의 탐욕을 철저하게 끊을 것을 동시에 요구하였기 때문에 육체가 요구하는 아주 작은 욕망, 먹고 싶고 자고 싶은 욕망까지도 끊어 정신의 순금 같은 정수를 찾아낼 작정이었다. 일주일의 용맹정진을 마치는 날 새벽, 양사백은 상원사 적멸보궁(寂滅寶宮) 앞의 언덕 위에 앉아 희미한 여명을 바라보고 있었다. 그때였다. 온몸에 한기가 돌면서 이상한 희열이 온몸을 붕 뜨게 했다. 이레 동안 잠도 자지 않고 제대로 먹지 않아 드디어 정신착란이 오는 것일까, 두려운 마음으로 자신의 몸과 마음에 일어나는 이상 현상을 지켜보고 있었다. 위빠사나에서 마음 챙김이라고 하는 그런 수법으로 자신의 몸과 마음을 지켜보았다. 그렇게 차가운 마음으로 챙기고 지켜본 결과 그 이상한 감동과 전율이 자신의 내부에서 일어나는 것이 아니라는 것을 알았다. 외부에서 오는 것이라면 여섯 개의 감각기관을 통해 들어와아 하는 것이거늘 육근(六根)의 그 어느 것과도 관련이 없는 일곱 번 째의 지각 통로를 통하여 일어나는 물결이었다. 그제서야 그는 조심스럽게 생각했다. 이것은 대지가 보내는 신호인가? 이른바 생기(生氣)라는 것이 있어 나의 몸 속 어느 깊은 곳에서 감응하는 작용인가? 그렇다면 적멸보궁, 이 자리가 생기 솟아나는 천하명당 그 자린가? 가벼운 흥분으로 조금 들떠오르자 처음의 그 느낌은 사라져버렸다. 조금이라도 욕구나 사심이 스며들면 자취를 감춰버리는 것이 대지의 신호였다. 바로 그 일곱 번째의 느낌을 확인해 볼 겨를도 없이 상원사의 일반인을 대상으로 한 참선수행 프로그램은 끝나버렸다. 그는 다시 집으로 돌아왔으나 가만 앉아 있을 수가 없었다. 서울 시내에 선원이나 포교당을 차려놓고 참선을 지도하는 곳이 있는 가 살펴보았다. 안국동에 그런 선원이 하나 있었다. 찾아가 조실 제월 (制月) 스님에게 지금까지 자신이 걸어온 수행의 과정과 얼마 전 상원 사 적멸보궁에서 경험했던 이상한 감응을 소상하게 밝혔다. 제월 스님 은 양사백의 말을 끝까지 표정 없이 듣고 있다가 입을 열었다.

"청운암 소허 스님에게서 받은 화두를 그대로 지니고 이곳에서 좌선 수행을 계속하십시오. 다만 용맹정진과 같은 무리한 수행은 피하시고 중도의 길을 가십시오. 얼마 남지 않았습니다. 조금만 더 초발심을 유지 하십시오."

살고 있던 이화동에서 안국동이 멀지 않았기 때문에 그는 날마다 선 원에 나가 좌선 수행을 계속했다.

열흘이 가고 한 달이 갔다. 안국동의 선원에서 좌선을 시작한지 두 달이 되던 어느 날 그는 통금시간을 넘기고 어차피 집에 돌아가기도 틀 렸으므로 새벽까지 가부좌를 풀지 않았다. 새벽녘에 꿈결인듯 희미하 게 발소리가 들렸다. 그 발소리는 차츰 이쪽으로 오더니 죽비가 휙 날 면서 자신의 어깨 위로 사정없이 떨어졌다.

그는 졸음에서 깨어났다. 졸음에서 깨어나는 것과 함께 닫혀 있던 지 각의 문도 열렸다. 상원사 적멸보궁 앞의 언덕 위에서 찾아왔던 그러한 감동이 몸속에서 물결치고 있었다. 이번에는 그 느낌이 사라지지 않도 록 마음 바탕을, 특히 욕심의 찌꺼기가 쌓여 있지 않도록 깨끗하게 비웠다. 그리고 이 이상한 울림현상이 어디서 오는 것인지 바라보고 있었다. 마침내 그는 알았다. 그 느낌은 자신의 내부에서 형성된 것이 아니라 지금 앉아 있는 이 자리의 대지가 보내는 신호라는 것을. 적멸보궁 앞의 언덕이 천하의 명당이었다면 이 선원 자리 역시 기가 살아 분출하는 명당 기운의 터라는 말 아닌가? 그는 흥분했다. 흥분하자 이번에도 그 기운의 진동현상은 깨끗이 사라져버렸다. 다시 화두를 잡고 앉아 마음 바탕을 비우자 사라졌던 대지의 생기가 다시 전류처럼 흐르는 것이 감지됐다. 이 생동하는 기운을 어찌 표현할 것인가? 그는 윗주머니에 꽂혀 있던 볼펜을 손에 들었다. 그러자 그 볼펜이 자석에 끌리는 지남철의 바늘처럼 움직이는 것이었다. 놀라서 벌떡 일어나 전후좌우로 움직여 보았다. 볼펜의 자루가 심하게 안쪽으로 움직이다 바깥쪽으로 움직이는 연동현상이 일어났다.

　수경 선생이 옆에 있었더라면 필시 이것이 무슨 현상인지 설명해 줄 수 있었으련만 혼자서 처음 경험하는 세계를 이해하고 정리하는 일이어서 어려웠다. 미답의 세계지만 그는 누가 손을 잡아 이끄는 것처럼 그 세계로 자연스럽게 걸어 들어가고 있었다. 마침내 생기의 감응이 그에게 찾아온 것이있다. 인시동의 전통 도구를 파는 낡은 가게로 가서 라디오 안테나 비슷하게 생긴 접이식 L로드 두 개를 샀다. 그것으로 선원에 와서 시험해 보니 강렬한 생기가 있는 곳에서는 양손에 든 두 개의 막대가 안쪽으로 기울어 서로 합치려는 현상이 일어났고, 그 밖으로 나가자 반대로 심하게 벌어지는 현상이 일어났다. 이런 현상을 두고 생기가 분출되는 지점에서는 막대가 안으로 수축되어 두 개가 서로 만나는 것처럼 움직이고 밖으로 퍼져나가는 현상은 대지 밑으로 수맥이 흐르기 때문이라는 것을 입증해 낸 것은 보다 뒷날의 일이었다.

그는 이 현상을 보다 명확하게 하기 위하여 내룡의 흐름과 국세가 명당이라고 알려져 있는 곳마다 찾아가서 시험해 보았다. 대부분의 경우 명당 형국 속에서도 생기가 넘치는 혈처는 극히 제한된 지역, 길이 여섯자 안팎, 너비 한 자 정도의 좁은 공간에 응축되어 있었다. 그 외의 땅, 제아무리 천하명당의 요소를 두루 갖춘 땅이라 하더라도 혈처를 비껴나면 수맥이 흐르는 허방이었다. 사람들이 그것을 모르고 있었다. 당대의 유명 풍수 전문가가 점지했다는 무덤을 찾아가 확인해 보니 대부분 명당 형국의 근처에 가기는 했으나 마지막으로 진혈의 생기를 찾아 광을 파고 입관하는 화룡점정에는 실패한 경우가 더 많았다.

그는 자신에게 이러한 능력을 내린 천지신명께 감사하는 한편으로 강한 두려움을 느끼고 몸을 떨었다. 넘기 어려운 절벽이 눈앞에 있었기 때문이었다. 절벽은 첫째는 세상 사람들에게 이 사실을 있는 그대로 알리기 어렵다는 것이었고, 두 번째는 기왕 풍수 노릇을 하는 수많은 전문가들의 비판과 질시를 견뎌내야 한다는 것이었다. 그 어느 것도 만만치 않아 보였다. 미친 사람 소리나 듣기 딱 알맞은 일이기도 했다.

6.
수경(壽璟) 선생

수락산은 서울과 의정부, 남양주군에 걸쳐 넓은 대지를 깔고 앉은 명산이다. 산이 높지 않아 계곡은 짧으나 골이 깊고 후덕하여 도처에 사찰과 암자를 끼고 있었다. 양사백은 접이식 막대 두 개를 속주머니에 찔러넣고 수락산을 올랐다. 멀리서 물결처럼 밀려오는 산세의 흐름을 조망하고 하도(河圖)와 낙서(洛書)에서 밝힌 15의 수(河洛數)에 맞게 내룡의 방향이 태교혈(胎交穴)을 이루었는지 살피고 태교혈을 이룬 땅 중에서 생기가 분출하는 진혈을 찾는 작업으로 하루의 공부를 마치는 것이 요즘의 일과였다.

학림사(鶴林寺) 앞에서 우측으로 돌아가니 약수터가 나왔다. 졸졸 감질나게 흘러 나오는 약수물 줄기에 하얀 물통을 대놓고 기다리는 남자가 둘이었고 약수에서 조금 비낀 바위 위에 엉덩이를 내려놓고 쉬고 있는 노인 한 사람이 있었다. 양사백이 그 노인의 앞을 지나가자 노인이 들고 있던 지팡이를 땅에 떨어뜨렸다. 자빠진 지팡이가 발 앞에 있었으므로 양사백은 지팡이를 주워 노인에게 내밀었다.

"고맙소, 활안 선생."

많이 듣던 목소리, 늘 그리워 귓가에 돌고 있던 목소리였다.

"선생님,"

노인이 지팡이에 기대어 일어났다. 그리고 양사백의 옆에 서서 나란히 걸었다. 다른 사람이 보면 함께 등산하는 일행으로 보일만한 그림이었다.

"지기감응(地氣感應)의 도를 이루었지요? 내 그럴 줄 알고 어제부터 여기서 기다리고 있었다니까."

수경 선생의 목소리는 밝았으나 어딘지 모를 그늘이 있었다.

"제가 오늘 여기 올 줄 알고 계셨습니까?"

"오늘일지 내일일지 그건 확실치 않았지만 이곳을 지나갈 거라는 예감이 있었거든. 어제부터 여기 앉아 기다렸다니까."

"역시 신인이십니다."

"그런 공치사나 듣자고 양 선생을 기다린 건 아니고."

노인이 이쪽 말을 잘랐다.

"내가 얼마나 기다렸는지 모를 걸? 양 선생이 도를 이루면 반드시 이 길을 가게 될 거라고 확신했거든. 오늘 양 선생은 수락에 올라 건너편 북한산의 내룡을 보고자함이 아니었소?"

"맞습니다. 바로 그것이 목적이었습니다. 더하여 수락 자체에서 진혈을 찾아보고 싶었기도 하고요. 그보다 선생님을 만났으니 선인을 만난 기분이 이보다 더하겠습니까? 그동안 어디에 은거하고 계셨습니까?”

“그 이야기를 하자면 좀 길어요.”

수경 선생이 목소리를 낮추었다. 누가 엿들을까봐 경계하는 눈치였다. 노인의 그런 몸짓이 웃음을 자아냈으나 눌러 참았다. 수경 선생은 흙을 뚫고 비죽 나와 있는 바위에 걸터앉았다. 발 아래로 수락산과 불암산 사이로 펼쳐진 마을과 그 사이의 논벌이 아득한 부조화를 이루면서 바다처럼 출렁이고 있었다.

“양 선생, 내가 좀 불안해 보이지요? 그런 꼴이 우습다는 것도 알아요. 그러나 쫓기다 보니 영 기분이 좋지 않아요.”

“대체 누가 왜 선생님을 쫓고 있는 겁니까?”

“남산이라면 알아듣겠소? 그곳 책임자가 날 쫓고 있어요.”

“중앙정보부장이 선생님을 쫓는다면 선생님을 간첩으로 오인했다는 말인가요?”

“간첩보다 더합니다. 나를 원수로 보고 제거하려고 합니다.”

노인들은 어린아이와 같아서 과대망상증에 걸리기 쉽다. 이 노인도 그런 증상에 쫓기고 있는 깃이 틀림이 없었다. 이쪽의 그런 마음을 짐작하고 있다는 듯이 수경 선생이 서둘러 이야기를 풀어냈다.

“그무렵, 내가 양 선생과 헤어지기 얼마 전의 일이었습니다. 무슨 장관의 가형이라는 사람으로부터 전화가 오고 곧 찾아옵디다. 이 양반이 만나서 하는 말이 경상북도 어느 지방에 선산이 있는데 자리가 좋지 못하다는 당대 제일의 풍수 칠엽 도사의 말을 듣고 선친의 묘소를 이장하기로 결정했으니 이장할 자리의 선악과 길흉을 판단해 달라는 얘기였어요. 얘기를 들어보니 장관으로 발탁된 동생의 더 높은 출세를 위해 선친의 묘소를 천하명당에 옮기고 싶던 차에 칠엽 도사를 만나 바로 그 천하명당 길지를 소개 받은 김에 이장을 하기로 결정한 것 같았어요. 그러면 됐지, 내 의견이 뭣에 필요하냐 했더니 장관질하는 동생이라는 사람이 워낙 용의주도하고 꼼꼼한 사람이라 여러 풍수의 의견을 종합 해야만 비로소 믿는 성질이라는구만. 허어, 그래서 갔지. 장관이 타는 관용차로 경상북도 어느 고을까지 갔단 말씀이오. 가 보니 벌써 산역(山役)을 진행하고 있더만. 산역을 하면서도 다른 풍수의 의견을 더 듣고 싶다, 이게 대체 무슨 심사인지 나는 아직도 모르겠어요, 그런 사람의 심리상태를.

어쨌거나 광(壙)을 파놨는데 내가 가서 보니 흙은 잡티 없이 깨끗한 붉은 황토로 아주 좋았어요. 한데 혈이 아닙디다. 맞은 편 안산의 바위 가 흉하게 삐죽 튀어나와 살기가 느껴지고요. 그래서 내가 물었어요, 그 형이라는 사람에게. 정말 이곳에 선친을 이장할 생각입니까? 그랬더니 그 사람 대답이 대한민국 최고의 풍수인 칠엽 도사가 점지한 명당으로 군왕지라고 합디다, 이 말은 혼자만 아셔야 합니다, 그래요. 아, 그렇습 니까 해놓고 다시 살피니 영락없는 흉지라 그 형이라는 사람을 조용히 불러 말했어요. 아직도 내 의견이 필요합니까? 필요한 정도가 아니라 적극 참고하고 수용하겠노라 합디다. 해서 말했지요. 이건 군왕지가 아 니라 패가망신할 묘자리다, 여기다 선대의 이장을 강행할 경우 자손들 중에 이금치사(以金致死)할 운이 온다고 해버렸습니다. 그러자 그 형이 라는 사람이 잠시 먼산을 보더니 자동차로 달려갑디다. 자동차에는 그 때 이미 이동전화가 설치되어 있었거든. 자동차에서 서울에 있는 동생에게 서울에서 온 어떤 풍수가 말하기를 이곳에 이장했다가는 우리 형제 중에서 한 사람이 총이나 칼로 죽게 된다고 하고 있다, 하자 그 장관이라는 통 큰 사람이 껄껄 웃고 하는 말이 풍수란 원래 남이 해놓은 일에는 생트집 잡는 것이 직업병이니까 귀 기울이지 말고 그대로 산역을 진행하라는 것이었지. 덕분에 나는 갈 때는 장관 차를 타고 갔으나 올 때는 찬밥이 되어 고속버스로 간신히 서울 올라왔다니까. 문제는 그 다음이오."

수경 선생은 사방을 휘둘러본 후 말을 이었다.

"그로부터 얼마 뒤, 신문을 보니 장관하던 그 사람이 중앙정보부장으로 갔더라고. 중정이 어떤 자리요? 비록 청와대 경호실장이라는 덜떨어진 놈이 날뛰고는 있지만 그래도 그 막강한 힘으로 말하자면 누가 봐도 권력 서열 두 번째 자리거든. 나도 놀랐어요. 내가 자리 보는 눈이 어두워졌나 하는 자괴감도 들고 착잡한데 그 때 만났던 형님이라는 분이 찾아왔어요. 와서 단도직입으로 한다는 말이 어디 조용한데 가서 살면 좋겠다 하더라고. 왜냐? 나는 평생 내 집을 떠나 살아본 일이 없고 갈 데도 마땅찮다, 그랬더니 형님이라는 사람이 말합디다. 자기 동생이 중정부장이 돼가지고 어느 술자리에서 말하기를 '이게 디 조상 묘소 잘 옮긴 음덕인데 어느 풍수놈이 날더러 제 명에 못산다 했다니 웃기는 일이다. 내 그놈의 풍수를 잡아다 모가지를 비틀어놓겠다. 말하자면 손을 보겠다는 거랍디다. 그 사람 말이 자기 동생은 한다면 하는 사람이래요. 그러니 피신해서 살라는 겁니다. 그 말을 듣고 나니 영 기분이 안좋습디다. 청주댁하고 의논했더니 마침 남양주 어느 암자의 주지가 잘 아는 분이니 그곳에 가서 때를 기다려 보는 게 어떻겠느냐 하기에 찬밥 더운

밥 가릴 처지가 아니라서 그곳 암자로 들어가 지금까지 피난생활을 하고 있어요. 내가 젊은 나이 같으면 정보부장 아니라 그보다 더한 벼슬이라도 당당하게 맞붙어 보겠는데 이 나이에 끌려가 모진 대접을 받으면 헛소리를 하게 될까봐 용기를 낼 수도 없고 참 이 세월이 지랄입니다.”

양사백은 실망을 씹고 있었다. 수경 선생이 자신의 홀로서기를 위해 어디론가 자취를 감춘 줄 알았는데 알고 보니 그런 하찮은 권력에 쫓기어 덜덜 떨면서 숨어 지내고 있었던 것이다. 그것도 청주댁만 알고 본가의 마누라와 양사백은 까맣게 모르는 사이에 그런 일이 벌어지고 있었던 것이다. 실망이 서운한 감정으로 변해갔다.

“양 선생은 어떻게 보시오?”

서먹한 기분을 깨려고 수경 선생이 말머리를 돌렸다.

“뭐가요?”

“부산과 창원에서 난리가 나고 있다고 합디다. 신문에는 잘 나지 않지만 그곳에서 온 사람 말로는 4·19 때보다 심하다고 해요. 이 정권 얼마나 더 가겠소?”

“칼을 거꾸로 잡았으니 칼을 잡은 자가 다치겠지요.”

“그렇지요? 양 선생이 그렇게 보았다면 틀림이 없을 거요.”

두 사람은 산에서 헤어졌다. 수락산 정상에서 수경 선생은 남양주쪽으로 내려갔고, 양사백은 서쪽 계곡을 따라 도봉산을 맞보는 방향으로 길을 잡았다. 언제 다시 만나자는 기약 같은 것은 하지 않았다. 만나지 못할 때는 보고싶었는데 정작 만나고 나니 둘 사이가 아득하게 멀어진 기분이었다.

수락산에서 우연히(수경 선생은 우연이 아니라고 했지만) 수경 선생을 만난 이후 양사백은 천지간에 홀로 된 것처럼 심한 외로움을 느꼈다. 그러나 그가 이 외로움이 어디서 오는 것이며 실상은 무엇인가 챙겨보고 알아차릴 틈도 없이 세상이 뒤집어졌다. 수경 선생을 잡아 모가지를 따버리겠다고 공언했던 그 무서운 정보부장이 자신에게 권력을 쥐어준 그 원천에 대고 총질을 한 것이다. 여름날 들꽃보다 못한 권력을 영원할 것으로 착각하여 집착하던 권력의 원천은 제거되었고, 거기다 대고 총질을 한 부장은 감옥에 처박혔다. 그와 함께 수경 선생을 뒤쫓던 공포의 그림자도 사라졌다. 공포는 수경 선생 스스로 만든 것이었는지도 모르는 것이었다. 부장이라는 사람은 술자리에서 농을 하고 잊어버린 것을 실체도 없는 공포로 키워 쫓겨 다닌 것은 수경 선생 자신의 마음뿐이었는지도 모를 일이었다. 어쨌거나 부장은 감옥에 가 있고, 세상은 새로운 권력이 물 밑에서 용틀임을 하고 있었다. 수경 선생은 집으로 돌아왔다. 돌아온 다음날 양사백을 불렀고, 두 사람은 옛날의 그 학원에서 만났다. 풍수학원은 지하에서 영업하던 청주댁이 그럭저럭 이끌어오고 있었다.

"권력에 맞서지 마소. 코털도 건드리지 말고."

수경 선생이 말했다. 숨어 지내던 때의 공포가 그를 십년은 더 늙게 했다.

"문득 이런 생각이 들었소. 그 부장이라는 양반, 감옥에 앉아서 큰소리치기를 자기가 민주투사다, 독재의 심장을 쐈다, 어쩌고 하지만 내가 보기에 그 자는 왕이 되고 싶었던 거라고. 그 몹쓸병에 걸리면 백약이 무효거든. 그런데 그로 하여금 왕이 되고 싶다, 될 수 있다는 환상을 심어준 것이 무엇일까? 칠엽 도사가 그의 선친 이장지를 점지하면서 '이 곳은 군왕지다'하고 헛소리를 한 것이 원인이 아니었을까? 군왕지에 선 친을 이장했으니 후손 중에 군왕이 나오는 것은 당연한 이치라고 생각 했던 것이 아닐까? 만약 그랬다면 그 잘못이 칠엽 도사에게 있을까, 부 장 자신에게 있을까, 그게 또 문제란 말씀이오. 하여튼 모름지기 풍수나 점쟁이나 미래를 본다는 사람들이 함부로 입을 놀려 군왕지다, 천기누 설이다, 그 따위 소리를 해서는 안 된다는 것을 이번 일로 분명하게 알 았소."

"그렇다면 풍수가 할 일이 무엇입니까?"

"남사고(南師古)를 보세요. 그 분은 임진왜란과 동서분당(東西分黨)을 예언했고, 가까이 탄허(呑虛) 스님은 육이오 전란을 예고한 인물입니다. 이 같은 중대한 사명이 있는데 왜 할 일이 없다고 하겠소?"

"그런 문제들의 가운데에 권력의 문제가 들어 있습니다. 때로 풍수는 목숨을 내놓아야 합니다."

"내 나이가 돼 보시오. 하루가 아쉬운 그런 나이가 돼 보란 말이오. 생각이 달라질 거요."

이 논란은 끝이 보이지 않았다. 장소를 청주집으로 옮겨 청주댁까지 끼어들어 같은 논쟁을 계속했으나 역시 끝이 없었다. 각자의 생각을 각 자의 처지에 맞추어 뱉아냈을 뿐이었다.

쫓겨 다니던 때의 시름이 깊어 생명을 갉아먹었던 것일까. 수경 선생 은 아직 더 살만한 나이인 일흔아홉에 타계하고 말았다. 그해 새로 떠 오른 권력 집단이 문제의 정보부장을 재판하는 와중에 수경 선생을 불 러놓고 '부장에게 대통령병을 앓게 한 원인이 무엇인지' 추궁한 일이 있었고, 그 때 불려간 남산 정보부 분실의 엄청난 위압감 때문에 폭싹 늙어버린 수경 선생은 삶의 의지마저 놓아버리고 훌훌이 떠나버린 것이었다.

수경 선생이 떠나기 전 남겨놓은 것이 있었다. 그가 알고 있는 권력 근처의 사람들과 재벌, 기업인, 그리고 언론 종사자와 풍수 전문가들에게 '내 뒤를 이어 나보다 훨씬 훌륭한 풍수가 이미 나와 있으니 그 사람이 이 땅의 마지막 풍수'라고 선포한 것이었다. 한 두 번 말로만 한 것이 아니라 만나는 사람마다 붙들고 신신당부하듯 설득하느라 온힘을 다한 것이었다. 수경 선생의 당부는 선생이 생존해 있을 동안에는 별 효력을 내지 못하는 듯이 보였다. 그러나 선생이 타계하고 나자 갑자기 사람들은 새롭지만 마지막을 장식할 풍수 양사백에게 눈을 돌리기 시작했다.

7.
돈의 저주

사람들이 풍수나 점쟁이를 찾을 때는 대개 '너무 늦은 때'이다. 일이 꼬이고 안 풀려 막다른 골목에 닿았을 때 지푸라기라도 잡는 심정으로 조상 무덤도 돌아보고 점도 쳐보는 것인데 그럴 때는 이미 운명을 되돌리기에는 너무 늦은 때인 것이다. 그래도 웬만한 풍수나 점쟁이는 '당신 너무 늦었다'는 소리는 절대로 안한다. 조상 묘를 옮기고 액막이나 한 판 하면 잘 나가던 운명이 되돌아 올 것처럼 말하여 물에 빠진 사람을 더 깊은 물속으로 밀어 넣는 경우가 많다. 양사백은 달랐다.

'거품'이 처음 전화를 해 온 것은 한밤중이었다.

"나 강삼중이오."

누구더라? 모르는 이름이었으므로 양사백은 되물었다. 그러자 전화

저편에서 한층 무거운 목소리가 들려왔다.

"삼중재벌의 강삼중 회장이오."

그제야 알아차렸다. 그와 함께 이 야심한 시간에 대재벌의 회장이 전화를 걸어온 이유도 짐작했다. 요 몇 달간 이 나라의 신문, 방송들은 굶주린 하이에나처럼 삼중재벌의 '거품경영'이 무너지는 과정을 실감나게 풀어헤치고 있었던 것이다. 바로 그 '거품'이 밤이 깊도록 머리를 굴리다가 풍수나 찾아보자고 전화통을 잡은 것이다.

"너무 늦은 시간이라 미안하오만,"

정말 미안해 하는 말은 아니었다. 이쪽이 뭐라 생각하건 개의치 않고 그는 말을 계속했다.

"매스컴놈들 짖는 소리 들었지요? 날더러 거품이라고 합디다. 그 거품이 방금 주거래 은행 은행장이라는 놈에게 전화를 했소. 사천 억을 요구했어요. 했더니 그 좀팽이 하는 말이 내일 부거래 은행장들과 회동해 보고 이천 억 쯤 만들어 보겠다는 거요. 이게 무슨 흥정할 일입니까? 내가 당장 좀 만나자 하니 이 은행장 나리 하얀 와이셔츠에 반듯하게 넥타이 맨 놈들 말이오. 그 친구 겁을 내서 꽁무니를 빼는데 볼만하더만. 내가 문둥이오? 사천 억으로 술 사 믹겠다는 거요? 명품 핸드백이나 사서 여편네 얼르고 젊은 년 치마 벗기는데 쓰자는 거겠소? 한데 모두 나를 문둥이 피하듯 피합니다. 당신이 내 말 들어줄 줄 알았소. 우리 만납시다."

다음날 만났다. 거품 강삼중은 방금 논에서 물꼬를 보고 돌아온 농부 같은 인상의 오십대 후반의 사내였다. 넥타이는 매지 않았고 갑갑한듯 값싼 남방셔츠의 단추를 두 개나 풀어놓고 있었다. 네거리 뒷골목의 커피숍이었다. 주변에 젊은 남녀들이 쌍을 지어 앉아 머리를 맞붙이고 키

득거리고 있었다. 그런 모습을 짜증어린 눈으로 바라보던 강 회장이 먼저 입을 열었다.

"법호를 활안이라 한다지만 스님이 아니니 스님으로 호칭할 수도 없고 그냥 편하게 선생이라 부르겠소. 양 선생, 됐지요? 그럼 됐고, 왜 그런지 양 선생이 편하게 느껴집니다. 옛날 어릴 때 시골 살 때 이후로 이런 느낌 처음입니다. 선생도 시골 살았소?"

"그냥 시골이 아니라 산골이었습니다. 똥구멍이 찢어질 정도로 가난했어요."

"어쩐지 내 그럴 것 같더라니까. 우린 인생의 출발점에서 비슷한 경험을 공유하고 있다, 맞지요?"

말버릇이 그랬다. 무슨 말을 해놓고 상대의 긍정을 강요한 후 다음말로 넘어가는 버릇을 지니고 있었다.

"우리 세대가 다 그랬지요, 뭐."

"안 그런 사람도 많았습니다. 면장댁 아들 딸, 그리고 양조장이나 몰락한 양반댁 자제들, 그런 부류도 우리와 함께 살았어요. 한데 나중에 보니 그들이, 출발선에서 앞서 달려가던 그들이, 나중 보니 국회의원도 하고 장관도 하고 판사 검사도 하더라니까. 인생은 출발점이 중요한데 우리 같은 시골 가난뱅이들은 남들이 트랙의 반 바퀴를 돌 때 그제서야 뛰기 시작했단 말씀이야. 왠지 알아요?"

"그야 배가 고팠으니까."

"맞아요. 당장 먹을 것도 없어 굶주려 있는데 경기장에 나서서 달릴 여유가 없었거든. 내가 말이오."

여기서부터가 시작이었다. 양사백은 느긋하게 그의 이야기를 들어줄 요량으로 마음을 풀었다.

"내 고향은 무진장입니다. 무주, 진안, 장수를 싸잡아 그렇게 부르는데 전라북도에서도 가장 산이 많은 동네요, 거기가. 국회의원 선거에 나온 놈이 그럽디다. 운동을 하려고 종일 걸려 도착해 보니 집이라고 겨우 서너집 뿐인 마을이라, 맥 빠지고 지쳐서 못해먹겠다 그러더라고요. 하여튼 그런 동네서 태어났는데 우리 부모는 송곳 꽂을 땅뙈기도 없는 사람이라, 여기서 우리 생각 좀 해 봅시다. 농사꾼이 농사 지을 땅이 없다, 하면 무능한 탓일까요, 청빈한 탓일까요?"

"무능한 탓이지요."

"맞아요. 내 생각이 그래요. 우린 잘 맞네. 무능한 우리 부모, 얼마나 무능했냐면 동네에서 모진 놈이 죄를 지으면 대신 잡혀가서 매타작을 당할 정도로 무능했어요. 그런 부모 밑에 태어나 그럭저럭 안 죽고 살아 청년이 됐어요. 나이 열 아홉 땐데 이 때를 놓치면 영원히 산골에 뼈를 묻겠더만. 마침 송아지 한 마리 판 돈이 있길래 들고 튀었지. 나중에 백 배로 갚아드리겠다, 스스로 다짐하면서 울면서 튄 거요. 나중에 진짜로 수백 배, 수 천 배로 갚았습니다. 무능했던 우리 부모님에게. 현대그룹 정주영이도 애비 소 판 돈 훔쳐 달아나면서 가슴에 피멍들게 울었을 거요. 그 때문에 소떼를 몰고 휴전선을 넘는 해프닝을 벌이고 그걸 하자고 뒷돈을 들이고 깊은 짓을 다했잖아요. 그 양반 하는 짓을 보고 나는 그래도 복이 있는 놈이로구나, 깨달았죠. 고향이 평양이나 통천이 아니라 무진장이니까. 이야기가 이렇게 가면 안 되는데, 하여튼 나는 서울로 왔습니다, 열 아홉 때."

서울에 대한 환상은 가지고 있지 않았다. 다행히 강삼중은 서울에 대한 약간의 지식을 가지고 있었다. 송아지 한 마리 값 정도는 서울역 앞 낡은 건물의 층마다 자리잡고 있는 직업소개소에 가면 일확천금을 약속하면서 술집 웨이터나 경리 자리를 소개하는데 보증금으로 톡 털어넣기에도 부족한 액수였다. 그걸 보증금으로 걸고 술집에 취직을 해놓으면 그날 밤 배당된 단체 손님이 진탕 마시고 외상을 질러놓는다. 며칠 후 주인은 외상값 수금을 독촉한다. 수금하러 명함을 들고 찾아가보면 명함에 적힌 주소에 그런 사람이 없다는 사실을 알게 된다. 그때 쯤 서울역을 통해 새로운 웨이터가 보증금을 걸고 취직하여 문밖에서 차례를 기다리고 있다. 대충 이런 식이었다. 그것을 돼지장사라고 했다. 강 회장은 돼지장사꾼들의 배를 불려줄 생각은 없었다. 하여 직업소개소 따위는 기웃거리지 않았다.

고향 부모들의 생명줄과 같은 그 귀한 돈으로 최대한 오래 서울에서 죽지 않고 버텨야 했다. 그는 본능적으로 그 길을 알았다. 그 무렵 대한민국은 공업화, 도시화가 추진되면서 수도 서울은 공업화에 필요한 값싼 노동력을 공급하는 거대한 용광로였다. 노동력의 원산지는 시골이었다. 논을 팔고 소를 팔아 차표 살 수 있는 돈과 약간의 용기만 있으면 농촌을 떠나 서울로 서울로 몰려들었다. 신문에는 〈서울은 만원이다〉 어쩌고 하는 소설이 연재되고 있었으나 그까짓 우스개 이야기로 서울로 몰려드는 농촌 인구의 물결을 막지는 못했다. 이렇게 몰려든 농촌 인구가 서울에 차고 넘치면서 약간의 문제도 일으켰다. 그래서 고안해 낸 것이 근로자합숙소였다. 시골에서 올라온 사람들을 일정 기간 값싸게 재워주고 먹여주는 시설이었는데 영등포 문래동과 서울역 앞 도동, 그리고 동대문 근처 창신동에 합숙소가 있었다. 노동판에 나가 잡부 노역을 하면 하루 일당이 사백 원 남짓, 근로자 합숙소의 하루 숙박료는 십 원, 아침과 저녁 식사값은 각각 십원씩 하루 두 끼를 먹고 잠을 자는 경우 삼십원이 소요되므로 노동판에서 하루만 일하면 최소 열흘은 근로자합숙소에서 놀고 먹을 수 있었다. 단순 계산상으로만 그렇다는 것이었다. 합숙소에서 지낼 수 있는 기한을 일주일로 한정했기 때문에 일주일 안에 제대로 된 일자리와 잠자리를 구하여 떠나지 못할 경우 문래동 합숙소에서 도동 합숙소로, 도동에서 창신동으로 옮겨가며 살아야 했다. 천만다행히도 그 무렵에는 행정전산망이라는 개념조차 없었으므로 이 합숙소에서 저 합숙소로 옮겨다니며 신세를 져도 속아낼 수 없었다.

강삼중은 영등포 문래동을 시작으로 도동으로 옮겼다가 다시 창신동으로 이사를 왔다. 여기서 쫓겨나면 다시 문래동으로 가야할 형편인데 문래동 근로자 합숙소의 눈 밝은 직원이 자신을 속아낼지도 모른다는 불안이 있었다.

근로자 합숙소의 방 하나에는 여섯 명이 자게 돼 있었다. 그들을 수용하는 삼층 침대가 두 줄로 들어서 있었다. 강삼중이 사는 109호실의 식구들도 어김없이 여섯 명이었는데 칠순의 노인도 있었고, 넥타이를 매고 다니는 이십 대의 힌량도 있었다. 건너편 침대에는 남산과 서울역 앞 염천교에서 카드 석 장으로 야바위를 하는 일당이 일층 침대에서부터 삼층침대까지 점령해 있었다.

강삼중은 삼층침대의 가운데 이층에 살았다. 머리 위의 삼층에는 매일 넥타이를 메고 하얗게 와이셔츠를 다려입고 나가는 청년이 살았다. 그리고 맨 아래층에는 칠순을 넘겼다는 노인이 살았다.

근로자 합숙소의 수용인원 중 절반은 진짜 근로자였다. 그들은 어쨌든 아침이면 일터로 나갔다. 망우리 근처의 시멘트 불록 공장에서 하루 일당벌이할 인력을 뽑으러 오는 것을 시작으로 을지로 초동의 엑스트라 선발장에서도 사람이 왔다. 그들은 무슨 영화를 찍는지 모르지만 행인1, 행인2로 써먹기 위해서도 우선 와이셔츠와 넥타이를 맨 사람만 뽑아갔다. 그렇게 뽑혀간 사람들이 저녁에 돌아오면 모두 그들의 무용담을 들으러 모여들었다.

"오늘은 김지미, 최무룡이와 공연했어."

하고 그들은 말했다.

"한데 말이야, 내 코는 못 속여. 김지미하고 최무룡이 둘이서 노는 가닥이 아무래도 수상하단 말이야. 조만간 무슨 일이 터질 거야. 제기랄, 숫놈과 암놈의 일이 원래 다 그런 거 아니겠어?"

강삼중은 일을 나가지 않고 있었다. 합숙소에서 점심은 주지 않기 때문에 일단 아침이 되면 합숙소를 떠나야 하도록 규칙이 서 있었다. 강삼중은 합숙소를 나와 동대문을 한 바퀴 돌고 동대문시장을 한 바퀴 돌았다. 그래도 시간이 남아돌았으므로 그는 대학천 주변의 서점들을 기웃거렸다. 책을 만드는 사람들은 누굴까, 그는 생각했다. 그런 회사에서 일했으면 좋겠다, 하고.

만화책을 산더미처럼 쌓아놓은 서점 앞에서 만화책 표지를 들여다보고 있는데 누가 소매를 잡아끌었다. 돌아보니 일층에 사는 노인이었다.

"점심 드셨나?"

노인이 반말도 아니고 온말도 아닌 어정쩡한 말로 물었다. 합숙소에 신세 지고 있는 사람들 중에 낮에 점심을 찾아먹는 사람이 얼마 안 된다는 것을 강삼중은 알고 있었다. 그는 고개를 저었다.

"잘 됐구만. 나도 점심 전이니 우리 함께 먹자구."

노인이 앞을 섰다. 시장통을 질러 간 곳은 광장시장의 한복판이었다. 노인은 익숙한 몸짓으로 좌판의 긴 의자에 앉더니 팥죽 두 그릇을 시켰다.

"사실 옛 기록들을 보면 사람이 하루 세끼씩 찾아먹은 것이 최근세의 일이야. 석가 부처님께서는 하루 한 끼만 스스로 동냥해서 자셨고, 예수님의 행적에도 만찬 얘기는 있지만 조찬이나 오찬 얘기는 없거든. 그런데 요즘 기업한다는 사람들이 조찬기도회라는 것을 열어놓고 대통령도 끌어다 앉히고 총리도 불러오고 장관들도 무슨 연설을 시키고 그러는데 웃기는 얘기라구. 조찬기도회가 다 뭐야, 지금도 아침밥을 굶는 사람들이 얼마나 많은데 호텔에 앉아 고기를 썰면서 그 따위 기도라니, 참."

팥죽 한 그릇도 감지덕지 먹어야 한다는 것을 그렇게 에둘러 장황하게 풀어놓고 노인은 다른 말을 꺼냈다.

"자네는 왜 일하지 않는가?"

"일을 찾고 있습니다. 좀더 벌이가 좋은 일로."

"좋은 생각이야. 합숙소에 사는 사람들을 보니 그저 생존을 위해 아무 일이나 허겁지겁 물고 나가는데 그리면 사람이 발전이 없어. 자네 내가 어떤 사람으로 보이나?"

"잘 모릅니다. 제 아버지보다 나이가 조금 많으신 어르신이다, 그 정도로만 알고 있습니다."

"정확하게 알았네. 합숙소에는 사기꾼들도 많아. 어떤 녀석들은 내가 돈이 굉장히 많은 부자라는 소문을 듣고 내 앞에 와서 알랑거리는 놈들도 있어."

"정말 부잔가요?"

"아니야, 헛소문이지. 내가 일 안하고 놀고먹으니까, 상상을 해서 그런 드라마를 만들어내는 거지. 내게 아름다운 막내딸이 있다는 소문도 있어. 자네도 들었나?"

"들은 것 같습니다. 실제로 따님이 있습니까?"

"있지. 하지만 아주 못생기고 마음씨도 고약해. 내가 집을 나와 이곳저곳 떠돌며 사는 것을 보면 알 거 아닌가?"

그날 저녁 식당에서 십원짜리 밥을 사 먹고 나오는데 노인이 문 앞에 기다리고 서 있었다.

"내일 일하러 갈 계획이 있나?"

"없습니다."

"그럼 됐네. 내가 아는 노인이 이촌동에서 상가를 짓고 있는데 셈을 할 줄 아는 젊은이를 소개해 달라는구먼. 자네가 가서 좀 도와주게."

일당이 얼만지 언제까지 일해야 하는지 아무런 언질도 약속도 없었다. 이촌동의 공사 현장에 도착해 보니 대단지 아파트의 중앙상가 건물 신축공사로 생각했던 것보다 규모가 컸다. 노인이 소개해 준 사람을 찾으니 상가 건물 전체를 시공하는 건설업자가 아니라 벽체와 지붕의 시멘트 공사만 전담하는 전문건설업체의 현장감독이었다. 나이는 노인보다 서너 살 아래인 육십대 후반이었으나 건강해 보였다.

"내가 나이 들어선가 저놈들이 꾀를 부리네. 맡은 기일 안에 공사를 해내지 못하면 지체상금도 물어야 하고 손해가 막중한데 이걸 어쩌나. 자네가 어떻게 좀 해 주게."

공사에 대해 아무것도 모르는 백수에게 통사정이었다. 난감했다. 궁리 끝에 그가 물었다.

"근로자들의 임금은 어떻게 계산해 주고 있습니까?"

"보름마다 정산해 주고 있지. 이 현장의 다른 업체들도 마찬가지야. 그건 왜?"

"저에게 어떻게 좀 해보라고 하셨지요? 오늘부터 임금을 일일정산제로 하겠습니다. 당장 지난번 임금 지불일로부터 오늘까지의 개인별 임금을 계산해 주십시오."

"그걸 제대로 하는 사람이 없어 자네를 부른 것 아닌가. 자네가 하게."

강삼중은 현장감독과 함께 사무실에 들어앉았다. 앞서 임금을 지불한 것이 닷새 전이었으므로 오늘까지 계산해야할 근로일수는 나흘이었다. 아침 출근부에 손도장을 찍은 시간을 일일이 체크하고 일의 결과를 총량으로 계산하여 근로자 개인의 고과점수를 매겼다. 그리고 임금을 차등 지불했다. 불만이 있을 것으로 생각했으나 뜻밖에도 불만은 없었다. 그리고 다음날부터 공사 진척도는 다른 날에 비해 두 배로 빨라졌다.

"건설공사는 시간과의 싸움이다. 누가 더 빨리 공기를 앞당기느냐에 따라 성공이냐 실패냐가 판가름난다."

현장감독은 노동판의 삽부로 시작하여 십장을 거쳐 지금의 감독에 이르기까지 사십 년을 공사판에서 살아온 사람이었다. 그가 얻은 교훈이 '건설공사는 시간과의 싸움'이라는 것이었다. 그가 만약 엔지니어였다면 '건설공사는 물과의 싸움'이라고 했을 것이다. 강삼중은 늙은 감독이 사십년에 걸쳐 체득한 교훈을 자신의 것으로 소화시켰다. 그 방법은 임금이었다. 근로자는 임금이 목적이다. 일을 열심히 하고 많이 하는 사람에게 돈을 더 주고 게으르고 능률이 오르지 않는 사람을 적게 주는 차등제의 실시와 매일 그날의 결과를 계산하여 지급하니 근로자들은 물불을 가리지 않고 일해 주었고, 시간과의 전쟁은 강삼중의 승리였다. 그가 현장에 배치된지 보름이 지났을 때 당초 한 달로 예상했던 벽체와 지붕공사가 모두 끝났다. 공사를 모두 끝낸 날 저녁 오너 사장이 모든 근로자들을 모아놓고 저녁을 낸다고 했다. 용산에서 이름난 불고기집에 모여 불고기를 구우면서 사장이 오기를 기다렸다. 현장감독이 '사장님께서 오셨습니다' 하고 알렸을 때 들어온 사람은 근로자합숙소의 그 영감이었다. 사장 오길영은 짧게 용건만 골라서 말하는 스타일이었다.

"강삼중 총무에게 신사동 상가 건물 신축공사의 하도급을 주겠네. 해보겠는가?"

그게 무슨 말인지 몰라 어리둥절하고 있는데 불고기를 먹던 근로자들이 왁하고 일어났다.

"강 총무가 하도급을 맡으면 우리가 모두 나가서 일하겠다"는 것이었다. 근로자들은 말했던대로 한 사람의 낙오도 없이 그대로 신사동의 현장에 나타났다. 그들 자신만 온 것이 아니라 일 잘하는 친구들을 데리고 나타난 사람도 있었다. 신사동의 상가 신축공사는 석달만에 끝났다. 계산해 보니 일억 원이 남았다. 그 돈을 종자돈으로 하여 건설회사를 차렸다. 이번에는 서울시가 발주하는 대형공사를 수주하는데 성공했다. 관공사는 수주해 봤자 도급실적만 올랐지 이익은 없다는 것이 건설업계의 통념이었다. 그러나 이 공사에서도 강삼중은 삼억 원의 흑자를 올렸다. 시간과의 전쟁에서 승리한 결과였다.

이런 승리의 기록은 강삼중에게 시간과의 전쟁에 대한 자신감을 불어넣었다. 그는 겁이 없었다. 아파트 단지 건설에 다른 대형 건설업체와 함께 참여하여 실적을 올린 뒤 본격적으로 민간아파트 건설에 나섰다. 그의 회사 브랜드는 고급 아파트의 아이콘이 됐다. 모델하우스를 지어 놓으면 장날처럼 붐볐고 분양할 때마다 워낙 높은 경쟁률을 보이는 바람에 정부의 높은 사람들이 청탁을 넣는 경우가 많았다. 강삼중은 높은 자리의 나리들이 아파트 분양을 청탁해 오면 마지못한 듯 청탁을 들어줬다. 그리고 나서 그 사람들을 어떤 형태로든 사업에 써먹었다. 절대로 공짜는 없었다. 유능한 기자들과 배우, 탈렌트, 가수들도 그의 아파트에 사는 사람들이 늘어났다. 강삼중이 짓는 아파트에 사는 것은 대한민국 정상급 인물이라는 등급으로 여겨질 정도였다. 오길영 사장이 강삼중에게 저녁을 사라고 했다. 강삼중은 오길영 노인을 청평호반의 품격 높은 식당을 통째로 빌려 모셨다. 그러나 노인은 조금도 즐겁지 않다는 표정이었다.

"강 사장."

해거름의 북한강 수면 위로 모터 보트 한 척이 달리고 있었다. 보트에 탄 젊은 여자의 머릿결이 바람에 날려 그림처럼 나부꼈다. 그 모습을 보고 있던 노인이 시선을 강물 위에 머문 채 말했다.

"시간은 사람의 편이 아니오, 절대로."

"그런가요?"

"그렇습니다. 시간에 속지 마세요. 인간의 편이 아니니까. 나는 너무 늙었소. 강 사장에게 부탁 하나 해도 되겠소?"

"무슨 말씀이든 다 듣겠습니다."

"고맙소. 내 회사를 강 사장이 맡아 주시오. 아다시피 나는 아들이 없는데다 여편네도 일찍 떠나고 딸 하나 있는 것이 사람 되기 아직 멀었는지라 평생 일구워놓은 것 맡길 데가 마땅치 않습니다. 맡아 주시겠소?"

"하지만 그건,"

정말이지 맡고 싶지 않은 회사였다. 경영상태는 탄탄한 편이었으나 노인의 평생 흘린 땀이 녹아 있는 그 회사를 가져오고 싶지 않았다. 조만간 노인이 먼 길 떠날 때 무덤 속에 함께 묻어주는 편이 나을 것 같았다.

"그럼 승낙한 걸로 알고 한 가지 조건이 있소만,"

"말씀 하십시오."

"건설업을 축소시키고 제조업으로 전환하겠다고 약속해 주시오."

"제조업?"

"장치산업이 좋습니다. 초기 자본 투입이 큰 것이 흠이나 금융지원을 받으면 될 테고, 우리나라는 아직 제조업의 기반이 튼튼해야 합니다. 건설업은 중동 오일머니가 줄어들면 줄줄이 파산할 겁니다. 그때를 대비해서라도 제조업으로 업종을 다변화 해야 합니다."

"예를 들면요?"

"에너지산업이 좋겠지요. 크린 에너지로."

"크린 에너지라니요?"

"석유와 석탄 같은 화석 에너지는 언젠가 고갈됩니다. 인류의 꿈은 고갈되지 않는 에너지원을 찾는 것입니다. 그것으로 문명은 새로운 국면으로 접어들겠지요. 그 일을 하세요."

강삼중은 갑자기 자리에서 일어나 노인의 무릎 앞에 엎드렸다.

"멀리 인류문명을 바라보고 계시는 사장님의 깊은 마음을 가슴에 새기고 기업하는 목표로 삼겠습니다."

"과찬이오. 부자가 삼대를 가기 어렵다고 했으나 우리나라에서는 당대에 거꾸러지는 기업이 너무 많습니다. 강 사장은 기업을 반석 위에 세우시오, 부디."

반년 뒤에 오길영 사장은 죽었다. 그의 유해는 유언에 따라 화장하여 한강에 뿌려졌다. 오 사장의 영정 앞에서 강삼중은 노인이 청평호반에서 당부했던 이야기를 떠올리고 크린 에너지 연구 개발을 위한 연구소를 설립했다. 반년 뒤 연구소의 일차적인 연구 결과가 나왔다. 그것을 읽어보던 강 사장은 보고서를 집어던졌다. 아직은 경제성이 없으므로 국책사업이라면 모를까, 민간기업이 나설 일은 아니라는 결론이었다. 이놈들이, 강 사장은 연구소의 잘난 박사들을 싸잡아 씹었다. 어쩌다가 학문 하는 놈들이 경제성에 목을 매고 죽고 못살게 되었나?

정부도 마찬가지였다. 값싼 원자력발전소를 건설하면서 그것을 크린 에너지의 대명사처럼 선전하는 것이었다. 민간기업에서 미래의 대체에너지를 연구 개발하고 있다는 소문이 돌자 정부와 국책 연구기관에서는 노골적으로 엉터리 연구라고 비난하기 시작했다. 뭐 이런 놈의 나라가 다 있나. 분을 참기 어려웠으나 현실의 벽은 차갑고도 높았다. 가장 한심한 것은 시중은행이었다. 주거래은행이라는 A은행은 강삼중에게 '크린에너지 연구사업에 계속 막대한 자금을 쏟아 붓는다면 우리 은행은 자금 지원을 중단할 수 밖에 없다'고 폭탄 같은 말을 터뜨렸다. 강삼중의 기업은 이미 강삼중 개인의 것이 아니었다. 은행의 것이었고 정부의 것이었다. 그건 곧 국민의 것임을 의미하는 것이었다. 소유주인 국민이 용납하지 못하겠다면 그 사업은 접어야 하는 것이었다. 강삼중이 어렵게 버텨온 연구소를 패쇄하기로 결정하자 은행들이 먼저 반겼다. 그러나 은행들은 제 발등의 불이 화급한 지경에 이르러 있었다. 나라 경제가 부도가 나는 바람에 국제통화기금이라는 빚쟁이로부터 빚을 얻어와 발등의 불을 꺼야 했다. 그와 함께 나라 경제는 빚을 준 국제기관이 좌지우지하는 상황에 이르고 만 것이었다. 건설업체들은 줄줄이 도산했다. 아파트에 잔뜩 끼어있던 거품이 빠지기 시작했다. 그와 함께 강삼중의 기업도 꺼지는 거품과 함께 땅 속으로 잦아들었다. 강삼중의 이름 대신 '거품'이라는 명칭이 생긴 것도 이 때였다. 거품 강삼중이 일으켰거나 인수하여 경영하고 있던 계열사가 모두 열 세 개였다. 그것들이 연쇄적으로 쓰러졌다. 어제까지 맨땅에서 일어나 기업을 키운 영웅이었던 강삼중은 나라 경제를 나락으로 밀어넣은 죄인으로 몰렸다. 누구도, 은행의 대리까지도 그를 상대해 주지 않았다. 그는 처음 송아지 판 돈 움켜쥐고 서울역 앞에 내리던 때처럼 혼자였고 외로웠다.

"오길영 사장님이 생전에 하시던 말씀, 시간은 인간의 편이 아니니 싸워서 이길 생각을 말라고 하던 말씀이 이제야 가슴을 칩니다. 나는 시간과의 싸움에서 언제나 이길 자신이 있었거든요, 그때는. 하지만 지금은 아닙니다."

"무엇을 도와 드릴까요?"

양사백이 물었다.

"제 고향으로 한 번 가 주시겠습니까?"

"무진장, 맞지요?"

"맞습니다."

강삼중은 고향 옛 친구를 만난 것처럼 반겼다.

두 사람은 강삼중의 승용차에 타고 무진장으로 향했다. 자동차가 덕유산 자락으로 파고들자 감삼중은 조금씩 들뜨기 시작했다.

"여기가 나제통문(羅濟通門), 신라 백제의 소통문이었지요. 요즘은 옛사람들의 이런 지혜를 흉내도 못내고 있으니 딱하지요."

지역감정에 대한 나름의 해석과 대책을 그런 식으로 드러냈다.

무주에서 전주 방향으로 가다가 마이산 깊은 골짜기로 들어가던 자동차가 어느 작은 마을 앞에 멈췄다. 마을 회관 앞에는 강삼중 회장의 기부금으로 회관을 건축했다는 설명과 함께 이 고장이 낳은 대기업인 강 회장을 기리는 기념비가 서 있었다. 강삼중의 고향에 온 것이었다.

그의 선친 묘소는 마을에서 얼마 떨어지지 않은 산자락에 있었다. 산이 길게 꼬리를 늘이면서 골짜기 논배미를 향해 불쑥 뻗어나온 끝머리에 초라한 무덤 하나가 가을 햇살에 노곤한 잠에 빠져 있었다. 강삼중이 도중 가게에서 사가지고 간 소주를 뿌렸다.

"우리 부친, 막걸리는 배가 불러 못 마시고 정종은 싱거워 못 마셨어, 평생 소주만 드셨지. 서승에는 소주가 없을 텐데 적막해서 어찌하나."

양사백은 주변 산의 용맥을 살폈다. 주산의 봉우리가 우람하고 행룡이 드세지만 좌청룡 우백호가 뚜렷하지 않고 결인속기(結咽束氣)는 불끈했으나 안산이 찌그러져 모양이 좋지 않았다. 접이식 L로드를 펴서 생기를 찾으니 무덤 바로 오른편의 지적에서 생기가 넘치고 있었다. 그러나 불행하게도 묘소의 한가운데로 수맥이 지나가고 있었다. 어느 지관이 형국을 살펴 여기까지 오기는 했으나 진혈을 찾기에는 역부족이었을 것이다.

"어떻습니까? 윤년이 오면 가장 먼저 아버님 영면의 자리부터 단장해 드리려고 생각했으나 어느 풍수 어른이 말하기를 무덤이 수맥에 있다 하니 아예 자리를 옮겨 드리기로 하고 여태까지 이 모양으로 방치해 놓았소. 불효막심한 놈이지, 내가."

"섣불리 좋지 않은 자리로 옮겨 드리는 것보다는 차라리 이 자리에 계속 계셨던 것은 다행한 일이었습니다. 한데 모친 묘소는 어디 있습니까?"

"아버지는 내가 송아지 판 돈 들고 튀었을 대 그 이듬해에 돌아가셨고 어머니는 서울로 모셔와서 삼년 전까지 생존해 계셨소. 그 덕에 어머니 무덤은 서울 근교 공원묘지에 따로 모셨습니다. 합장해 드리는 것이 도리일까요?"

"아닙니다. 혼백은 각자의 길이 있습니다. 부부라 하더라도 마찬가지입니다."

"합장을 해도?"

"합장을 해도 마찬가지입니다. 저승에서는 이승의 인연이 별로 소중하지 않거든요."

먼저 강삼중의 소유지인 강씨 문중의 선산을 살펴보았다. 자리가 없었다. 선산에서 조금 떨어진 남의 땅 모서리에 강한 생기가 감지되는 명당이 있었다. 그러나 남의 땅이었다. 상놈 출신인 강삼중의 출세를 못마땅하게 생각하는 면장댁 소유지였다. 면장은 육이오 때 지리산 공산 게릴라에게 끌려가 목이 잘린 채로 소나무에 비끌어 메어 있었다. 면장이 죽자 면장의 가족과 일가 친척들은 머슴 출신인 강 씨를 공산 게릴라에게 연통한 범인으로 지목하여 몹시 미워했던 것인데 두 집안은 길에서 마주 오는 상대편을 피하여 멀리 돌아갈 정도로 싫어했다. 생기가 넘치는 명당은 바로 그 면장 집안의 소유지였다.

"하늘을 통째로 준다고 해도 그 집안의 땅이라면 관심이 없소."

결국 선친도 고향을 떠나는 것이 좋겠다는 쪽으로 가닥을 잡았다. 서울 근교 공원묘지에 안장돼 있는 모친의 곁에 모실만한 자리가 있는지 알아보기로 했다.

"양 선생,"

강삼중이 한숨을 꺾으면서 맥없이 말했다.

"인생이 대체 뭐요? 눈 깜짝할 사이에 지나가면서 오랜 꿈은 왜 심어 놓았소?"

"살면서 꿈을 다 실현한 사람이 있다고 칩시다. 그 사람은 행복할까요? 죽음이 그 사람을 피해서 돌아갈까요?"

"인간의 꿈은 어차피 다 실현하기 불가능한 것입니다. 꿈이라는 것 자체가 환각이기 때문이지요."

"많이 듣던 얘긴데, 입으로는 그런 도사 같은 말을 하면서도 손으로는 돈을 짓기 위해 사생결난하는 것이 인간 아닙니까. 양 선생도 벌이가 돼야 풍수를 하든 뭐를 하든 할 것 아닙니까?"

"그렇지요."

"보세요. 모두 밥벌이다, 그 말씀입니다. 좀더 큰 밥그릇을 좀더 안정적으로, 장기간에 걸쳐, 가능하면 내 새끼와 그 자손들에게까지 큰 밥그릇을 물려주고 싶은 욕심이 생기도록 만들어져 있다 그 말씀입니다, 내 말은."

"틀렸어요."

양사백의 연민에 찬 눈길을 강삼중은 애써 피했다.

"강 회장님에게서 저는 한 푼의 수고비도 받지 않을 것입니다. 사람은 오로지 밥 때문에 일하는 것은 아니라는 사실을 보여드리는 것입니다. 그리고 강 회장님, 송아지 한 마리 팔아 장롱 깊이 숨겨놓은 돈을 가지고 튀면서 수십, 수백 배로 갚아드리겠다고 마음 속 약속을 했다면서 선친의 생전에 그걸 갚았습니까?"

"갚았습니다. 논도 사 드리고 산도 사 드렸습니다. 부러울 것 없이 살다가 가셨습니다. 마지막으로 췌장암만 아니었더라면 지금도 계실 터인데, 그때 서울의 가장 큰 병원의 특실에 입원시켜 유명한 의사가 진료하도록 해 드렸습니다."

"그게 답니까?"

"지금 내게 무슨 말씀을 하고 싶은 겁니까? 무슨 종교적인 설법을 하려거든 딴 사람을 찾으세요."

"정말로 궁금해서 그런 겁니다. 선친께서 행복해 하시던가요?"

"아니오."

그는 서슴없이 대답했다.

"그때 나도 느끼기 시작했어요. 이게 아닐지도 모른다. 도사 같은 소리를 하는 사람들이 돈 되는 일이라면 양심도 다 던져버리는 것을 보고 돈을 경영해 온 내가 잘한 것이라고 자위했었는데, 그게 아닐지도 모르겠다, 어렴풋이 그런 생각이 들기 시작했었소. 하지만 기업을 하는 사람이 혼자 배 터지게 먹자고 그 고생 하는 것 아닙니다. 우리 주거래은행인 A은행 행장 같은 월급쟁이 좀팽이가 뭘 알겠어요. 나는 다시 일어설 겁니다. 일어서야 해요. 그러니 풍수 어른. 무덤을 옮기라면 옮길 테니 다시는 실패하지 않는 음덕을 내게 주시오. 난 피와 땀을 다 쏟았지만 그래도 내게 부족한 것이 있었나 봅니다. 그게 음덕이에요, 음덕. 조상 잘못 만난 것은 어쩔 수 없다 치더라도 사후에 좋은 자리 마련해 드리는 것은 후손의 할 일이지요. 그래서 모셔 온 겁니다. 어디로 옮길까요?"

"옮기지 마세요. 깊이 잠들어 계시는데 소란 피우지 마세요."

"옮겨야 합니다. 선친께서도 제 자식이 처한 곤궁한 상황을 아셔야 합니다. 저승과 이승에서 함께 힘을 모아야 합니다. 나와 내 자식들만의 일이라면 여기서 손을 털고 편하게 가방 하나 매고 유람이나 다니면 됩 니다. 그러나 선친의 자손들, 그 자손의 자손들의 운명이 달린 문제입니 다. 영면을 즐길 여유가 없습니다. 옮길 겁니다. 양 선생이 도와주시지 않으면 다른 풍수를 불러서라도 반드시 옮기고 말겠습니다. 나는 한다 면 하는 사람이거든요."

세상에, 한다면 하는 사람이 또 하나 늘었구만. 양사백은 나뭇가지를 몇 개 꺾어 혈처에 표시를 했다.

"꼭 옮기려면 멀리 찾을 것 없이 지척에 혈처가 있으니 조금만 움직 이도록 하세요. *그러나*,"

"그러나, 뭐요?"

"음덕으로 이 어려운 국면을 모면할 거라고는 생각지 마십시오. 음덕 은 이제부터 태어나는 후손들의 몫입니다. 그걸 가로챌 생각은 마십시 오. 다만,"

"다만, 뭐요?"

"눈에 띄는 국면 전환은 없더라도 눈에 보이지 않는 음덕은 반드시 있을 겁니다."

"그게 뭡니까?"

"용기, 희망 같은 것이 생길 겁니다. 절망을 밀어내고 희망이, 좌절을 밀어내고 용기가 찾아올 겁니다."

"이미 왔어요, 풍수 양반."

"뭐가요?"

"방금 결정을 했습니다. 내가 재판을 받고 법정 구속이 되어 기업 경영을 잘못한 본보기로 감옥살이를 할 거라고들 짐작하지요? 그렇게는 안 될 겁니다. 해외에 나가 더 큰 기업을 일으킬 겁니다. 그 방법과 길을 방금 생각했습니다."

"국외로 도피할 생각입니까? 그러면 영영 고향으로 돌아오지 못합니다."

"그래도 할 거요. 내가 지구상 어디에 있더라도 내 선친의 행복한 잠이 내게 용기와 희망을 주겠지요. 풍수양반 말이 맞습니다. 돈은 저주요. 내게는 아직 그 저주가 다 풀리지 않았소. 내 운명에서 돈의 저주가 다 풀리는 날에 우리 다시 봅시다."

한다면 하는 사람이 결정한 일을 말릴 도리가 없었다. 그날 상경한 강삼중은 어떤 방법으로 공항을 빠져 나갔는지 부산이나 여수에서 배를 타고 일본으로 밀항하여 일본에서 유럽으로 날았는지 알 수 없으나 어쨌든 대한민국의 법망을 피하여 도피하고 말았다. 국가 부도사태의 책임을 지워 희생양으로 삼고자 했던 거품이 사라져버린 것이었다. 그와 함께 강삼중의 운명 속에 똬리를 틀고 있던 돈의 저주도 계속되고 있었다.

8.
양날의 칼

1997년 늦가을에 일어난 국가부도사태, 속말로 'IMF 사태'의 터널을 지나면서 대한민국 사회는 밑뿌리가 흔들렸다. 많은 기업인들이 회사를 털고 빈손으로 나자빠져 서울역 앞의 노숙자 대열에 신문지로 자리를 깔고 누웠다. 정부의 경제운용 능력에 대한 의구심이 전염병처럼 돌았다. 당연히 정부보다 시장을 믿는 새로운 신화가 탄생했다. 아무리 어려운 현상이라도 시장기능에 맡기라고 결론내면 끝이었다.

정치도 시장판을 닮아갔다. 엄격했던 선후배 사이의 질서가 무너지고 앞선 놈의 어깨를 타고 기어오르는 줄타기가 공공연히 자행됐다. 뒷돈을 대던 기업들이 휘청거리며 자기 살 길이 바빠 허덕이자 그것을 지켜보고 있던 정치꾼들이 새로운 먹이를 찾아 낭인처럼 헤매고 있었다.

쓰러지려는 금융업을 지탱하기 위해 풀어놓은 공적자금이라는 눈먼 돈에 눈독을 들이고 발톱을 세운 사냥꾼들이 여의도 바닥을 쓸고 다녔다. 그런 아수라장 속에서 희생자가 나오기 시작했다.

여의도 정치판에서 물을 먹고 사는 사람들의 특징은 풍수나 점쟁이 집을 찾을 때 대낮에는 오지 않고 꼭 한밤중의 어둠 속으로 몰래 기어들었다. 그것도 본인이 아니라 대개는 '형님'들이 나섰다. 들풀처럼 스스로 운명을 개척해 오던 정치 1세대들은 대부분 가고 형님과 부모의 뒷바라지로 뺏지를 단 2세대들이 등장하고 있다는 신호였다. 어쨌든 형님들은 온갖 궂은 일을 도맡아 설거지를 하고 다녔다. 양사백에게 찾아온 사람도 '형님들' 중의 한 사람이었다. 그는 올빼미처럼 한밤중에 남의 집을 방문하면서도 미안하다는 인사치례도 없었다.

내놓은 명함을 보니 전직 육군 소장이었다. 일선 사단장도 역임하고 육군 참모부에서 특정 병과의 최고 행정책임자(감이라 칭했다)도 역임한 '장군'이었다. 하지만 전역한 후로는 그저 여의도 근처를 맴돌며 '형님 노릇'이나 하는 것이 그의 직책이었고 소임이었다. '형님'이 초조한 모습으로 입을 열었다.

"내 동생이 삼선의 정유택입니다. 여당의 정책위 부의장을 맡아 있지요. 차차기로 하마평이 무성한 미래의 일꾼입니다. 그 동생이 지금 태양병원 중환자실에 있습니다."

"어제도 방송 화면에서 봤는데 신병이 있는 사람 같지 않던데요."

"병은 없습니다. 건강한 사람입니다."

"그런데, 왜?"

"스스로 목숨을 끊으려고 약을 먹었습니다. 헛, 이 이야기는 아직 언론이 모르고 있습니다. 철저하게 감춰야 합니다. 공개되면 그날로 동생의 정치생명은 끝장이거든요. 당 총재인 대통령께서도 숨기라고 말씀이 있었습니다.”

“그건 알아서 하실 일이고 저한테는 무슨 일로?”

정치판에서 풍수를 찾는 경우는 그 동기가 몇몇 유형으로 정해져 있었다. 어느 줄에 서야 공천을 무난하게 받을 수 있나, 출마하거나 위로부터 낙점을 받고 싶은데 사람의 힘만으로는 한계가 있으니 음덕과 가호가 필요하다. 대게 그런 이유였다. 하지만 이번 경우는 좀 달랐다.

“선대부터 집안에 드나들던 역술가가 있었는데 이 양반 하는 말이 조상 무덤에 문제가 있지 않고서는 이런 불상사가 일어날 수 없다고 해요. 그러면서 좋은 풍수를 찾아보라고 하면서 양 선생님을 천거하셨습니다.”

그 역술가가 누군지는 모르나 이런 일에 양사백 자신을 천거했다는 것이 마음에 들지 않았다. 귀찮은 일을 떠넘겨 받은 기분이었다.

“그런 일이라면 칠엽 도사가 있지 않습니까. 모두들 그 분에게 가던데,”

“좀 시끄러운 분이라, 떠들거든요, 그것도 아주 과장해서.”

“조용한 분도 있지 않습니까. 교수로 재직 중인 학자 풍수, 입이 천근은 돼 보이던데,”

“아, 그 분. 소문에 따르면 그 분은 이론에는 밝으나 막상 산에 가면 동서남북을 구분 못해 쩔쩔 맨다는군요.”

“그럼, 나는요? 어떤 풍수라 들었습니까?”

“하, 이거 쓸데없는 말을 했군요, 내가. 양 선생님에 대해서는 정확한 분이고 풍수의 정도를 걷는 분이다, 그렇게 알려져 있어요, 두고 보십시오. 사람들이 막 몰려올 테니까."

들기 좋은 말이었다. 정확하다, 정도를 걷는다, 모두 최고의 칭찬이었다.

"가 봅시다."

'형님'은 능숙한 사람이었다. 상대가 어떤 말을 해야 껍벅 죽을지 정확하게 알고 있었다. 밤이 깊었으니 내일 새벽 일찍 떠나기로 약조를 해놓고 그는 황망하게 돌아갔다. 그리고 새벽이 되자 그는 정확하게 골목에 자동차를 갖다 댔다.

"멀지 않은 경기도 의왕입니다만 사람들의 눈을 피하자면 새벽 미명이 좋을 듯해서,"

'형님'은 겉으로 보기에 허술해 보였으나 군을 지휘한 장군 출신 답게 일하는 솜씨가 치밀하고 용의주도했다. 그는 미리 챙겨온 오만분의 일 지도를 펼쳐놓고 선산의 위치를 붉은 사인펜으로 점찍었다. 오봉산 서북쪽 중출이었다.

"이 부근에는 청풍 김씨 김인백의 부인 안동 권씨 무덤이 있는데……"

"맞습니다. 조선 팔대명당이라고들 하더군요. 우리 선산은 그쪽하고 반대편 능선입니다."

"오봉산의 반대편 능선에는 명당이 없습니다."

"아버님께서 손수 터잡은 자립니다. 천하명당의 기운이 오봉산 전체에 서려 있을 것이라는 믿음을 가지고 계셨어요. 그 덕분에 나는 별 두 개를 달았고 동생은 삼선에 정책위 부의장을 하고 있습니다. 문제는 지금부터인데, 내 동생이 대가 약한 사람은 아닌데, 어쩌다가 이런 일이 벌어졌을까, 이해가 불가능한 일입니다. 귀신의 장난이랄 밖에.”

새벽 미명에 산을 오르는 두 사람을 배추밭에서 일하던 농부가 허리를 펴고 힐끗 쳐다보고는 다시 허리를 꺾어 하던 일을 계속했다.

“저쪽 능선은 회룡고조(回龍顧祖)하여 금계포란형(金鷄抱卵形)의 대지를 빚었지만 이쪽 능선은 생기처가 없는 평범한 땅입니다.”

묘소에 도착해 보니 멀리 서해의 짠바람이 여기까지 갯내음을 실어와 폐부 깊숙이 젖어들었다. 무덤은 작으마한 크기로 대한민국의 산야 어딜 가도 지천으로 만나는 보통 사람의 무덤 그대로였다. 그러나 봉분과 주변의 풀을 곱게 깎아 단정하게 해놓은 모습이 무덤에 대한 이 집안 사람들의 관심이 어느 정도인지 말해주고 있었다. 무덤 주변으로 아름들이 소나무가 호위하는 군사들처럼 둘러 서 있었고 그 가운데 작고 아담한 한 쌍의 봉분이 가을 햇살을 즐기며 누워 있었다.

“어, 저게 뭐야?”

형님 정씨가 달려 올라갔다. 양사백도 이상한 느낌이 들어 뒤를 쫓았다. 무덤 앞의 사람 얼굴로 치자면 턱에 해당하는 위치에 크고 우람한 바위의 밑둥치가 숨어 있었고, 그 주변으로 깨어진 바위의 잔해가 칼날처럼 삐죽삐죽 거칠게 솟아 있었다.

“이걸 누가 깼어? 분명 내가 열흘 전에 왔을 때는 바위가 멀쩡했는데 그 사이 어느 놈이 이런 짓을 했어요, 이건 음모야.”

음모라고? 아직 이 나라에서는 명당 자리를 놓고 문중 간에 크게 다툰 일도 없었고 음모가 있었다는 소식을 들은 일도 없었다. 명당을 소중하게 여기면서도 그 효력을 어느 세월에 맛보게 될지 알 수 없는 일이었으므로 확실한 믿음을 가질 수 없었기 때문이었다. 명당 기운이 반드시 발복한다는 확신이 있을 경우에는 서로 명당을 차지하려고 전쟁이라도 할 텐데 그런 믿음이 없어 긴가민가하는 바람에 큰 다툼의 대상이 되지 않는 것은 그나마 다행스런 일이었다. 그러나 한편으로 조상의 음덕이 후손들의 출세길을 열기도 하고 막기도 한다는 것을 맹신하는 사람들이 있어 이미 천하명당으로 이름이 알려진 유명한 무덤의 옆에 자기 조상의 뼈를 싸들고 가서 한밤중에 몰래 투장하고 도둑놈처럼 흔적을 깨끗이 지워놓는 사람들도 있었다. 그렇게 투장하는 습속은 예부터 있어 왔으니 새삼스러울 것도 없는 일이지만 천하 명당이 있는 산의 다른 자락에 조상 무덤을 써놓고 혹시나 그 음덕의 여분이 여기까지 미치지 않을까 기대하고 만든 무덤을 보기는 이번이 처음이었다. 어리석은 것인지 기발한 것인지 도무지 선악을 판별하기 힘든 정 씨네 형제들의 집착이었다. 아마 아우인 국회의원은 모른 척 말리는 쪽이었을 것이고 적극적으로 명당 근처를 물색하여 선친 묘소를 잡은 것은 '형님' 쪽이었을 것이다.

자세히 살펴보니 깨진 바위의 파편들이 무덤 주위의 흙속에 어지럽게 널려 있었다. 그것을 살펴보고 나서 양사백이 의견을 내놓았다.

"자연재해는 아닙니다. 이 바위가 깨질 정도의 자연재해가 어떤 종류의 재해인지 상상할 수 없습니다. 결론은 최근 누가 고의로 바위를 깨뜨려 묘소의 기운을 흉조로 바꾸어 놓았다는 점입니다."

"나도 그렇게 생각합니다."

아까부터 음모론을 곱씹고 있던 형님이 우군을 얻어 기운을 냈다.

"어느 놈이 이 짓을 했는지 범인도 알고 있습니다. 짐승 같은 놈, 야차같은 놈."

　법원의 재판을 거쳐 범죄가 확정되지 않은 피의자는 법적으로 무죄로 본다. 이건 법 집행기관의 오판으로부터 죄 없는 사람의 인권을 보호하려는 눈물겨운 장치다. 그 때문에 아무리 심증이 가더라도 함부로 누굴 찍어 의심하는 것은 잘못이다. 적어도 요즘 세상에서는 그래서는 안 된다. 이쪽이 먼저 다치는 것이다. 양사백은 용맥과 지형을 살피고 기를 측정한 후 나름의 의견을 내놓았다.

　"이번 해코지를 당하기 전에 이미 이 무덤은 후손을 자해하게 할 흉지에 앉았습니다. 도대체 어떤 풍수가 이런 수맥의 한 가운데에 광을 파게 했는지 그 자부터 의심해야 한다고 생각합니다. 대부분 산의 능선 한가운데 땅 속으로 수맥이 지난다는 지리학의 기본 상식조차 모르는 엉터리 지관이었을 겁니다."

　"그 지관은 죄가 없습니다."

　형님이 고개를 떨구었다.

　"내가 원하는대로 하는 지관이었으니까. 내가 원했어요. 어떤 책에서 본 기억이 납니다. 명당 대지는 그 부근에도 많은 혈처를 거느리게 된다고."

　"그건 맞습니다. 청풍 김씨 조상묘 위 아래로 생기 있는 혈처가 몇 군데 비어 있기는 합니다만 그것도 묘역 안에 있는 자립니다. 따라서 남들이 침입할 수 없는 그 분들의 영토에요. 굳이 남의 묘소가 탐이 났다면 그 옆에다 몰래 투장할 일이지 엉뚱하게 산의 뒷 사면 수맥 위에 묘소를 올려놓아 후손의 운명을 그르치게 할 일이 뭡니까."

　"그런 말씀 동생의 귀에 들어가게 해서는 안 됩니다. 동생은 내가 선친의 무덤을 이쪽으로 옮길 때부터 반대했거든요. 원래는 파주쪽의 공원묘지에 모셨지요.”

“동생분이 선친의 유골을 명당에 옮기겠다는데 굳이 반대한 이유는 무엇이었습니까?”

“뭐 별 이유는 없고, 그저 돌아가신 어른의 편한 잠자리를 공연히 들쑤시지 말자는 정도의 생각이었겠지요. 한 마디로 풍수적인 소견을 전혀 믿지 않았습니다.”

“동생분이 믿는 것은 무엇이었습니까?”

“그야, 권력을 믿지요. 자본주의 세상이니 돈을 믿고요. 자신의 능력과 운에 대해서도 믿음이라 해야 하나, 확신이 있는 것 같고.”

“어느 것 하나도 쓸모 있는 것이 없군요. 스스로 세상을 하직하겠다고 결단 내린 것은 당연한 일이었습니다.”

“양 선생님,”

형님이 양사백의 두 손을 그러잡았다.

“여기까지 오시고, 우리 집안의 속사정까지 속속들이 아셨으니 이 재난으로부터 벗어날 길도 알려주셔야 합니다.”

“재난을 만든 것도 당신들이고 벗어날 길을 찾는 것도 당신들 몫입니다. 조상 탓을 하지 마십시오. 다만,”

“다만, 뭡니까?”

“이 무덤은 애당초 자리가 아닙니다. 이건 선친에 대한 예의도 아니고 도리는 더욱 아니고, 망자에 대한 학대입니다. 파 보세요. 질척거리는 수맥 위에 떠 있을 겁니다. 당장 옮기세요. 갈 곳이 없으면 공원묘지로 돌아가세요.”

“못 갑니다.”

형님이 처량한 어조로 말했다.

“그 공원묘지는 올 여름 장마 때 홍수가 나서 무덤 절반은 무너져 사태가 났습니다. 뼈골하고 해골이 나뒹굴고 있는 광경은 정말 끔찍하더군요. 그 공원묘지로는 안 갑니다.”

“그곳 얘기는 저도 들었습니다. 다른 곳을 찾으세요. 필요하면 제가 찾아드리지요. 공원묘지나 일제시대에 만든 공동묘지에도 명당이 있습니다.”

“제발, 부탁합니다. 제 동생이 재기할 수 있도록 양 선생님만 믿습니다.”

“재기라니요? 정치에서는 손 떼십시오. 그저 선친 묘소를 좋은 곳으로 모시면 활기가 생기고 삶의 의욕이 솟아날 것입니다. 그 다음 일은 그 다음에 생각하고 결정하세요. 지금 당장은 동생분이 살아야 하지 않겠습니까?”

“물론입니다. 제 말은 동생이 비록 살아난다 하더라도 정치인으로 두 발을 딛고 일어서지 못하면 그게 죽은 거나 마찬가지다, 그 말이지요.”

“형님이라고 하셨지요? 친형입니까?”

“우리 선친께서는 무능하셨지만 배다른 형제를 낳는다거나 그런 짓은 하시 않았습니다.”

“그렇군요. 아무래도 동생분의 정치 생명을 망치는 분은 형님이신 당신인 것 같아서, 이런 흉지에다 선친을 옮겨놓은 것도 당신이고, 묘소 앞의 바위를 깨부수도록 원한을 불러온 것도 당신이고, 그래서 동생이 절망에 빠지도록 유도한 것도 형님이신 당신이거든요.”

"무슨 벼락맞을."

형님은 길길이 뛰었다. 그러나 며칠 후 그는 다시 찾아왔다. 언성을 높이고 다시는 만나지 않을듯이 붉으락거리며 헤어진 것을 까맣게 잊었다는 표정이었다. 역시 정치의 바다에서 노는 물고기들은 더러운 동물들이었다. 흐린 물에서 더 잘 사는 붕어나 진흙 속에서 사는 미꾸라지처럼.

"동생이 깨어났습니다. 아직은 어떤 언론도 눈치를 채지 못했습니다."

"아직 신문, 방송에서 그런 얘기를 들은 일이 없습니다."

"어젯밤에."

형님은 자신이 오늘 다시 찾아오게 된 까닭을 얘기했다.

"꿈에 선친을 보았습니다. 자손이 조상의 무덤을 옮길 계획을 세우면 선악간에 무덤의 주인인 조상이 후손의 꿈에 현몽하여 좋다, 싫다 등의 암시를 준다더니 내 꿈에도 선친이 나타났다, 그 말씀입니다."

"뭐라고 하던가요?"

"지금 살고 있는 집은 홍수로 물에 잠겨 사철 마르지 않으니 살 수가 없다. 제발 양지바른 곳으로 옮겨 다오. 그 풍수의 말을 따르라고 말씀하셨습니다."

그래서 왔다는 것이었다. 먼저 서울 근교의 공원묘지 몇 군데를 찾아가 남은 자리가 있는지 알아보았다. 첫 번째 방문한 양수리의 어느 공원묘지에 자리가 마침 딱 하나 비어 있었다. 일이 되려고 그랬는지 그 빈 자리가 생기 넘치는 혈처였다.

형님은 서둘렀다. 무엇에 쫓기는 사람 같았다. 가까운 날을 받아 오봉산에 있는 정씨 형제 선친의 묘를 팠다. 양사백이 말했던대로 썩은 물이 고여 있는 뻘 구덩이었다. 뻘 구덩이 속에서 아직 완전히 썩지 못하고 새까맣게 세균이 달라붙은 뼈와 해골이 나왔다. 해골은 두 눈을 부릅뜨고 지금까지 고생시킨 자식놈들을 꾸짖는 듯한 표정이었다.

이장 작업을 마친 다음날 형님은 또 찾아왔다. 이번에도 꿈 이야기였다.

"선친께서 환하게 웃으시며 몇 번이고 제게 고맙다고 인사를 하고 떠나시더군요. 이제 좋은 일만 생기겠지요?"

그랬으면 좋겠지만 장담하기는 일렀다.

"동생분이 건강을 완전히 회복하셨지요? 신문을 보니 정치활동도 계속 하시는 것 같고, 아무 일도 없었던 것처럼 잘하고 계시더군요. 자, 여기까지입니다. 음덕이든 양덕이든 조상의 돌봄은 여기까지라는 말입니다. 이제 욕심을 거두세요. 내 생각입니다만 동생분은 정계에서 은퇴하여 학교로 가서 애들 가르치면 딱 좋겠고, 형님께서는 시골에 가셔서 할 일이 뭐 없나 살펴보시는 것이 좋을 듯합니다만,"

"에이, 그럴듯합니다만, 양 선생께서는 저희를 너무 모르시는군요. 자전거 아시지요? 페달을 밟다가 멈추면 쓰러지지요? 저희가 딱 그대롭니다. 멈추는 날은 쓰러지는 날입니다. 미주알고주알 다 말씀 드리지 못합니다만 한 가지 확실한 것은 저희는 쓰러지지 않기 위하여 계속 달릴 수 밖에 없다, 그렇게만 알고 계십시오."

"어디까지 달릴 생각이십니까?"

"끝이 없잖아요. 갈 데까지 가는 수 밖에."

"앞에 낭떠러지가 있으면?"

형님은 씨익 웃었다. 그럴 때는 사람 좋은 농부 같거나 약간 덜떨어진 사람 같았다.

"떨어져 죽거나 부딪쳐 박살이 나거나 둘 중의 하나겠지요. 저희는 우회하는 법을 모릅니다."

이듬해 봄에 실시한 총선에서 정유택은 서울 강남에 출마하여 4선에 성공했다. 사선에 성공하자 정유택은 온갖 하마평에 단골로 이름이 올랐다. 당 대표 선거에 출마한다는 것을 신호탄으로 새로 구성되는 국회의 여당 원내대표, 국무총리, 대통령 비서실장 등의 후보군에 이름이 올라 권력의 산정에 가장 가까이 가 있는 인물인 것처럼 보였다. 그러나 설만 무성했을 뿐 아직 아무것도 꿰찬 것은 없었다. 진수성찬 말만 듣고 헛배가 부르듯 요즘은 형님까지도 헛배가 불러 뒤뚱거릴 지경이었다.

그 형님이 한밤 중에 찾아왔다. 세 번째였다. 얼굴에 수심이 더케처럼 앉아 있었다.

"웬일이십니까? 바쁘신 분이."

"바쁜 사람은 오면 안 됩니까?"

"무슨 말씀을, 세상에서 잘 나가는 사람은 풍수나 점쟁이를 찾지 않습니다. 일이 없어 좀 한가해지면 그때 찾지요."

"전에 선생께서 여기까지다, 멈추시라 하고 경고하셨지요? 그때 저는 달리는 자전거를 들어 멈출 수 없다고 말씀 드렸고. 한데 결국 선생이 옳았어요. 거기서 멈춰야 하는데 너무 멀리 와버린 것 같습니다."

"무슨 말씀이신지?"

"아시지 않습니까. 동생이 총리로 지명됐어요. 며칠 후부터 청문회가 열릴 예정입니다. 그런데 야당지인 어느 신문이 오늘부터 작심하고 정 의원을 흔드는데 그 기운이 무섭습니다. 누가 제보했는지 지난 번 스스로 목숨을 끊으려 했다는 사실도 들추어내고, 제수씨가, 여자들은 다 그렇지요만, 애들 외고에 보내려고 학원 좋은 곳으로 세 번이나 이사를 했고, 시골에 땅도 좀 사놨어요. 이게 다 약간의 불법을 수반했거든요. 결정적인 것은 자살극입니다. 자기 인생에 책임을 지지 않는 사람에게 한 나라의 경영을 맡길 수 없다는 주장이 아주 당연하게 들립니다. 아무래도 여당 쪽에서 정보를 흘리는 것 같아요. 밑에서 누가 흔드는지, 위에서 찍어 내버리려고 하는 건지, 현재로서는 도무지 알 수가 없어 대응할 방법도 찾지 못하고 있습니다.”

“제 의견이 필요하십니까?”

“무슨 말씀이든지 해 주십시오. 그대로 따르겠습니다.”

“정말입니까?”

그러자 형님은 한 발 물러났다.

“노력하겠습니다.”

“그럼 말씀 드리지요. 지금이 마지막 기회입니다. 버리십시오. 총리도 버리고 의원도 버리고, 모조리 다 버리고 훌훌이 떠나십시오. 그러면 사람들은 언젠가 당신들을 기억해 낼 것입니다. 그러나 미련을 가지고 버비나가 온몸에 상처를 입고 피고름을 뿌리며 떠나면 사람들은 그런 당신들을 영영 잊어버릴 것입니다.”

“알겠습니다.”

목구멍에서 꾸며내는 소리였다.

“명심하십시오. 잠시 살겠다고 추하게 발버둥치지 마십시오. 지금 버리면 또 기회가 옵니다. 그러나 버리지 않으면 영영 기회는 오지 않습니다."

"사람이 다 죽고 나서 기회는 무슨 얼어죽을."

그 말은 입속에서 굴리다가 삼켰다. 청문회가 열리기 전부터 몇 개 신문들이 이리처럼 덤벼 물고 늘어지더니 청문회가 열리자 여당 야당할 것 없이 의원들은 정유택의 살아온 과정과 정치 행적을 도마 위에 놓고 난도질을 하기 시작했다. 사선의원으로 노련하게 답변하여 피해 가는 듯이 보였으나 야당 의원들은 승냥이처럼 말꼬리를 붙들고 다시 잔등에 올라탔다. 청문회 하룻만에 그는 발가벗겨졌고 처참하게 도륙 당했다. 총리 아니라 그 이상의 벼슬을 받아도 상쇄할 수 없을 정도로 의원들은 그의 인격을 분해하여 씹었다.

이틀째가 되자 총리 후보는 낙마할 것이라는 예상이 신문에 나고 이어 방송도 기정사실처럼 보도했다. 이제 정유택이 기댈 곳은 이 세상 어디에도 없었다. 형님이 다시 찾아왔다. 청문회 이틀째 날의 이른 새벽이었다.

"어제 선생의 충고를 왜 듣지 않았는지 아시겠습니까?"

"모르겠습니다."

"철저하게 깨지고 싶었던 겁니다. 다시 돌아오고 싶은 미련을 단 한 방울도 남기지 않으려면 철저하게 깨져야 하거든요. 그 과정에 이번 음모를 만들어 추진하는 핵심이 어디인지도 노출될 테고 말이지요."

"핵심을 알아냈습니까?"

"청와대였습니다."

"설마,"

"동생을 총리로 지명한 이유가 오직 청문회를 통해 흔들어 보자는 속셈이 있었기 때문이었습니다."

양사백은 정치가 그 정도로 타락했을 것이라고는 믿지 않았었다. 음모라는 것은 양날의 칼과 같아서 잘못 휘두르면 이쪽이 먼저 다치게 돼 있었다. 누가 그렇게 뜨겁고 날카로운 칼날을 벼려서 휘두르는지 실감이 나지 않았다.

다시 한 달이 지난 뒤 형님은 어김없이 찾아왔다.

"우리 고향으로 돌아갑니다."

"우리?"

"저와 제 동생, 그리고 가족들 모두 갑니다. 정착되면 알릴테니 한 번 내려오시오."

목숨은 건진다, 낙향하면. 그 뒤의 일은 자식들에게 맡겨야한다. 그들의 세월, 그들의 공간이니까.

"반드시 내려가겠소."

그러나 아직 연락이 오지 않았다. 비록 고향이지만 정착하기가 쉽지는 않은 모양이었다.

9.
잠자리

    그해 겨울, 또 한 사람의 국회의원이 자살을 시도했다. 야당인 노동당의 초선의원 김종찬이었다. 몇 번이나 보안법 위반으로 감옥을 들락거렸고, 북쪽에서 신(神)이 돼버린 자칭 황제의 온갖 비리를 눈감는다 하여 빨갱이로 점찍힌 사람이었다. 잡초처럼 억센 생명력으로 노동운동을 지휘해 온 사람이라 아무리 거센 광풍에도 끝까지 살아남을 사람처럼 보였다. 그런 김종찬이 제초제를 마셔버렸다. 제초제의 성분이 뭔지 모르는 시골 사람들도 수백 배 희석하여 뿌리면 제아무리 뿌리를 튼튼하게 내리고 완강한 팔뚝을 가진 잡초라 하더라도 금방 시들해져서 말라버리게 하는 그 약을 원액 그대로 사람이 마시면 하잘것없는 목숨줄이 그것으로 간단하게 끊어진다는 것 쯤은 알고 있었다. 전에는 벼멸

구나 이화명충을 박멸하기 위해 독일 군대가 전쟁 때 인명살상용으로 개발한 약품을 사용했던 적이 있었다. 그 구충약의 독성이 워낙 강해서 살기 싫은 사람들은 그놈의 약을 마시고 급행으로 먼 길을 떠나곤 했는데 언제부턴가 정부에서 그 약의 토양잔류성이 강하다는 이유로 사용을 금지하자 제초제가 그 대용으로 떠오른 것이었다.

어릴 때 시골에서 자란 김종찬 의원은 제초제의 위력을 알고 있는 사람이었다. 그리고 살다가 사는 것이 힘들어지자 제초제의 강력한 힘에 의지하고 싶었던 것이리라, 어린아이가 응석부리는 것처럼. 죽음에게 응석을 부려본 것이었다.

이번에는 정유택 의원 때와는 달랐다. 자살 시도를 비밀에 부치지도 않았고 자살의 동기와 과정이 모두 실시간으로 중개됐다. 대학병원에서 위세척을 하고 의식을 회복한 김종찬의 모습이 사람들의 연민을 자아냈다. 더 머물고 싶지 않아 가는 사람을 억지로 붙잡아놓고 사람들이 하는 짓이란, 김종찬에게는 고문이었다.

양사백은 신문에서 김종찬의 불발 여행에 대한 소식을 읽고 곧 집을 나섰다. 김 의원의 고향이 양사백 자신의 고향인 전라남도 구례에서 멀지않은 지리산 자락이었기 때문에 문득 짚이는 것이 있어 길을 나선 것이었다. 전라선 열차의 창가 좌석에 앉아 바깥 풍경을 흘려 보내면서 그는 조산신문을 자세하게 읽었다. 신문의 절반 가량이 한 국회의원의 자살 관련 기사였다.

그중에 사실에 관한 보도는 아주 짧았다. 정신과 의사가 나와 요즘 젊은 사람들의 쉽게 좌절하고 쉽게 포기하는 정신적 풍토를 진단했다. 어떤 사람은 칼럼에서 정치적 소신도 사회적 행위이므로 누군가 책임을 지고 가장 극단적인 자기 책벌인 자살을 감행하는 것은 그나마 우리 사회의 양심이 살아 있는 증거라고 주장했다. 그의 주장을 연장해 보면 지금 정계에는 김종찬보다 먼저 죽어야할 국회의원이 대부분이라는 가설이 성립하는 것이었다. 흥미를 끄는 기사도 있었다. 지금까지 우리 사회에서 기업인도 자살하고 문화, 예술인, 교육자도 더러 자살로 생을 마감했으나 정치인이, 게다가 현역으로 잘 나가던 국회의원이 모든 것을 다 버리고 훌쩍 떠나는 사례는 처음이라는 얘기였다.

몇 달 전에 자살을 시도했으나 미수에 그친 정유택 의원에 대한 이야기도 다시 살아났다. 두 사람을 비교하는 시각도 있었다. 두 사람 모두 농촌 출신으로 뼈저린 가난 속에서 살았으나 정유택 의원은 시장경제와 자유민주주의를 신봉하는 편에 섰고 김종찬 의원은 핍박 받는 노동자의 편에 서서 자본의 횡포에 맞서 싸우는 투사로 성장했다. 나이는 비슷하지만 한 사람은 사선 의원이고 다른 한 사람은 초선으로 이제야 겨우 제도권 정치에 들어섰다. 두 사람 모두 정치에 대한 환상을 지니고 입문하였으나 현실 정치의 벽을 넘지 못하고 심하게 좌절한 결과 자살이라는 마지막 선택을 하게 됐다는 분석이었다.

순천역에서 내려 다시 경전선 열차로 갈아타고 하동쪽으로 가다가 남해 바다가 긴 혓바닥을 내밀어 육지 깊숙이 파고든 시골역에 내렸다. 거기서 다시 택시를 타고 반 시간을 달려서야 김종찬의 고향 마을에 닿았다. 지리산의 젖줄을 물고 사는 마을이었다.

마을 사람들은 김종찬의 생가를 묻는 나그네에게 집 대신 마을 뒷산에 있는 과수원을 가리켰다. 재래종 늙은 사과나무 수백 주가 앙상한 가지를 늘어뜨리고 있는 사과나무 등걸 아래에서 한 늙은 농부가 구덩이를 파고 똥거름을 주고 있었다.

양사백이 다가가 인사를 하고 자신을 소개하자 농부가 허리를 펴며 말했다.

"풍수라, 풍수가 무슨 일로 오셨는교? 하기사 돼먹지 않은 기자들보다 낫지 뭐, 자, 이리 앉으소."

농부는 자신이 김종찬 의원의 사촌형인 김종구라고 했다. 나이는 일흔 둘이었다.

"종찬이 글마가,"

노인은 가끔 눈시울을 훔쳤으나 마른 지푸라기처럼 더 이상 흘러내릴 눈물도 없는 메마른 눈시울이었다.

"영차리 아는교? 서울 사람들은 잠자리라카더만. 글마는 잠자리 같은 놈이오. 늦가을까지 하늘을 가득 메우고 날아다니다가 건뜻 찬바람 한 번에 싹 씨를 말리드키 죽어삐리는 허약한 놈. 하기사 그런 잠자리도 어느 흙구덩이에 알은 까놓고 뒈지는 법인데 종찬이 글마는 새끼 한 마리 까놓지도 몬하고 갔다 아인교. 내 참 인생 더러바서."

김종구는 카악 가래침을 뱉았다.

"아직 가지 않았습니다. 위세척으로 의식을 회복했다고 합니다."

"그기 글마를 돕는 일이 아인데 그라네. 제초제라는 것은요. 한 번 몸속에 들어가면 차라리 죽게 놔두는 것이 적선하는 거라. 왜 고통시럽게 살라고 그 지랄들인지 정말 세상에는 할 일 없는 놈들이 많구만."

사촌동생이 고통스럽게 사는 것보다 차라리 죽게 내버려두기를 바라는 노인의 말은 뜻밖에 건조하고 담담했다.

"풍수니까 조상 무덤이 궁금해서 여기까지 왔는교?"

"선영들하고 김종찬 의원이 태어나 살았던 생가를 보고 싶습니다
만."

"선영이라카모 저기 다 조상들 무덤인기라."

과수원 옆으로 개간이 안 된 산지가 붙어 있었다. 그 산속에 드문드
문 무덤들이 박혀 있었다.

"저거, 제일 가까운 밭두렁 근처에 있는 저 무덤이 종찬이 글마의 애
비 무덤이지. 내게는 사촌 형이었지. 빨갱이라고 국군이 들어와 총으로
쏴죽였는기라. 내가 시신을 수습해서 저기다 묻었어."

"모친은 어디 묻혔습니까?"

"그건 나도 몰라요. 몇 해 전까지 서울서 살아 있었다는구만. 서울에
서 죽었으모 서울 근처에 묻었거나 화장했겠지. 그 뒤에 있는 것이 할
아버지 할머니 무덤인데 종찬이 글마하고 우리 할아버지가 같은 사람
이지. 사촌이라는 것은 이리도 가까운 거라. 한 형제지, 뭐. 애비가 총살
당하고 천애고아가 된 글마를 내가 업어 키우고 공부시키고 부모 노릇
다 해서 키웠는기라. 그래 나는 글마를 알아. 절대로 빨갱이는 아이라카
이. 지 애비가 그리 죽었으모 빨갛게 물들만 한데도 글마의 정신 속살
은 하얀 놈이었지. 너무 하얗다 보니 정치판의 시꺼먼 놈들 틈새에서
살지 못하고 저승길을 택한 거지 뭐. 난 다 안다고. 글마를 누가 죽였는
지."

"누가 죽였습니까?"

종구 노인은 양사백을 힐끗 쳐다보고는 눈을 다시 땅으로 깔았다.

"이놈의 나라, 그놈의 정치, 더런 놈의 세상이 죽였지 뭐. 먼 훗날 오
늘 얘기 할 거요. 그날을 생각해서 내 종찬이의 무덤 하나는 반듯하게

맹글어주고 싶었는데 마침 풍수가 왔으니 온김에 묘자리 하나 봐주고 가시구랴."

"그럽시다."

김종구 노인의 소유로 돼 있는 작은 산을 다 뒤져도 좋은 자리가 나오지 않았다. 그러다가 혹시나 하고 과수원 한가운데의 형국이 좋아 접이식 쇠막대를 펴서 재어보니 생기가 넘치는 혈처가 있었다. 따라다니며 풍수의 진지한 탐색을 지켜보고 있던 노인이 만세를 부르듯 두 손을 번쩍 들었다.

"종찬이 글마가 이리 욕심 부릴 줄 내 알고 있었제. 어차피 이까짓 과수원 언젠가 종찬이의 선거 비용으로 팔아치울 작정이었는데 여기에 지가 눕겠다면 그보다 좋을 수가 없는 기라."

김종찬 의원은 의식을 회복했으나 곧바로 호흡이 약해지고 혈압이 떨어져 비상사태로 돌입했다. CT 촬영기로 훑어보니 내장 중에서 성한 곳이 없었고 제 기능을 다하는 곳은 한 군데도 없었다. 결국 망가진 폐 때문에 호흡이 멎어버렸다. 제초제를 다량 마신지 이틀째 되던 날 새벽이었다. 김종찬 의원은 사촌형 종구씨가 원하던대로 편하게 눈을 감았다. 그리고 양사백이 잡아둔 바로 그 지점에 광을 파고 눕혔다. 그가 어디서 왔는지는 모르나 그가 간 곳은 어릴 때 놀던 과수원 한가운데였다.

10.
선언

양사백의 이름이 권력 상층부와 기업인들 사이에 '정확한 풍수', '실수를 하지 않는 사람'으로 조금씩 알려지면서 그에 비례하여 풍수지리학을 전문으로 하는 사람들 사이에서는 양사백을 처음에는 무시하다가 나중에는 비난하거나 비꼬았고 좀 더 지난 후에는 노골적으로 그를 따돌리려는 현상이 눈에 보였다. 처음에는 '이상한 풍수'라 했다가 차츰 '돌팔이 풍수'로 매도했다.

그를 '정확한 사람'이라고들 부르는 데는 까닭이 있었다. 일제로부터 해방이 되고 육이오 전란을 겪는 등 거대한 혼란의 터널을 지나는 동안 한국 사회는 어떤 특정한 분야에서 어른으로 모시고 전범으로 삼을만한 인물이 거의 없었다. 인물이 없거나 귀할 때는 자칭 타칭의 영웅들이 들판에서 솟아난다. 수행 과정이 의심스러운 사람들이 저마다 신앙 체계를 만들어 신흥종교를 차리고 나오는 것도 이런 경향의 일부다. 풍수에서도 그랬다. 어떤 이는 자신이 도선 국사의 환생이라 했고, 또 어떤 이는 자신이 남사고 이후 최고의 풍수 도사라고 했다.

도선 국사의 환생이든 남사고의 후예이든 그들이 무덤자리를 점지해 준 이후 그 무덤의 후손들에게 심각한 재난이 밀어닥친 경우가 많아 사람들 사이에 '풍수는 역시 믿을 것이 못 된다'는 말이 돌았다. 이는 풍수지리학에게는 치명적인 것이었다. 좀 배웠다는 사람들, 사회의 중간층 이상의 이른바 자칭 엘리트라 여기는 사람들은 철저하게 풍수를 비롯한 우리 것을 외면하는 경향이 생겼고 하층의 무식하거나 곤궁한 계층의 사람들만 아득한 사다리의 아랫 부분에서 위로 기어 올라가려는 수단으로 풍수나 점쟁이 같은 재래의 술법과 민간신앙에 의지하고 있었다.

풍수의 질을 떨어뜨린 결정적인 요인은 쉰 다섯 정년 제도였다. 쉰 다섯이면 아직은 한창 나이였다. 차츰 평균 수명이 늘어나 '인생은 육십부터'라는 말이 실감날 정도인데 쉰 다섯에 직장에서 내몰린 영감 아닌 영감들은 갑자기 할 일이 없어지고 용돈은 궁하고 뭔가 일은 해야겠고, 이리저리 새로운 일거리를 찾아 헤매다가 풍수를 단기간에 양성한다는 학원 문을 두드리고 기웃거리는 사람이 늘었다. 이렇게 단기간에 양성된 풍수들 중에는 입만 살아 풍수의 고전에 나오는 상식 수준의 술법을 나불거리다가 정작 산의 현장에 나가면 폐철도 제대로 놓을 줄 모르는 책상물림들이 많았다. 이들이 또 풍수의 지혜를 도매금으로 깎아 내리는 중대한 역할을 맡았다. 그들은 그들을 가르친 학원의 원장을 중

심으로 파벌을 형성하고 다른 유파들을 서로 엉터리라고 비난하는 공
멸의 길을 갔다. 그러면서 사람들이 풍수를 믿지 않는 것은 서양 종교
탓이라고 책임을 기독교에 떠넘겼다.

정부도 그 책임의 한 자락을 맡았다. 대도시는 말할 것 없고 지방의
중소도시, 나아가 농촌지역을 아우르는 광역 자치단체에 이르기까지
지역별로 화장장 시설을 보완 또는 확충함으로써 사람들이 귀찮게 무
덤을 쓰는 대신 화장으로 장례 절차를 대폭 간소화하는 풍조가 일어났
다. 아까운 산을 무덤으로 낭비한다는 자원문제 해결의 방법으로, '임야
와 녹지공간을 확보하는 차원'에서 정부는 화장을 적극 권고하고 나섰
다. 무덤 자리를 정하고 절차에 따라 장례식을 치르고 하관하는 시각을
법도에 맞게 따르는 등 온갖 번잡한 의식이 모두 생략되자 사람들은 좋
아했다. 정부의 캠페인과 사후세계에 대한 무지, 전통적이고 한국적인
사고와 풍습을 폐기하려는 심리적 경향이 복합적으로 작용하여 21세기
의 날이 밝을 무렵에는 이미 우리 사회에서 풍수가 들어설 자리는 거의
없었다.

양사백이라고 다르지 않았다. 그는 자신이 서쪽 해변에서 석양을 바
라보고 서 있다는 사실을 알았다. 제아무리 거인이라도 그 흐름을 막아
서다가는 조류에 휩쓸리는 거룻배처럼 떠밀려 가다가 침몰할 수 밖에
없다는 것도 알았다. 아무도 들어주는 이 없는 거친 들판에서 석양에
홀로 서서 노래 부르는 가수처럼 외로웠다.

이 조류가 무엇인가? 그것은 해방 후 미국으로부터 무작정 받아들인
합리주의라는 이름의 과학 교육이었다. 어떤 사물도 그 합리주의의 그
물코를 빠져 나오지 못하면 생명력을 잃었다. 여기에 이르러 그는 무릎

을 쳤다. 풍수가 합리주의의 옷을 입으면? 풍수가 과학의 검증을 거치면? 호랑이를 잡으려면 호랑이 굴에 들어가야 하듯 과학이라는 이름에 떠밀려 말라죽기 직전의 풍수를 살려내는 길은 그 콧김에 합리주의와 과학의 김을 쐬게 하는 수 밖에 없었다.

 과학은 가설과 증명이다. 인간의 이성에 대한 믿음이 바탕에 깔려 있다. 지금까지 풍수는 수많은 가설을 세워놓았으나 서양식 방법으로 증명해 보이지 않았다. 그걸 하자면 어떻게 해야 하나? 좋은 무덤의 음덕을 무엇으로 증명해야 하나? 명당 묘소를 지닌 가문의 후예들이 성공할 확률이 높았다는 것을 무엇으로 증명하나? 사실을 예로 들면 사람들은 "그건 잘 되는 집안의 묘소를 가지고 뒷북치는 논리"라고 일축해 버리면 뒤를 대어 할 말이 없어진다. 수많은 풍수들이 발품을 팔아 명당의 조건을 가설로 세우고 그 음덕이 어떻게 미치는지 확인했으나 과학적 방법론을 가지고 입증하지 못했기 때문에 현대에 와서 진리로 대접 받지 못하는 것이다. 그렇다면 더 열심히 발품을 팔아 사실을 입증하는 외에 달리 방법이 없다는 결론에 이르렀다. 다행히 옛 사람들은 짚신을 신고 나라 안을 구석구석 살피고 다니느라 한평생 걸어다녀도 이 작은 땅덩어리 전체를 다 설어볼 수 없었으나 지금은 자동차, 비행기, 배, 기차에다 자전거까지 교통수단이 좋아져서 마음만 먹으면 대한민국 다 돌아다니며 명낭을 확인하는 데 한평생이 소요되지는 않을 것이었다.

 그 일을 누가 하나? 정부가 세금으로 그런 일을 하지는 않을 것이니 누군가 개인이 해야 할 것이고 그 개인이 바로 양사백 자신임을 알았다. 그러면 이렇게 하여 입증되고 체계화된 풍수 이론을 도대체 무엇에 쓸 것인가? 개인들은 미신이라 하여 밀쳐버리고 기업과 공공기관은 보는 눈이 많아 함부로 풍수에 돈과 인력을 들일 수 없다. 누군가 과학적 방법으로 풍수의 명제들을 입증해 놓았다 하더라도 이를 정책이나 행정 목표로 원용하리라는 보장도 없었다. 그것까지 개인이 책임을 져야 하고 그 책임질 사람이 바로 양사백 자신임을 깨닫는 데에도 오랜 시간이 걸리지 않았다.

그제야 양사백은 오랜 세월 의식의 밑둥치에 감춰두었던 기억을 되살려 내었다. 송담 노인에 대한 기억이었다. 노인을 떠올리면 언제나 낡은 초당방, 흙먼지가 풀썩 솟아오르는 바닥에 구멍난 멍석을 깔았던 그 방에 서책을 앞에 두고 단정하게 앉아 있던 모습만 떠올랐다. 이웃 마을 중늙은이 여편네가 배탈이 나더니 사흘만에 죽자 무덤 자리 찾는 일부터 장례식 절차를 전부 노인에게 일임했던 일이 있었다. 염(殮)을 하고 돌아온 그날 저녁 봉창을 열고 희미한 달빛에 비추어보며 노인이 몇 자 적어 보여준 글이 있었다.

'장차 이 나라의 백년대계는 풍수에 있다'는 내용이었다. '세상을 바꾸고 발전시키는 것은 바람과 물이지 인간은 아니다. 너는 이것을 알아야 한다'는 가르침도 잊지 않았다. 나이 벌써 스무 살의 청년이 된 양사백이 노인의 글귀에 묻어 있는 뜻을 잘 헤아리지 못하자 노인은 참을성 깊게 한 마디 더 적었다.

"어려우냐? 어려운 일에 처하거든 도선 국사에게 가르침을 청하라."

신라 말에 살다가 고려 초에 죽은 스님이다. 아득한 세월 저편에서 살다가 간 스님에게 가르침을 청하라? 그 때는 그 말을 뭉개버렸는데 지금 갑자기 그 모습과 함께 그 말이 떠오른 것이었다.

'그렇다, 비보풍수(裨補風水)에 대답이 있다.'

비보풍수는 비보사탑설(裨補寺塔說)을 풍수의 입장에서 부르는 이름이다. 이를 제대로 이해하기 위해서는 신라시대라는 특수한 문화적 환경과 말기의 혼란스러웠던 사회상을 잠시 들여다 볼 필요가 있다. 신라시대는 중국에서 불교문화가 녹아들어 중국불교라는 독특한 사상을 만들어낸 수(隋)나라와 당(唐)나라 때 한반도를 지배했던 나라와 문화의 이름이다. 신라는 개방적이었다. 일찍부터 불교를 받아들여 국교화하고 주로 중국을 통한 것이기는 하지만 불교의 모든 유파를 제한 없이 수용했다. 중국에서 선종이 발화하자 신라에는 구산선문이 개창됐고, 화엄의 장대한 이상향과 더불어 밀교적 세계와 미륵의 용화세계를 갈망하는 사상도 민간신앙과 결합되어 뿌리를 내렸다. 도선은 밀교사상의 영향을 크게 받은 승려였다.

그가 태어나 성장하고 출가하여 수행했던 시기는 통일신라 말기의 뒤숭숭한 세상이었다. 좁은 땅덩이에 후삼국이 정립하여 전쟁이 그칠 날이 없었다. 이 시기에 민초로 사는 것은 고난의 연속이었고 내일을 기약할 수 없는 불안한 나날이었다.

대개 이런 시기의 사상운동은 극단적인 허무주의와 극단적인 쾌락주의가 성행하는 것이지만 도선은 개인의 구원과 쾌락보다는 국가적 차원, 민족적 차원에서 먼 시간을 두고 앞을 내다보았다. 거기서 나온 것이 비보사탑설이었다. 밀교에서는 진국토를 하나의 만다라도량으로 보고 이 세상을 용화세계로 만들 수 있다는 희망의 메시지를 전하고 있다. 난세일수록 미륵의 하생(下生)을 기원하는 중생의 마음은 간절할 수밖에 없다. 바로 이 같은 중생의 염원을 담아 이 땅을 불국토 만다라로 만들고 싶었던 것이 비보사탑설이었다. 비보사탑, 또는 비보사찰, 비보풍수란 요즘 말로 하면 국토개조론이다. 밀교의 택지법(擇地法)과 풍수지리학을 긴밀하게 교합한 도선의 비보풍수는 한 마디로 산천의 역처(逆處)나 배처(背處)에 사탑을 건립하여 산천의 나쁜 지기(地氣)를 눌러 재앙을 막고 태평성대를 불러온다는 사상이다. 이를 현대에 적용한다면 국토개발의 큰 그림에서부터 풍수지리학자가 적극 참여해야 한다는 의미를 지닌다.

대통령 박정희가 경부고속도로를 만들겠다고 서두를 때 윤보선과 김대중을 중심으로 한 야당 정치인들은 '경복궁 짓다가 대한제국이 망한 사례'를 들어 그 불가함을 역설했고, 이 때 몇몇 풍수들도 지력(地力)을 다치면 국운이 기울게 된다는 주장을 폈다. 그러나 야당 지도자들의 고속도로 망국론이나 몇몇 풍수들의 국운쇠망론 둘 다 터무니없는 망상이었음이 곧바로 입증됐다. 물론 박정희도 경부고속도로를 계획하면서 풍수에게 물어본 일은 없었다. 만약 풍수를 국토개발계획에 적극 참여시켜 책임 있는 의견을 내게 했다면 이야기는 많이 달라졌을 것이다.

벌써부터 어느 한 구석에서 천도론(遷都論)이 바지가랭이에 방귀 새듯 냄새를 피우고 있었다. 물론 통일을 가정한 천도론인데 평양을 수도로 삼아 뻗어나는 국운을 고구려 때와 같이 대륙으로 확장해 나가야 한다는 옛날의 북벌론 비슷한 얘기도 나왔고, 임진강과 한강이 마주치는 파주군 교하면 일대가 통일 한국의 수도로 최적지라는 의견도 나오고 있었다. 조선 개국 후 태조가 천도를 단행하고 싶어 안달일 때 어느 신하의 주청으로 계룡산 신도안을 새 수도 이전지로 결정하고 기초공사를 어느 정도 진행한 일이 있었다. 이 때 '신도안은 너무 좁고 교통이 불편하여 새 왕국의 수도로 적합하지 않다'고 과감하게 의견을 내놓은 신하가 있었다. 하륜(河崙)이었다. 하륜의 주청으로 계룡산 아래를 새 왕국의 수도로 삼겠다고 꿈에 부풀어 있던 이성계의 꿈은 꺾이고 찢어졌다. 그래도 충직한 신하의 의견에 사심이 없었고 일리가 있었으므로 태조는 공사를 중단하고 도성 이전 문제를 원점으로 돌려버렸다. 오늘날 이 나라, 이 정부에 하륜과 같은 용기 있는 신하가 있을까? 신하의 주청이 타당한 면이 있다고 판단한 태조가 한창 진행 중이던 건설공사를 중단하고 문제를 원점으로 돌린 것 같은 결단성 있는 지도자가 있을까? 양사백은 머리를 저었다. 그렇다면 풍수가 국토 개발계획에 직접 참여하지는 못할지라도 자문은 할 수 있어야 제대로 된 나라가 아닐까? 여기에 생각이 미치자 그는 벌떡 자리에서 일어났다.

한 가지 더 있었다. 대한민국이라는 나라, 이 강토는 남북을 합쳐봐야 이십이만 평방킬로미터로 미국의 한 주(洲)보다 작다. 자원이라고는 북쪽의 산악지대에 묻혀 있는 약간의 광물자원이 전부였다. 사계절이 뚜렷한 기후와 환태평양 지진대에서 살짝 비켜나 엄청난 지각변동의 재앙으로부터 비교적 안전하다는 것만으로는 풍족하게 먹고 살만한 터전으로는 부족한 땅이었다. 가진 것이라고는 부지런하고 영특한 머리의 사람들, 인적자원이 전부라 해도 지나친 말이 아니었다. 그러나 여기에 두 가지 결정적인 문제가 발생하고 있다. 여자들의 권리가 비정상적으로 확대되면서 아이 낳기를 기피하여 인구가 줄어들기 시작했고, 화장하는 풍습이 만연하여 지기(地氣)가 인간을 돕는 길을 스스로 차단하고 있다. 이래서는 인재가 나오지 않고 인재가 나오지 않으면 이 나라는 망한다. 다시 50년대나 60년대처럼 세계에서 가장 가난한 나라의 대열에 합류하게 될 날이 머지않았다는 경고음이 들리기 시작한 것이다.

살기에 바빠서 죽은 사람을 태워 없애버리는 것은 어쩔 수 없다고 치자. 살아 숨 쉬고 있는 사람들만이라도 땅이 내뿜는 생기를 받아들여 개인도 성공하고 나라도 발전하는 일석삼조의 효과를 올릴 방법이 없을까. 양사백은 그것을 찾는 것이 이 시대 풍수의 소임이라고 믿어 의심하지 않았다.

도선 국사는 전국을 세 번이나 답사한 스님이다. 그는 '우리나라에는 고을마다 명당이 있다'고 단언했다. '고을마다'라고 할 때 고을의 범위가 어디를 두고 하는 말일까? 옛날의 현(縣)이나 목(牧), 요즘의 행정단위로는 면(面)이 되지 않을까. 단정하기는 어려우나 면 단위로 있다는 명당 혈처를 개발하여 이른바 '명당지도'를 만들어 누구나 쉽게 이용할 수 있게 하고, 이미 발복한 대지, 이병철과 정주영, 구인회, 신격호, 최종현 같은 기업인과 박정희, 김영삼, 김대중, 노무현과 같은 정치 지도자들을 낳은 생가나 살았던 집을 복원하고 개수하여 젊은 가임(可妊) 부부들에게 무료로 제공, 명당의 생기를 받아 새 생명이 태어나도록 하는 방법도 새로운 비보풍수가 아닐 것인가, 여기까지 생각을 정리한 양사백은 자신의 풍수에 비보풍수라는 어렵고 낡은 명칭 대신 공익풍수(公益風水)라는 새로운 명칭을 부여하였다. 그런 후에 마음으로 송담 노인을 불렀다.

"도선 스님의 비보풍수는 불교적인 세계관에 기초한 것이기 때문에 오늘날과 같이 다양한 종교가 공존하는 대한민국에 그대로 적용하기에는 한계가 있습니다. 그리하여 공익풍수라 하였으니 괜찮을런지요?"

송담 노인은 빙긋 웃으며 고개를 끄덕였다. 아주 기분이 좋을 때 하던 버릇이었다. 송담 노인이 좋다면 도선 스님도 좋아할 것이다. 송담은 도선의 환생이니까.

　양사백은 자신의 생각을 문서로 정리했다. 공익풍수의 개념을 세우고, 그것을 실천할 방안과 추진할 사업의 개요를 나열했다. 그 문서를 들고 그는 당장 집을 나섰다. 먼저 찾아간 곳은 K그룹 비서실이었다.

　비서실장이라는 사람은 얼마 전에 그룹 계열사의 사장을 하던 사람으로 현재의 직책은 비서실장이지만 직위는 사장급이었다. 그래서 그런지 그는 '내 생각이 곧 회장님 생각'이라는 듯이 거만한 태도였다. 전화를 걸었을 때 그의 첫 반응은

　"뭐 풍수라고? 찾아오면 동냥 몇 푼 준다고 그래."

　양사백이 '꼭 회장님에게 드릴 말이 있다'고 하자 그는

　'나를 설득하면 회장님을 설득하는 것과 같다'고 했다. 어디 한 번 설득해 보라는 오만한 소리였다. 그래서 나선 길이었다. 정작 비서실에 가자 실장이라는 사람은 전화 했을 때와는 딴판으로 고분했다.

　"혹시 사모님과 고향 선산으로 동행하실 그 분 맞습니까?"

　"무슨 말씀인지 모르겠습니다. 사모님이라는 분은 알지도 못하고요."

　"아, 아, 뭐 상관 없습니다. 일이 이렇게 됐습니다. 우리 사모님께서 꿈자리가 뒤숭숭하고 잔병치레가 많아 여기저기 알아봤더니 친정 어머니의 무덤이 잘못됐다는 진단을 받았어요. 그래, 유명한 칠엽 도사님을 보시고 가시 새 묘소 자리를 정해놓고 오늘 이장하는 날인데 어제밤에 그 칠엽 도사라는 분 연세도 있고, 돈을 심하게 밝히는 분이더라고요. 오늘 아침 자동차로 함께 떠나기로 약조해놓고 어제 밤중에 갑자기 혈압이 높아져서 위험하니 오늘로 정해놓은 이장 날짜를 뒤로 미루던지 자신이 없는 가운데 진행하시라는 전갈을 보냅디. 사모님이 그렇게

낙담하는 걸 본 적이 없습니다. 이장에 많은 기대를 품었던가 봅니다. 여자들은 다 그렇지 않아요? 사모님도 예외는 아닙니다. 밤중에 난리가 났는데 가만 생각해 보니 선생께서 오늘 방문하기로 했다는 생각이 들었어요. 급히 풍수 양사백이라는 분에 대해 알아보았지요. 기존의 다른 풍수들하고는 격이 다른 분으로 알려져 있고, 일반적으로 그 바닥에서는 기피의 인물로 알려져 있더군요. 우리나라 풍수가 많은 문제를 안고 있어 사람들이 외면하고 있는데 그런 풍수업의 바닥에서 외면 당하는 인물이라면 거꾸로 좋은 풍수 아니겠느냐, 이런 결론을 내렸습니다. 그래서 사모님에게 이분을 모시고 가시라고 적극 권했지요. 사모님께서는 처음에는 뜨악하시더니 제가 하도 권하니까, 김 실장의 판단에 따르겠다, 이렇게 얘기가 된 겁니다.

"기왕 여기까지 오신 김에 사모님과 동행해 주시겠습니까? 수고비와 노자는 충분하게 드리겠습니다."

"오늘 제가 온 것은 회장님을 만나 뵙고 공익풍수를 설명 드리고 동참할 기회를 드리기 위해섭니다."

"회장님은 계시지 않습니다."

비서실장 김 사장이 차갑게 말했다.

"일본 교오또에서 열리고 있는 국제학생 복싱대회에 참가하고 계십니다. 아시는 바와 같이 저희 회장님께서 한국 연맹 회장님이거든요. 대회가 끝나는 사흘 후에 돌아오실 겁니다. 돌아오시더라도 풍수와 관련된 이야기라면 사모님하고 하라, 이렇게 나올 겁니다. 공익풍수도 좋고 기복 풍수도 좋으니 회장님께 말씀 드릴 이야기라면 오늘 사모님과 나누어 보는 것이 어떻겠습니까?"

"좋습니다. 그렇게 해 보지요."

양사백은 그 길로 한남동 언덕배기에 있는 K그룹 이운기 회장의 집으로 안내됐다. 밖에서는 그저 그런 집인 줄 알도록 높은 담장으로 둘러놓았으나 안에 들어가 보니 대지도 넓었고, 집도 컸다. 잔디가 잘 가꾸어진 정원의 한옆에는 노천 풀장이 있었고 풀에서 수영복을 입은 채로 거실에 들어갈 수 있도록 통로가 만들어져 있었다. 집은 콘크리트로 견고하게 지은 이층이었는데 아래층에서 이층으로 올라가는 계단 옆으로 에스컬레이트가 작동되고 있었다. 에스컬레이트를 타고 부인이 내려왔다. 오십줄에 들어선 중년의 여인이었다. 얼굴을 보자 대뜸 양사백은 지난날 자신의 가슴을 설레게 했던 말라깽이 색골 타입의 여배우 박수자를 떠올렸다. 그때의 여배우 박수자는 죽고 지금 눈앞에 온몸에 붙은 살을 출렁이며 내려오고 있는 여자는 박수자의 미래였다. 여기 와서 이렇게 살고 있었구나, 인생이라니, 구역질이 났다.

"우리 김 사장님이 보내주신 풍수 양 선생님, 맞죠?"

그녀는 손목을 아래로 꺾으면서 상대의 손 안에 자신의 손가락 몇 개를 가볍게 넣었다 빼는 방식으로 악수를 하고는 풀장이 내다보이는 큰 유리벽 쪽으로 그를 데리고 갔다.

"저는 이 유리문이 좋습니다. 한강이 보이기 때문이에요. 옛날에는 한강이 구불구불하고 물이 마를 때는 작은 모래산도 생기고, 겨울에는 잉어 잡는 태공도 보이고 그랬는데 요즘 한강은 왜 저렇게 됐지요?"

유람선 한 척이 교각 밑으로 들어가고 있었다. 이 시간에 유람선이라면 잠실에서 여의도로 출근하는 사람을 태운 배였다. 요즘의 토목기술과 장비로는 산을 까뭉개어 평지로 만들고 터널을 뚫어 길을 내고, 바다를 메워 육지로 만들고 강물의 흐름을 비틀어버리는 것 쯤 아무것도 아닌 일이 돼버렸다. 그런 일들은 물량과 시간의 함수라는 수학공식의 문제일 뿐이었다. 그런 한강을 내다보면서 박수자, 이 여자는 무척 아쉬운 표정이었다. 그녀가 아쉬워하는 것은 한강의 어제 모습이 아니라 흘러간 시간이었다.

"제 모습이 이상하지요?"

양사백의 속마음을 알고 있다는 듯이 그녀가 물었다. 너무 컸다. 눈도 크고 입도 크고 불거진 광대뼈도 컸다. 몸 전체가 큰 살덩어리였다. 이운기 회장이 오십대 후반인 지금도 여자 사냥을 다니는 이유를 알 것 같았다. 박수자가 그 얘기를 꺼냈다.

"우리 회장님, 일본 갔다고 들었지요?"

"아닙니까?"

"맞아요. 일본 간 것도 맞고 교오또에서 국제 학생 복싱대회가 열리고 있는 것도 사실이에요. 저도 그제 갔다가 어제 왔거든요."

"왜 일찍 돌아오셨습니까?"

"그럼 와야지 어떡해요. 관중석에 앉아 경기나 보자고 숨을 죽이고 있는데 자꾸 그 양반이 앉아 있는 귀빈석에 눈이 가더라고요. 옆에는 한국에서 데리고 간 젊은 여자 가수가 찰싹 달라붙어 있었어요. 그 아이를 알아요. 늙은 색마의 밥이 되기에는 아까운 아이에요. 그래서 자꾸 눈길을 주다보니 그쪽에서도 나를 알아본 모양이더라고요. 대뜸 사내 둘이 와서 저를 끌어내더니 도꾜로, 나리따공항으로 직행하더라고요. 그래서 돌아온 거에요."

아무것도 아니라는 듯이 그녀는 푸우 숨을 내뱉었다.

“잘 된 거지요, 뭐. 어차피 그 인간이 저와 결혼을 했을 때는 육덕 좋은 여배우 하나를 혼자서 차지하겠다는 욕심 외에 아무 의미도 없었으니까. 이제 더 예쁘고 육덕이 좋은 여배우나 가수가 눈에 띄면 사생결단 덤비고 몰입하는 것이 당연한 일이지요. 나라도 그러겠어요. 양 선생은 어때요?”

“저는 생각이 다릅니다. 오늘 가는 곳, 친정의 선산이 어딥니까?”

“남원이에요.”

남원이라면, 또 지리산 자락에서 문제가 생기고 있는 모양이었다.

“나는 풍수라면 모두 칠엽 도사처럼 수염 기르고 빠진 머리에 가발을 얹고 사람을 가지고 노는 언변에 나이에 어울리지 않는 풍채를 가진 그런 사람인 줄 알았어요. 한데 양 선생은 저의 초등학교 오 학년 때 담임선생님 같은 인상이네요.”

흘러간 시절의 여배우 박수자는 처음 보는 풍수에게 자신의 썩어가는 내장을 다 보여주고 싶어했다.

“저에 대해서 아시는 것이 있어요?”

어느 정도까지 아는지 일단 감을 잡기 위해 묻는 말이었다.

“황색 잡지, 주산지들이 있지도 않은 일까지 용케도 들추어 내어 발가벗은 느낌이에요. 이렇게 사는 것이 어떤 건지 짐작하시겠어요?”

“저는 수산시와 황색 잡지를 본 일이 없어서.”

“보세요. 질퍽거리고 고통스러운 인생이 진흙탕처럼 넘쳐나요. 서해 바닷가에 가 보신 일 있으세요? 간조 때 물이 아득한 수평선까지 빠지면 개펄이 드러나지요. 애들하고 강아지는 개펄에 들어가 뒹굴고 뒤집어쓰고 금방 진흙이 돼버려요. 나도 그러고 싶지만 아직 한 번도 개펄에 들어가 뒹굴어 본 적이 없어요. 죽으면 흙이 되어 소원대로 되겠지요?"

"오늘 풍수가 필요한 이유가 뭡니까?"

"자꾸 말을 끊지 마세요. 가 보시면 압니다, 선생님이 정말 필요하다는 것을. 아까 우리 초등학교 오학년 때 담임선생님 같다고 제가 말씀 드렸지요? 그때 담임선생님은 제 이야기를 중도에 끊지 않고 참을성 있게 다 들어주셨어요. 자동차로 갈 때는 운전수가 귀를 세우고 있으니 함부로 말을 못합니다. 그렇게 살아요, 저는."

양사백이 입을 다물고 있자 박수자는 하던 말을 이었다.

"누구에겐가 반드시 이 말은 해야겠는데 그 누구가 누구일지 아직 몰랐거든요. 양 선생님을 본 순간 아, 이분이다 하고 느꼈어요."

조금 뜸을 들이더니 그녀는 무거운 짐을 내려놓는 것처럼 입을 열었다.

"아직 그 많은 주간지, 월간지, 노랑신문, 잡지들, 구더기 같고 쉬파리 같은 기자들 누구도 눈치 채지 못한 이야기가 딱 한 가지 있습니다. 그걸 말씀 드려야겠어요."

"말씀 안 하셔도 됩니다."

"지금 해야 됩니다. 아니, 하고 싶어요."

"그럼 하세요, 들을 테니. 그냥 나무나 바위, 흐르는 물에 대고 말한다 생각해도 좋습니다."

"고마워요."

박수자는 심부름하는 가정부 아주머니에게 커피 한 잔을 더 가져오게 하여 후후 불며 마셨다.

　"저희들은 미국 서부의 환락도시 라스베이거스에 갔어요. 우리라고 하는 것은 제게 여자 동생이 하나 있어요. 우리 형제들은 두 살 터울인데 동생 희자와 저 사이에 남자 아이가 하나 더 있었으나 세 살 때 홍역으로 죽는 바람에 저와 희자는 네 살 터울이 된 셈이에요. 자라면서 보니 희자가 저보다 훨씬 여자다운 매력이 있고 얼굴도 예뻤어요. 성격도 그 아이는 분명하고 저는 흐리멍덩하여 정반대였어요. 그런 저를 고등학교 때 선생님 한 분이 친구인 영화감독에게 추천하여 저는 배우의 길을 걷게 되고 동생은 이화여대 입시에서 낙방한 후로 되는 일이 없었어요. 형부 회사에서 도와줘서 여행사를 차려 그럭저럭 꾸려가고 있었습니다. 그때 그 사람은 먼저 서울을 출발하여 중동을 거쳐 유럽에서 미국으로 날아가면서 저희들 자매를 초청한 겁니다. 저희들은 약간 들뜬 마음으로 기대도 조금 하면서 라스베이거스에 도착했어요. 유나이티드 리젠시 호텔, 제일 크고 화려한 호텔의 스위트룸이 저희들을 위해 예약되어 있었고요. 모든 것이 완벽했고, 환상적이었습니다. 저는 오백 달러나 잃었지만 룰렛에서 희자는 이천 달러나 따서 붕 떠 있었습니다. 그날 그이는 술을 많이 마셨어요. 덩달아 우리도 마셨지요. 그곳에서는 마시지 않으면 안 된다, 뭐 그런 법이 있는 것도 아닌데 그런 법이라도 있는 것처럼 우리는 마셨습니다. 저는 대취하여 약간 토하고 나서 쓰러져 잤습니다. 소파에 쓰러져 자다가 한기가 들고 갈증이 심해서 눈을 떴습니다. 그때 이상한 소리가 들렸어요. 어둠 속에서도 제 몸의 모든 신경을 곤두세워 그 소리의 진원을 추적해 보니 침대에서 나는 소리였어요. 눈을 뜨고 보니 침대 위에 제 동생 희자가 형부인 그와 엉겨서 그걸 하고 있었어요. 제가 충격을 받은 것은 그것이 처음인 것 같지 않았고 희자가 그걸 즐기고 있다는 사실이었습니다. 그 날 이후로 두 사람은 기왕 들켰으니 내놓고 그 짓을 했어요. 어떤 때는 나를 술에 취하게 해놓고, 또 어떤 때는 아예 내가 두 눈 뜨고 있는데도 다른 방으로 가서 문을 안으로 걸어 잠갔습니다. 저는 몇 번이나 죽으려고 했습니다. 그러나 그 때마다 희자에게 들켜서 성공하지 못했는데 작년에 희자가 병원에 갔다 오더니 '언니에게 죄 지은 값을 받아 암에 걸렸다'고 하더군요. 간암이었습니다. 아직 마흔일곱이면 죽을 나이는 아니거든요. 그 짐승과 나는 희자를 살리기 위해 온갖 노력을 다했습니다. 일본과 미국에서 용하다는 의사를 물색하여 진료하게 했고, 국내에서도 암박사로 이름이 알려진 분에게 특별 진료를 받도록 했습니다. 처음에는 수술 경과가 좋아 완치될 듯 하더니 반년만에 다시 좁쌀만한 종양이 보이더니 순식간에 자라나 이제 삼 개월이라는 선고를 받았습니다. 어디 가서 물어보니 친정아버지 무덤이 잘못 됐다고 하더라고요. 칠엽 도사님께 가보자 했더니 이 분이 가서 보고 수맥 위에 둥둥 떠 있다고 해요. 그래서 이장하기로 하고 근처 산록을 매입하여 명당이라는 혈처를 정해놓았는데 이 노인이 갑자기 혈압이 높다고 뒤로 자빠지네요. 돈을 더 달라는 뜻인 줄은 알겠으나 그러고 싶지 않았습니다. 김 사장에게 다른 풍수를 알아봐 달라고 급히 부탁했더니 마침 풍수 한 분이 찾아오게 돼 있으니 그를 보내겠다 하여 기다리고 있었습니다. 오 학년 때 담임선생님 같은 분이 오실 줄은 몰랐어요. 우리 희자 불상해서 이대로는 못 보냅니다. 살려주세요, 선생님."

"더 하실 이야기는 없습니까?"

"선생님께서 뭘 궁금해 하시는지 알고 있습니다. 두 가지를 말씀 드

려야 합니다. 첫째는 돌아가신 시아버님 이상운 회장님에 대한 이야깁
니다. 세상 사람들은 돌아가신 저의 시아버지 이상운회장님께서 저를
데리고 놀다가 아들에게 대물림한 천하의 부도덕한 인물로 이야기를
하고 있다는 것을 저는 알아요. 하지만 그것은 세상 사람들의 호기심에
서 발동한 억측과 상상에 불과합니다. 시아버님의 눈길이 가끔 저의 엉
덩이에 머물 때가 있었던 것은 사실이었어요. 하지만 저는 무너지지 않
았습니다. 제 동생 희자처럼 무너졌다면 제 인생은 거기서 끝장 났을
거에요. 그러면 시아버님에 대해 왜 그런 억측과 상상이 지금도 끊임없
이 나오고 있느냐, 시아버님이 생전에 짐승 수준으로 여색을 밝힌 결과
입니다. 덕택에 가톨릭에 귀의한 저의 시어머님은 성녀(聖女)가 됐지만
요. 지금도 술집에 가면 시아버님의 절륜한 정력과 샘처럼 솟아오르는
욕구에 얽힌 이야기가 술집 종업원들 사이에 신화처럼 회자되고 있다
고 합니다. 시아버님이 왜 그렇게 욕망의 노예가 되었는지 그 까닭을
저는 잘 모릅니다. 그러나 제 남편의 경우를 보면 이건 타고난 업이에
요. 그저 살기 위해 젊은 여자의 육체를 파고드는 것 말고는 다른 이유
도 까닭도 없었습니다. 부전자전이지요. 아무리 그렇다 하더라도 시아
버님과 저를 연결 짓는 이야기는 엉터리입니다. 그 대신 오늘 말씀 드
린 제 동생에 관한 이야기는 사실이지만 세상 사람들은 아무도 모릅니
다. 선생님만 입을 다문다면 영원히 알려지지 않을 겁니다. 두 번째로
궁금해 하실 일은 오늘 창녕으로 가서 하실 일에 대해섭니다.

　제 친정 아버지 박삼식은 창녕의 양반집인 성 씨네의 머슴이었습니
다. 성 씨네는 비록 일제시대에 와서 기울기는 했으나 지주의 재산으로
아들 딸을 모두 일본에 유학시켰는데 그 집 아들 성유경이 일본에서 공

부할 때 〈개벽〉지 여기자였던 김원주와 눈이 맞아 결혼을 했고, 해방 후 박헌영, 이승엽, 이강국 등 남로당 지휘부와 절친했던 성유경, 김원주 부부는 월북하여 그곳에서 잘 사는 것처럼 보였어요. 그 집에 딸이 둘 있었습니다. 언니는 성혜랑, 동생은 성혜림이었어요. 두 자매는 창녕에 사는 소녀들의 꿈의 대상이었습니다. 특히 그 중에서 동생 혜림은 서울에서도 부잣집 자녀들이 다니던 서울사범부속초등학교를 나와 풍문여중을 다니다가 월북하여 평양제3여중을 나온 후 김일성대학 예과에 입학했으나 곧바로 예술학교로 옮겨 연극영화과에 다니면서 배우로 발탁되는 행운을 안았어요. 당시 남쪽에서 올라가 조선작가동맹의 위원장을 맡아 있던 소설가 이기영 집안에서 이 빼어난 소녀를 며느리로 찍어 김일성대학 연구사로 일하던 맏아들 이평의 마누라로 들여 앉혔어요. 이평의 후배로 이 집을 드나들던 김일성의 아들 김정일이 선배의 마누라를 채어갈 정도로 성혜림의 미모는 빼어났다고 합니다. 어쨌거나 시아버지 김일성도 모르는 사이에 비밀 동거에 들어간 김정일과 성혜림은 아들 김정남을 낳고나서 사이에 틈이 생기기 시작합니다. 성유경, 김원주가 모두 부르죠아 출신이라는 한계도 있었고, 첫 아들 출산 후 멀어진 김정일과의 관계 때문에 신경쇠약증을 보이던 성혜림은 거의 미쳐가고 있었다고 합니다. 성유경씨의 평양살이를 저희 아버지 박삼식은 누구에게 들었는지 훤하게 알고 있었습니다. 제가 어린 시절 배우가 되겠다고 꿈을 꾼 것도 혜림 언니 때문이었습니다. 배우가 되면 나라 안에서 최고 권력을 가진 남자를 만날 수 있다는 것을 생각하면 흥분으로 잠을 이루지 못할 정도였어요. 결국 제가 배우로 이름을 날리자 누군가 저를 간절히 원하는 사내가 접근해 왔습니다. 재벌의 아들, 아다시

피 자본주의 사회에서는 재벌이 권력의 위에 있다는 것 쯤 모르는 배우가 없습니다. 권력은 하루 아침에 시들지만 재벌은 그보다는 조금 오래 가거든요.

그건 그렇다 치고, 오늘 창녕 가시면 제 친정쪽 친척들이 선영에 몰려 있을 거에요. 그 분들은 제 아버지 묘소의 이장을 결사반대하는 측들이에요. 반대하는 이유요? 한 집안의 종손 무덤을 딸년 마음대로 이장하게 내버려 둘 수 없다는 것이 이웁니다. 고루하지요? 하지만 그 분들은 그 고루한 이유를 매우 절박한 심정으로 지키려고 애를 씁니다. 선생님께서 그 분들을 설득시켜 주세요. 어쨌거나 아버님을 물구덩이에서 빼내어 제 동생 희자를 살려내고 싶습니다. 우선 내려가셔서 아버님 무덤이 정말 수맥인지 아닌지 그것부터 살펴 봐 주세요. 가능한가요?”

“가 봅시다.”

자동차가 대구를 지나고 현풍면과 창녕군의 경계를 지날 때까지 박수자는 말이 없었다. 아까 거실의 유리벽에 붙어 서서 자신을 모두 까발려 보일 때와는 달리 입이 무겁고 권위로 치장한 재벌가의 사모님으로 돌아가 있었다. 운전수 때문이었다. 그러나 자동차가 현풍 휴게소를 지나고 창녕군 경계를 넘어 서서 지방도로를 따라 비슬산맥을 타고 넘어 청도군과의 경계에 있는 수봉산을 향해 달리자 간간이 코를 훌쩍이는 소리가 들렸다. 그녀는 자동차 뒷자리에 앉아 홀로 울고 있었다.

박수자의 친정아버지 박삼식의 묘소는 수봉산(秀峰山) 서쪽 능선에 있었다. 능선의 한가운데에 소나무와 잡목을 베어내고 평탄 작업을 하여 몇 기의 무덤이 있었는데 박삼식의 무덤은 그 중에서도 맨 아랫줄

가운데에 자리잡고 있었다.

박수자가 미리 말했던 것처럼 선영에는 여나믄 명의 문중 사람들이 나와서 기다리고 있었다. 일부러 갓을 찾아내어 쓰고 흰 두루마기에 풀을 먹여 입고 나온 노인도 있었고, 칠순의 할머니도 있었다. 젊은 사람들은 '우리는 이런 일에는 관심이 없다'는 표정으로 뒷짐을 지고 관망할 태세였다.

통영갓을 쓴 영감은 누가 봐도 문중을 대표하는 어른으로 이 자리에 나와 있다는 것을 알 수 있었다. 그 노인이 말했다.

"수자, 자네. 이번 일을 그만두게나. 여기 계신 분이 니 아버지인 것은 틀림이 없으나 망자는 누구의 아비일 뿐만 아니라 문중의 다른 사람들에게도 멀고 가까운 친척이 된다는 사실을 자네는 아는가?"

"알고 있습니다."

박수자는 초등학교 학생처럼 고분하게 대답했다.

"그렇다면 이 무덤이 살아 있는 문중 사람들 모두가 살아가는 데에 영향을 미친다는 사실도 알겠네?"

"그것도 알고 있습니다."

"그것도 아는 사람이 왜 이렇게 무도한 일을 벌이는 건가? 전날 자네가 서울에서 데리고 온 무슨 도사라는 양반, 내가 보기에 딱 사기꾼 같아 보이더만. 그 양반이 제 맘대로 자네 부친의 묘소가 수맥이라고 진단했으나 이 고장 풍수의 말로는 지기가 생동하는 명당이라고 하데. 오늘 데리고 온 저 사람도 풍수인가?"

양사백은 박수자 부친 묘소의 지기를 탐색하고 있었다.

"헛짓을 하지 마소. 아무리 그래도 우리는 서울 풍수를 믿지 않기로 했네."

박수자가 양사백을 쳐다보았다. 이제 당신이 알아서 하세요, 하는 표정이었다. 양사백이 문중 어른 행세를 하는 노인에게 다가가 말했다.

"어르신. 저 무덤은 틀림없이 수맥입니다. 천만 다행히도 이 선영 안에 빈 자리가 있습니다. 그 혈처를 찾지 못했을 뿐 이곳에 무덤들을 모아놓은 것은 아주 잘한 일입니다. 형국이 좋거든요. 다만 안타깝게도 이 중에서 능선의 한가운데에 놓인 네 기의 무덤들이 수맥 위에 있습니다. 칠엽 도사는 사기를 치지 않았군요."

"당신 말을 증명할 방법이 없지 않은가?"

노인이 더 말할 필요가 없다는 투로 쐐기를 박았다.

"증명해 보이겠습니다."

양사백이 자신 있게 단언하자 노인은 잠시 움찔했다. 그러나 곧 식은 웃음을 흘렸다.

"어떻게?"

'방법은 하나 밖에 없습니다. 이 무덤을 파 보고 수맥이 아니면 제가 어떤 책벌도 감내하겠습니다. 여기 계신 사모님도 이장을 단념할 거고요. 그리고 바로 이 무덤 가까이 있는 이곳이 혈처입니다. 이곳을 파 보고 샛노란 황토가 나오지 않으면 그 또한 제가 책임을 지겠습니다.

"그렇게 해요, 할아버지."

설흔 안팎의 젊은 사람이 나섰다.

"그까짓 거 조금만 흙을 파 보면 입증할 수 있는 일을 두고 겉만 보고 시시비비할 까닭이 어디 있습니까."

"우리가 사는 집도 함부로 손을 대면 동티가 나는 법, 항차 무덤이겠나, 잘못 건드리면 동티가 날 걸세. 그 모든 재앙을 수자 자네가 짊어지기로 약속을 하게."

"약속합니다."

박수자는 조금도 머뭇거리지 않고 대답했다. 양사백을 믿는다는 선언이었다.

이장 작업을 위해 저만치서 기다리고 있던 일꾼들이 삽을 가지고 덤벼들었다. 먼저 박삼식의 무덤을 파내려갔다. 봉분을 뜯어내고 광 속으로 파들어가던 인부들이 갑자기 코를 싸쥐고 뒷걸음을 쳤다. 문중 사람들이 우루루 몰려와 광 속을 들여다 보았다. 말 그대로 뻘구덩이였다. 어디서 그 많은 물이 지하에 모여 있었을까, 신기할 정도로 탁한 물이 시꺼먼 진흙 위에 고여 있었다. 인부 한 사람이 삽을 넣어 조심스럽게 휘두르다가 뼈 한 조각을 끌어냈다. 뼈에도 진흙이 묻어 있었다.

"어떻게 알았소?"

문중 어른인 노인이 물었다.

"수맥과 생기처는 온몸으로 감지됩니다."

"신기한 일이로군. 그러나 아직 한 가지 일이 더 남았네. 자네가 혈처로 점지한 이 자리도 수맥에서 지적인데 어찌 포시라운 황토가 나오겠는가?"

"파 보시지요."

이번에는 거칠 것이 없었으므로 인부들은 잠깐 동안에 허리가 잠길 정도로 광을 파내려갔다. 처음부터 붉은 황토가 나오더니 끝까지 단 한 조각의 돌맹이도 한 방울의 물도 나오지 않고 아득한 태고쩍 그대로의 황토가 밝게 웃으며 햇살 아래로 속살을 드러냈다.

"이거 창피한 일이 아니겠소? 큰아버님이 수자네 회사에서 우리 문중 사람들 취직 안시켜 준다고 불만을 가진 것은 좋으나 무덤을 놓고 이런 식의 고집을 부리다가 창피를 당하다니 내가 저 형수에게 고개를 들지 못하겠어요."

젊은 사람이 문중 어른을 비난했다.

"이제 약속대로 이장을 하도록 허락해 주시겠습니까?"

노인은 그저 고개만 끄덕였다.

"법도대로 잘 이장해 주시게."

끝까지 어른 노릇을 멈추지 않았다.

시커먼 뻘 속에서 뼈조각을 남김없이 찾아내는 일은 쉬운 일이 아니었다. 양사백은 인부들을 밀어내고 자신이 직접 뻘 속을 휘저어 뼈조각을 찾아냈다. 찾아낸 뼈조각들은 고운 한지에 가지런히 놓았다가 수습이 끝난 다음 곱게 싸서 염습을 했다. 그리고 미리 파놓은 혈처에 묻고 봉분작업을 마치자 해가 비슬산맥의 허리를 타고 넘어 서쪽으로 빠지고 있었다.

이튿날 박수자로부터 전화가 왔다.

"지난밤에 꿈을 꿨어요. 꿈에 아버지가 나타나 고맙다고 저를 어릴 때처럼 업어주셨어요. 저는 꿈속에서도 할 말을 해야겠구나 마음 먹고 아버지에게 말씀을 드렸습니다. 아버지가 정녕 혼백이 있거든 우리 막내 희자를 데리고 가지 말아주세요, 약속하시라고 몇 번이나 다짐하고 아버지는 저에게 손가락을 걸면서 약속을 했습니다."

그로부터 석 달이 흘렀다. 박희자의 남은 시간이 석 달이라고 했던 기억이 나서 양사백은 궁금했다. 그래서 박수자에게 전화를 해 봤다.

"어머, 우리 활안 선생님, 제가 전화를 드리려고 하던 참인데 어떻게 알고 먼저 전화를 주시네요."

"동생분의 건강상태가 궁금해서,"

"뭘 그리 에둘러 말씀하세요? 죽었나? 살았나? 그렇게 단도직입적으로 물으면 될 일을 가지고."

"죽었습니까, 살았습니까?"

"살았어요. 어제 CT 촬영을 했는데 간에 있던 종양이 거의 무시해도 좋을만한 크기로 축소됐다고 합니다. 기적이에요, 선생님. 고맙습니다."

전화를 하면서 박수자는 울고 있었다. 그렇게 눈물이 헤픈 여자가 지금까지 험한 세상을 살아온 것이 기적 같은 일이었다. 그러나 사람이 살다보면 좋아할 일만 일어나는 법은 없는 것이었다. 새벽 조간신문을 펼치던 양사백의 손이 떨렸다. K그룹 이운기 회장의 이혼 소식이 이운기와 박수자의 얼굴 사진과 함께 자세하게 실려 있었다. 이혼의 원인을 제공한 것은 이운기 회장의 바람이었다. 그는 자신의 나이보다 절반도 안 되는 이십대 후반의 젊은 여배우와 결혼할 생각으로 마누라인 박수자와 이혼을 결심하게 되었다고 했다. 위자료는 오십억 원이었다. 이 회장의 재산이 수천 억에 이를 것이라고 예상하는 사람들은 박수자가 받기로 한 위자료의 액수가 터무니없이 작다고 느꼈다. 그러나 신문에 기사가 났던 날 낮에 수자가 양사백에게 전화를 걸어와 밝힌 내용은 달랐다.

"이혼은 제가 먼저 제의할 판이었는데 그쪽에서 먼저 얘기가 들어와 흔쾌하게 받아들였어요. 위자료가 겨우 고것 뿐이냐? 박수자 당신에게도 귀착사유가 있느냐, 맞바람이라도 피웠느냐 묻는 사람도 있어요. 하지만 오십억이 작은 돈 아니잖아요? 제가 알기로는 K그룹 금방 무너집니다. 사장들, 임원이라는 놈들이 회장이 여자 사타구니나 파고 다니는 틈을 타고 알맹이는 모조리 빼갔어요. 저 사람 불상하게도 불알 두 쪽만 차고 나앉을 거에요. 지금 젊은 년이 그 때도 저 인간에게 붙어 있을까요? 이제 관심 없습니다. 지가 죽든지 살든지 알아서 하겠지요. 부자가 망해도 삼년 먹을 것은 남는다고 하지만 K그룹이 넘어지면 저 사람 그날로 거지 됩니다. 두고 보세요. 저에게 위자료를 오십억밖에 주지 못할 정도로 저 회사 돈이 없어요. 지금부터 조금씩 눈치를 채겠지요, 저 바보가. 회사가 빈 껍질 뿐이라는 것을 알았을 때는 늦은 때에요. 저는 이만 손을 털고 갑니다. 희자와 함께 편하게 살겠습니다. 시골로 갈 거에요. 농사 잘 되면 연락 드릴 테니 놀러 오세요. 참, 한 가지 말씀 드릴 것이 있습니다. 지난 번 산역을 할 때 사무치게 느낀 것이 있습니다. 선생님이 저에게 가르쳐 주신 것이지요.”

“그게 뭡니까?”

“인생은 오늘 이것이 전부라고, 그러니 알차게 살아야 한다고. 아버지의 뼈조각을 보면서 그걸 알았습니다. 한 가지 물어보고 싶은 것이 있어요.”

“뭐든지.”

“아, 그 사람 말이에요, 이운기 회장과 K그룹. 집의 가상을 고치고 조상 무덤을 바로 했으면 망하지 않을 수도 있었을까요?”

“마찬가지였을 겁니다.”

“그건 왜, 왜 그렇지요?”

“욕망의 노예가 되면 귀신도 어쩌지 못하는 법이니까요. 이운기 회장이 조만간 망한다면 조상의 묘소나 어지러운 가상 때문에 망하게 되는 것이 아니라 자기 자신 때문에 망하는 것입니다. 그런 사람의 운명은 귀신도 어찌할 도리가 없습니다."

"그렇군요."

박수자는 납득했다.

"공익풍수를 사람들에게 얘기해도 되나요?" "그럼요, 많이 알려주세요. 입소문이 최고니까."

박수자가 퍼뜨린 말은 단숨에 좁은 나라 안을 한 바퀴 돌았다. 최고의 풍수가 기적을 일으켰다, 그 풍수는 자신의 풍수 기법을 공익풍수라 하고 사회 전체의 발전을 위해 사용하고 싶어 하고 있으나 우리 사회가 그것을 받아들일 태세가 되어 있지 않다, 그런 내용이었다. 박수자는 양사백의 풍수기법과 공익풍수를 지향하는 그의 철학에 깊이 감동되어 만나는 사람마다 붙들고 선전하는 전도사가 되었다.

그러나 박수자 말고 공익풍수에 관심을 가져주는 사람은 없었다. 그의 때가 아니었고 풍수의 때는 정말로 아니었다.

11.
과학자

손님은 젊은 샐러리맨이었다. 흰 와이셔츠에 빨간 넥타이, 그리고 감색 양복을 단정하게 차려입은 모습이 절대로 실수 같은 것은 하지 않겠다는 결의를 들고 다니는 것 같은 모습이었다.

"고모님의 부탁으로 왔습니다."

풍수를 찾아온 것은 자신의 뜻이 아니라 고모님의 뜻임을 분명하게 밝히고 그는 작은 방석에 엉덩이를 내려놓았다.

"제 고모님은 B화학그룹 민 회장님의 부인이시고 올해 연세는 일흔 아홉이십니다."

"민 회장님에게 일흔아홉 먹은 부인이 계시다는 말 들어 본 일이 없는데요. 기왕 오셨으니 좀 더 자세히 말해 주시겠소?"

"이런 이야기까지 해야 될 줄은 몰랐습니다. 저희 고모님께서는 본부인이십니다."

"정식으로 결혼한 본부인이시다, 슬하에 두 아들을 낳았고, 그 아들들이 한 사람은 주력기업의 사장을 맡아 있고 한 사람은 계열사의 사장을 맡아 기업을 사이 좋게 양분하고 있다, 만약 지금이라도 민 회장이 세상을 뜨면 그런 구도로 승계가 이루어질 것이다, 이렇게 예측하는 기사를 본 적이 있습니다. 실제로도 그렇습니까?"

"아닙니다. 그건 기사일 뿐입니다."

"그럼, 사실은요? 그것 때문에 나를 찾아오지 않았습니까?"

"예, 그랬는데 시키지도 않은 말을 제가 해야 할 것 같아서, 이만."

"그럼 돌아가세요. 고모님께 어디까지 이야기할까요, 더 물어보시고 오든지 말든지 하세요."

"아, 말씀 드리겠습니다. 알고 계시는 것처럼 민 회장님, 저에게는 고모부님 되십니다만, 민 회장님에게는 젊은 부인이 계십니다. 이제 사십 대 중반입니다. 이분이 경영에 눈을 뜨면서 기업을 하나씩 챙기기 시작했어요. 물론 민 회장님은 이 분의 후원자이십니다. 두 아드님이 위기를 느끼고 아버지인 민 회장님에게 반기를 들어 사사건건 부딪치고 있습니다. 여기까지가 제가 찾아온 배경이랄까, 속사정이고요. 수년 전 민 회장님은 충청도 아산, 계룡산 동쪽에 아무 쓸모없는 땅 이백만 평을 매입했습니다. 지금도 묵혀두고 있고, 아까운 땅을 활용할 방안도 의지도 보이지 않고 있습니다. 이 좁은 나라에서 그 정도의 땅을, 대부분 임야입니다만, 묵혀둔다는 것은 일종의 죄악이거든요. 고모님께서는 가진 것이 아무 것도 없습니다. 두 아들이 있습니다만 그들도 젊은 부인 때

문에 앞날을 예측하기 힘듭니다. 고모님께서 아산의 그 땅에 관심을 두
는 이유는 딱 한 가지입니다. 사후에 돌아가 누울 자리를 편하게 갖고
싶으신 겁니다. 그래서 저더러 용한 풍수를 찾아가 그 땅에 명당이 있
느냐 알아보라고 하십디다.”

“그 땅은 묘지로 사용하기 힘들 것입니다.”

“그렇지요? 고모부님의 허락을 받기가 어렵겠지요? 하지만 선생님께
서는 그저 그 땅 내부에 명당이 있느냐, 다시 말해 누울 자리가 있느냐
그것만 알아봐 주시면 된다고 생각하는데요.”

“민 회장님이라고 하셨지요? 풍수인 저보다 앞을 내다보는 눈이 밝
은 분이십니다. 누구도 그 땅에 무덤을 만들 수 없습니다.”

“그건 또 왜요? 내 땅에 내가 무덤을 쓰겠다는데 누가 막아요?”

“국가, 정부가 막지요. 계룡산 동쪽의 땅은 머지 않은 앞날에 누군가
권력을 잡은 사람이 천도를 꿈꿀 자리입니다. 지금까지 해 내려온 지배
구조에 반기를 들고 역성혁명을 이룬 대통령이 그런 시도를 할 겁니다,
반드시 그런 일이 일어날 겁니다. 이 나라가 서울공화국이라는 말이 돌
정도로 서울이 너무 비대해지고 북쪽 인민군 장사정포의 사정권 안에
있다는 것노 큰 이유가 될 겁니다. 그러나 가장 중요한 문제는 역성혁
명 때와 같이 권부를 새로운 도성에 옮기고 싶은 위정자의 조급한 마음
입니다. 그 일이 추진되면 비록 천하명당이 그 속에 있다 하더라도 편
히 누워 있지 못할 겁니다. 당장 옮겨야지요. 민 회장님이 그런 가능성
을 보고 그 땅을 매입해 두었다면 기업 경영에서 손을 떼고 풍수로 나
서는 것이 더 좋겠군요. 조만간 찾아뵙고 공익풍수에 관하여 의견을 나
누고 싶습니다. 고모부님과 제가 만날 수 있도록 해 주세요. 그러면 저

도 그 땅에 혈처가 있는지 알아봐 드리겠습니다. 문제의 땅이 표시된 지도를 갖고 계십니까?"

청년이 두고 간 지도를 들고 양사백은 계룡산 동쪽 기슭과 아산 부근에 걸친 민 회장의 땅을 찾아갔다. 간 김에 그는 계룡산 중출에 올라 그 자락에 펼쳐진 드넓은 농토와 임야를 한눈에 담았다. 미안하지만 여기는 천도할 자리가 아니다, 그는 한눈에 알아보았다. 꼭 남한의 한가운데로 옮겨야 한다면 계룡산 동쪽보다 서쪽 기슭의 황산벌과 그 아래로 이어지는 새만금 간척지를 활용하는 것이 국운을 위해 훨씬 바람직한 선택이 될 것이다. 그러나 천도는 그 자체가 정치적인 행위다. 천도를 계획하고 실행하는 시점의 정치가 모든 것을 결정하게 될 것이다. 그때 풍수가 무슨 말을 할 것인가, 풍수가 끼어들 틈이라도 있을 것인가, 갑갑한 마음을 누르고 민 회장의 땅을 샅샅이 뒤져보았다. 산자락 아래쪽에 작은 계곡물을 끼고 있는 지점에 강한 결인목이 있었고, 결인목 아래쪽에 생기가 넘치는 혈처가 있었다. 이 자리에 무덤을 쓰기만 하면 자손들이 크게 흥성하리라. 대개의 풍수들은 명당을 찾으면 마치 자신의 것인양 흥분한다. 양사백도 마찬가지였다. 그는 전날 찾아온 젊은이에게 전화를 걸었다.

"찾았어요. 보통 자리가 아닌 천하명당입니다. 그렇다면 민 회장님께서 다른 의도가 있어 이 땅을 사 둔 것이 아닐까요? 자신의 신후지로 잡아놓은 땅이 아니냐 그 말입니다."

"아닐 거에요."

젊은 조카는 단언했다. 그는 민 회장의 소유인 특수강 회사의 총무부장이었다. 민 회장은 화학산업에서 출발하여 제철산업으로 영역을 확대하는 중이었는데 새로 인수한 특수강 회사에 조카를 비롯한 친인척들이 점령군처럼 행세하고 있는 그림이 보였다. 젊은 부장이 말했다.

"고모부님, 아니 회장님께서는 과학을 믿는 분입니다. 그 분은 절대로 풍수를 믿지 않습니다."

말을 뱉아놓고 보니 좀 심했다 싶었는지 젊은이는 곧바로 부연했다.

"그러나 고모님은 다릅니다. 전통적인 사고방식을 가진 분이시고 무속에 대해서도 이해가 깊으십니다."

"어쨌든 상관이 없습니다. 아무리 천하명당이라 하더라도 이곳에 누우면 오래 견디지 못합니다. 두 분 건강이 좋으시면 생전에 이 땅이 쌍전벽해가 되는 광경을 두 눈으로 확인할 수 있을 겁니다."

"그럼 어떻게 하지요? 우리 고모님은요."

"회장님과의 면담을 주선하시라니까."

"오늘 저녁에 댁으로 오시라고 하셨습니다."

민 회장이 사는 집은 성북동의 옛날 번창하던 큰 요정 근처에 있었다. 지금의 젊은 부인이 어쩌면 그 요정에서 일하던 여자 아니었을까, 그런 상상이 절로 일어났다. 민 회장은 서재에서 손님을 맞았다. 나무 탁자를 사이에 두고 마주앉자 젊은 부인이 차를 받쳐 들고 들어왔다.

"안사람이오."

인사를 시킨 후에 곧바로 본론으로 들어갔다.

"풍수라고 들었습니다. 저에게 하실 말씀이 있다고도 들었고,"

비쩍 마른 몸매였다. 머리는 반백으로 보기 좋게 희끗거리고 있었다. 찻잔을 잡은 손등에 검은 반점 몇 개가 보였다. 노인이라는 증거였다.

"계룡산 동쪽에 잡아놓으신 이백만 평의 땅을 답사해 보았습니다. 그

중에는 산자락에 가히 천하명당이라고 할만한 혈처가 한 군데 있었습니다. 혹시 회장님께서 어떤 이의 말을 듣고 이 혈처를 신후지로 정해놓고 활용할 계획이라면 그건 잘못이라고 말씀 드리려고 왔습니다."

"왜 잘못이오?"

"그 땅은 머지않아 새 수도 입지로 선정될 가능성이 큰 지역입니다. 정치는 바뀝니다. 권력도 영원하지 않습니다. 영원하지 않은 것을 영원한 것으로 착각하고 집착하다가 사람들은 흉한 꼴을 만나게 됩니다. 나라 안의 땅들도 언젠가는 개인이 단 한 평도 소유할 수 없는 시대가 올 것입니다. 어쨌든 그 땅에는 묘소든 집이든 들어설 자리가 아닙니다."

"나는 묘소 따위에는 관심이 없소."

차가운 말투였다.

"나는 과학자요. 과학 이외에 어떤 것도 믿지 않소. 그 땅은 장차 공장부지가 없어 사업을 할 수 없을 때를 대비하여 사 놓은 것인데 왜 묘지 얘기가 나오고 풍수가 끼어드는지 알 수가 없구만."

"어떤 공장도 지을 수가 없을 겁니다. 그런 목적이라면 잘못 사신 겁니다."

"괜찮소. 일을 하다 보면 결과가 잘못될 수도 있고 원래의 목적에 맞아떨어질 때도 있는 법이지."

"그래서 말씀입니다. 그 땅을 공공의 이익, 거창하게 말하자면 홍익인간의 정신으로 활용할 방안을 찾는 것이 어떻겠습니까?"

"어떻게 말이오?"

"가난한 젊은이들이 들어가 꿈을 개척하는 낙원으로 만들 수 있습니다, 그 정도 땅이라면."

"난 자선사업에는 관심이 없소. 이중인격, 사기꾼들이 하는 일 아니오?"

"회장님의 과학은 어떻게 된 학문입니까? 눈에 보이는 것만 존재한다, 손에 잡히는 것만 진실이다, 이것은 과학이 아닙니다. 인간의 감각기관으로 파악되는 것만 진실이고 그런 것만 존재한다고 하면 양자물리학이나 빅뱅 이론은 모두 미친 사람의 헛소리로 취급되어야 합니다. 회장님의 과학은 유치원생이 말하는 수준의 과학인 것 같습니다."

"좋은 지적이오."

말은 봄날처럼 부드러웠으나 눈매는 얼음이었다.

"내가 뭘 어떻게 했으면 좋겠소?"

"당장 하실 일은 없습니다."

"나는 무척 바쁜 사람입니다. 경제 단체 중에 하나도 이끌어야지, 화학산업의 발전을 위해서도 끊임없이 모색해야지, 기업도 경영해야지, 새로운 제품을 세계 시장에 내놓아야지, 이걸 아시오, 풍수 양반? 지금 대한민국에서 생산되는 제품은 세계 시장에서 품질과 가격을 겨누어야 한다는 것을. 우리는 한가하지 않습니다. 나는 평생을 통해 하루 네 시간 이상 잠을 자 본 일이 없소. 풍수 양반은 잘 자지요?"

"저는 잠을 충분히 잡니다."

"그래야지. 그래야 건강하지. 하지만 잠을 자고 싶어도 잠이 오지 않는 그런 때가 옵니다. 자, 우리 결론을 냅시다. 그 땅을 풍수 당신에게 일임할 테니 마음대로 활용해 보시오. 그렇지 않아도 요즘 부쩍 그 땅이 부담스럽던 차요. 무슨 건설업자들이 날마다 한 건씩 개발계획이라는 것을 만들어 들고 옵니다. 골치가 아파. 그 중에는 정부가 운영하는 공공기관도 있어요. 모두 떼돈을 만들어주겠다고 약속들을 하고 있어요. 하지만 단 한 푼도 내지 않고 땅을 통째로 내놓으라고 하는 사람 만나기는 오늘이 처음입니다. 그러니 당신이 가지고 가서 활용해 보세요. 천국을 만들든 지옥을 만들든 마음대로 해 보시오. 이것이 과학이오. 과학이 뭔지 이제 알겠소?"

12.
사기꾼들

민 회장은 그 다음날 비서를 시켜 계룡산 동쪽 기슭의 땅 이백만 평을 임의로 사용해도 좋다는 위임장을 공증하여 보내왔다.

토지의 사용허가서를 받은 양사백은 아찔한 어지럼을 느꼈다. 일이 이렇게 급작스럽게 진행될 거라고는 기대하지도 믿지도 않았기 때문에 오는 어지럼증이었다. 허정자가 일터인 식당으로 나가다말고 커피를 끓여와 앞에 놓고 앉았다.

"왜 그래요? 무슨 걱정거리가 있는 것 같은데?"

그는 사실을 털어놓았다. 듣고 나더니 그녀가 웃으면서 지갑을 열었다.

"여기 여비 있어요. 갔다 오세요."

"어딜?"

"어디긴 어디에요. 송담 노인을 만나 보세요. 기왕이면 도선 국사도
함께 만나면 더욱 좋고."

"맞아."

그는 벌떡 일어나 서울역으로 달렸다. 저녁이었으므로 열차는 야간
운행을 위해 침대칸을 달고 다녔다. 그러나 열차 침대의 비좁은 공간과
흐릿한 전등을 생각하니 눕고 싶은 생각이 싹 가셨다. 그냥 일반 객실
의 의자에 앉아 눈을 감았다. 눈을 감자 송담 노인의 모습이 떠올랐다.
노인의 모습과 함께 오래 동안 마음 속에서 숙성돼 오던 생각의 그림
하나가 선명하게 구체화 됐다.

생각의 그림은 넘어지는 우상으로부터 시작됐다.

도무지 끝이 보이지 않는 시골살이의 갑갑함 때문에 서울에 올라와
신문 배달, 연탄 배달까지 배달이라고 이름 붙은 것은 무슨 짓이든 다
해가면서 야간학교를 다닐 때였다. 4.19혁명이 일어났다. 그가 다니던
대학은 조용했다. 시내로 나가보니 광화문 네거리는 어제 경찰이 퍼부
은 충격으로 아스팔트 위에 핏물이 남아 있었고, 학생들이 버리고 간
운동화와 찢어진 머리댕기도 뒹굴고 있었다. 어떤 여학생의 것인지 빨
간 댕기였다. 댕기를 소중하게 가슴에 품고 온 그는 이후 그 댕기로 머
리를 묶은 여학생을 떠올리며 꿈을 꾸었다. 여학생의 얼굴은 자주 변했
다. 어떤 때는 전차 안에서 본 그 여학생의 교복 입은 모습이었고, 어떤
때는 신문 배달을 갔을 때 담장 너머로 손을 흔들어 주던 부잣집 어린
식모의 풋풋한 모습이었다.

빨간 댕기를 호주머니에 넣고 남산으로 올라갔다. 학생과 청년들이

한데 어울려 무슨 힘든 일을 하고 있었다. 가까이 가서 보니 이승만의 동상에 새끼줄을 걸어 자빠뜨리는 일이었다. 그는 힘을 보탰다. 좀처럼 움직이지 않던 동상이 그가 합세하자 맥없이 앞으로 고꾸라졌다. 고꾸라지면서 동상은 유리병처럼 깨어져 사방에 파편이 흩어졌다. 몸통에서 떨어진 얼굴이 저만치서 나뒹굴자 학생들이 가서 밟았다. 그래도 동상의 얼굴은 표정이 없었다. 고통 없이 한가한 표정이었다. 그날 이전까지 이승만이라는 거대한 우상이 쓰러지리라고는 상상도 하지 못했었다. 그러나 무너졌다. 권력은 봄날의 바람처럼 가는 곳을 모르고 가을날 낙엽처럼 바스라지기 위해 있는 것이다. 그것을 그 때 처음 알았다.

두 번째로 무너진 우상은 소련이었다. 징조가 있기는 했다. 학교에서 어느 친구가 일본에서 간행된 책 한 권을 돌렸는데 제목이 『제21차 소련 공산당대회 비밀 연설문』이었다. 연설을 한 자는 니키타 흐루시쵸프라는 땅딸막한 사람이었고, 연설을 통해 비난의 표적이 된 것은 신격(神格)이었던 스탈린이었다. 그로부터 삼십여 년이 흐른 뒤에 이번에는 소련이라는 거대한 실험장의 세트가 통째로 무너졌다. 공산주의 실험은 아쉬움을 남기고 무대 뒤로 사라졌다. 덩달아 동유럽의 공산국가들도 무너졌다. 무너지는 방향과 굉음은 가지가지였다. 북한 김일성을 이 세상에서 가장 부러워하여 형님으로 모시던 루마니아의 대통령 차우세스쿠는 황급하게 도망을 치다가 국경을 넘지 못하고 붙잡혀 총살을 당했다.

문제는 그 다음이었다. 인류의 공산주의 실험은 실패로 끝났다. 실패한 원인은 공산주의라는 이데올로기가 인간의 본성과 맞지 않았기 때문이었다. 인간의 본성과 가장 잘 어울리는 제도가 자본주의라는 것이 알려지면서 세계는 자본주의에 대한 신뢰로 물결쳤다. 시장은 새로운

우상으로 등장했다. 뭐든지 골치 아픈 문제가 발생하면 '시장에 맡겨라'
는 한 마디로 해결이었다. 실제로 해결된 것이 아니라 해결됐다고들 믿
었다. 그러나 아니었다. 시장에만 맡겨두면 엄청난 재앙이 닥칠지도 모
른다는 위험신호가 자본주의 세계라는 거대 시장 내부에서 끊임없이
울려나왔다. 인류는 자본주의 이후, 공산주의 이후를 생각하지 않을 수
없게 되었다.

　한심한 것은 대한민국이라는 나라였다. 이웃나라에서 왕이 다스리니
이 나라도 왕을 세웠다. 이웃에 황제가 군림하자 작은 땅덩어리에 가진
힘도 없으면서 황제를 세우고 제국이라 명명하였다. 남이 초콜릿과 츄
잉껌에 붙은 설탕처럼 민주정치와 자본주의를 가져다주자 목구멍을 크
게 열고 덥썩 받아 삼켰다. 이제 공산주의가 무너지고 자본주의가 대대
적인 수술대에 오르게 된 지금 큰 나라에서 불어오는 변화의 바람 냄새
를 맡으려고 강아지들처럼 코를 킁킁대고 있는 중이었다, 대한민국은.

　역사상 단 한 번이라도 남이 빌어준 옷이 아니라 제 몸에 맞게 제 손
으로 만든 옷을 입어볼 기회는 없을 것인가. 자본주의 이후의 세계를
경영할 체제를 이 땅에서 창안하고 이 땅에서 실험을 거쳐 인류 사회에
공급할 수는 없을까. 그 대답으로 나온 것이 용화세계(龍華世界)였다. 용
화세계는 두말할 것 없이 미륵보살의 세계이다. 미륵보살은 미래의 보
살로서 오십육억 칠천 만년 후에 용화수 아래로 내려와 성불하고 중생
을 위하여 세 번에 걸쳐 설법을 하는데 이 때 설법을 듣고 대부분의 중
생들이 아라한이 된다고 한다. 미륵보살이 실재하느냐 아니냐 하는 것
은 문제가 되지 않는다. 이 땅의 사람들은 예부터 지금까지 끈질기게
미륵의 하생(下生)을 기다려 왔다. 중간에 자칭 미륵이라 내세우고 권력

을 잡으려 했던 사람들이 간혹 있었다. 태봉(泰封)을 세운 궁예(弓裔)가 그랬고, 고려의 왕건도 미륵의 화신이라고 알려졌다. 비슷한 시기에 살았던 도선 국사는 이 국토를 하나의 만다라로 보고 부족하거나 나쁜 기운을 눌러 용화세계를 건설하고자 꿈을 꾸었다.

서북에서 일어난 홍경래도 스스로 미륵의 화신임을 내세웠고 최제우와 강증산은 아예 미륵신앙을 별도의 종교로 세웠다. 증산 사후에는 이근하(李根夏)와 서백일(徐白一)이 각각 용화교를 창도하여 신도를 모았으나 생명력이 길지 못했다. 이들이 실패한 원인은 창도자가 종교의 힘을 빌어 인간적인 욕망을 채우려 했기 때문이었다.

자본주의 이후, 공산주의 실험의 실패 이후 인류가 선택할 새로운 사상과 실천 체계는 미륵 하생의 간절한 소망에다 플라톤의 철인정치를 원용한 형태여야 할 것으로 양사백은 생각했다.

그런 실험이 몇 번 진행된 일이 있었다. 자칭 천년왕국을 표방했던 박태선(朴泰善) 장로의 신앙촌과 문선명(文鮮明)의 통일교가 대표적인 사례였다. 기독교 사회주의의 실험 모델로서 이들 단체의 실험과 활동을 지켜본 사람들은 이번에도 실망감을 감추지 못하고 있다. 그 이유는 선적으로 창도자이자 지도지인 교주 개인의 인격과 성향 때문이라는 것이 양사백의 생각이었다. 인류는 많은 제도의 실험을 해 왔다. 그러나 이깃이다 할만한 제도를 아직은 찾지 못하였다. 민주주의, 민주정치가 인류의 마지막 선택이 될 것이라고 극찬하는 사람들도 있지만 민주정치의 기본틀인 대의정치가 지닌 근원적인 결함을 보완할 방법이 없는데다 정당정치를 바탕으로 하고 있으면서도 정당의 타락과 범죄단체화를 막을 장치를 아직은 개발하지 못하고 있다. 죄를 지어 감옥에 간 사람들이 감옥 안에서 더 흉악한 범죄 수법을 배워 나오듯이 정당은 권력을 쟁취하여 백성을 속이고 갈취하는 수법을 배우는 거대한 학교 노릇을 하고 있는 집단에 지나지 않았다. 따라서 기존의 제도에서 배우고 답습할만한 것은 없다, 게다가 선거라는 것은 로마시대에도 그랬듯이 배고픈 민중에게 누가 사탕 하나를 더 주느냐를 가름하는 놀이에 불과했다. 모두 버려야 할 쓰레기들이었다.

중요한 것은 지도자가 현인(賢人)이어야 한다는 것이었다. 플라톤은 이를 굳이 철인으로 표현했지만 철인보다는 동양적 의미에서 현인이 더 적합할 것이었다. 수천 만인이 사는 세상에서 현인 한 사람 솎아내지 못하라는 법이 있는가. 현인은 반드시 존재하지만 지금 같은 어설픈 선거제도로는 그런 인물을 가려 뽑아내지는 못할 것이다. 그러므로 선거를 폐지하거나 개혁하여 현인을 가려내는 최선의 길을 찾아내야 할 것이다.

이렇게 생각을 굴려가던 양사백은 갑자기 종교의 대목에서 길을 잃었다. 이것저것 잡다한 신앙을 가진 사람들이 각자의 신에게 예배를 드리면서 전체적인 조화를 잃지 않고 어울려 살려면 어떻게 해야 하나? 모든 신들을 한꺼번에 모시는 제단이 필요할까? 처음에는 그악스럽게 자신의 종교를 끌어안고 가다가 차츰 종교를, 신을 잊어버리게 하는 무슨 장치를 마련해야 하지 않을까? 젊은 여자들의 배란일을 정확하게 체크하여 배란일 전후에는 생기가 넘치는 명당에서 잠잘 수 있도록 배려해 주는 것을 잊어서는 안 될 것이다.

기차가 구례구역에 도착했을 때는 한밤을 지나 새벽녘이었다. 택시 두 대가 시동을 켜놓은 채 운전수들은 잠에 빠져 있었다.

고향 마을 앞에서 택시에서 내린 양사백은 옅은 어둠 속에서 옛 기억을 더듬어 마을을 지나 뒷산 솔밭 어귀에 앉았다. 아직 해가 뜨려면 두어 시간 더 기다려야 할 시각이었다. 풀밭 위에 가부좌를 하고 앉았다. 열차 안에서 생각했던 것들을 차분하게 하나씩 의식의 창고에서 꺼내어 살펴보았다. 의욕만 넘치고 현실적으로 불가능한 것들은 의식 밖으로 좇아냈다. 그런 작업을 거친 후에도 남아 있는 것들을 서로 아귀가 맞도록 꿰었다. 건설하고자 하는 공동체의 이름은 용화세계이다. 현인이 이끌어가는 세상이다. 규칙에 따라 경쟁하고 일한만큼 먹는다. 지도자는 선거로 뽑되 전문위원을 구성하여 최종 후보자들을 세운다. 종교는 모두 용인하되 이 세상을 넘어 또 다른 영혼의 세계가 있다는 주장이 허구라는 것을 차츰 스스로 깨닫게 한다. 진리가 아닌 것, 사실이 아닌 지식은 발을 붙이지 못하게 한다. 그리하여 용화세계가 저승의 어디에 있는 것이 아니라 우리가 살고 있는 이 때 이 자리가 용화세계임을 알아차리도록 한다. 그렇게만 된다면 세상은 얼마나 아름다울까.

그가 꿈에서 깨었을 때 가을 아침의 햇살이 온몸에 젖어들고 있었다. 눈이 부셨다. 눈을 떠 보니 세상은 온통 황금빛이었다.

서울로 돌아온 양사백은 일간지 두 군데에 '용화세계 건설에 참여할 분을 찾는다'는 광고를 냈다. 광고를 보고 처음으로 전화를 해 온 사람은 다른 일간지 기자였다.

"용화세계가 뭡니까?"

"미륵보살님이 설법으로 다스리는 세계, 이상향입니다."

"미륵이라면 점쟁이들도 미륵을 내세우던데 뭐가 다릅니까?"

"같습니다."

"당신도 만신입니까?"

"나는 그런 능력이 없어 접신을 못합니다."

"이거 부동산업자와 결탁하여 꾸미는 사기극 아닙니까?"

"맞습니다."

"아니, 뭐요?"

"당신이 기사를 쓰면 사기극이 된다는 말입니다. 당신이 쓰는 기사는 전부 사기꾼의 소리라는 뜻입니다. 당신이나 나나 모두 사기꾼이거든요. 더 구체적으로 말하면 당신 같은 기자들은 용화세계를 이해할 능력이 없어요. 기껏해야 사기극만 보일 테니까."

"말을 빙빙 돌리지 마시오."

"손톱 같은 지식으로 세상과 우주를 설명하려니 숨이 가쁠거요. 그럴 때 용화세계로 오세요."

그 다음으로 전화를 해 온 사람은 대학에서 풍수지리학을 가르친다는, 교수였다.

"풍수지리학을 학문으로만 접근해 오다가 이렇게 삶의 현장으로 끌어들이는 경우는 처음입니다. 경이로워요. 하지만 도선 국사에 대한 선생님의 견해는 좀 과장된 것 아닐까요? 그 분이 추구하던 밀교의 수행방식이나 세계관은 신비주의적이어서 근본불교에서 보면 외도에 가깝거든요. 아무리 공익풍수라는 생경한 명칭을 붙이기는 했으나 그 뿌리를 도선의 비보풍수에 두었다면 도선이 빠진 모순과 자가당착에서 자유롭지 못할 것입니다. 그런 의미에서 용화세계란 뜬금없다는 느낌을 지울 수 없습니다. 저는 학생들에게 풍수는 의사와 같다고 말합니다. 의사는 질환을 진단하고 처방하여 치유할 뿐이지 사회사업가나 경세가,

또는 혁명 투사, 종교지도자처럼 앞장 서서 설쳐서는 안 된다, 그렇게 가르치고 있습니다. 죄송합니다, 저는 선생님을 존경하기 때문에 드리는 말씀입니다."

"고맙습니다. 선생님의 저서나 논문을 보면 풍수를 학문의 영역으로 끌어들이고 싶었던 오랜 소원이 선생님으로 하여 해결되는 느낌이라 그저 감사할 따름이었습니다. 그러나 저는 선생님께서 학생들에게 무슨 말로 어떻게 가르치든 관심이 없습니다. 학자가 그 나름의 방식으로 학문을 하듯 풍수는 사람 사는 동네에서 기쁘고 슬프고 애달프고 즐거운 그 현장에서 함께 울고 웃는 이웃에 지나지 않는다고 생각합니다. 저는 이웃과 함께 살기 위해 그런 일을 하는 것 뿐입니다. 저에게 풍수는 살아가는 현장 그것입니다. 도선의 밀교가 지닌 불교사적 한계가 어떻고 비보풍수의 시대적 요청이 어떠했든 저는 관심이 없습니다. 다만 그 분은 국토를 개선하여 이 땅에서 살고 있는 민초들의 삶을 개선하려고 했다는 그것만으로 족합니다. 그 다음 우리들의 문제는 우리가 풀어야 합니다. 도선 스님이 지금 살아 계셨더라면 저와 꼭 같은 일을 했을 것으로 확신합니다. 교수님께서도 한 번 쯤 오셔서 저를 도와 주십시오."

그러나 ㄱ 교수는 찾아오지 않았다. 교수 대신 찾아온 사람은 무슨 개발회사의 최 뭐라는 이름의 대표, 즉 사장이었다. 최 대표는 넉살이 좋고 바죽이 있어서 명함을 내놓자마자 십년지기처럼 스스럼없이 말을 꺼냈다.

"알만한 분이니까 솔직하게 말씀 드리지요. 무슨 개발회사, 무슨 무슨 이상하고 요령부득한 이름으로 대형 아파트단지를 만들어 분양한다는 광고를 내는 회사들, 시행사가 있고 시공사가 있잖아요? 그 시행사의 대부분이 사기꾼들입니다. 우리 회사도 마찬가지에요. 입만 있고 능력, 자본주의 세상에서 능력이란 돈을 말합니다만, 그게 없어요. 그럼 시공사는 번듯한 건설회사들인데 왜 이런 계획에 참여하느냐, 그들은 그들대로 고민이 있습니다. 올해의 수주 총액이 내년의 시공능력으로 평가 되거든요. 그러니 죽기살기로 일을 벌여야 합니다. 그러면 돈은 어디서 나오느냐, 이게 요술입니다. 제2 금융권에서 프로젝트 파이낸싱이라는 것을 일으켜 빚을 내는 것인데 이 과정에서 아무나 피 에프를 끌어낼 수 있는 것이 아니라 배경이 있어야 합니다. 아주 튼튼한 배경으로. 그것만 있으면 수백, 수천 억도 끌어옵니다. 제2 금융은 다시 제1 금융 다시 말해 시중은행의 보증을 받아냅니다. 이 과정 역시 요술이고 그게 바로 정치입니다. 저희는 그 분야에서 자신이 있습니다. 저의 능력을 보여드리게 돼서 정말로 기쁩니다, 하아. 우리 어디 가서 해장국이나 먹으면서 이야기를 계속할까요?"

정말로 그는 골목의 해장국집을 찾아내어 축축하게 습기가 베어 있는 식탁을 마주하고 앉았다. 앉으면서도 말을 그치지 않았다.

"막차라니요? 세계 10위권이라고 의기양양하고 있는데,"

"그게 거품입니다. 간단해요. 상식으로 보면 답이 절로 나옵니다. 아파트값을 보세요. 수도권의 웬만한 아파트 한 채 값이 십억이 넘어요. 이게 값입니까? 미친 짓입니다. 누가 이렇게 만들어놓았는지 따질 것 없고, 미친 가격은 조만간 거품이 빠지게 돼 있습니다. 일본을 보세요. 옛날에는 우리가 십년, 이십년 터울로 좋은 일이나 궂은 일이나 좇아갔는데 이제는 오륙년 뒤로 바짝 따르고 있습니다. 일본에서 먼저 거품이 빠지고 미국이 빠지고 나면 곧장 우리나라의 미친 가격에서도 거품 빠지는 소리가 날 겁니다. 이 때 많은 사람이 다치게 돼 있어요. 그러니 지금이 막차라는 거지요. 막차에서는 종착역까지 버티고 앉아 있지 말고 중간쯤에서 재빠르게 내리는 것이 요령입니다. 옛날 기차 타고 통학하던 때의 요령으로요.”

말을 하면서도 최 대표는 이쪽의 눈치를 살피고 있었다. 양사백이 자신의 말에 귀를 기울이고 있다는 것을 확인하고 그는 다시 입을 열었다.

“단도직입으로 말씀 드리겠습니다. 광고에 보니 이백만 평이라고 하셨지요? 일부, 아주 작은 일부입니다만 일부를 떼내서 아파트를 지읍시다. 그러면 선생님은 나머지 땅에 꿈 꾸던 용화세계인지 지상낙원인지를 건설하실 수 있는 자금을 확보하게 됩니다. 사실은 그곳을 뜻대로 개발할 돈이 없으시죠? 그래서 제가 왔습니다. 돈을 끌어오는 능력은 아무래도 제가 선생님보다 한 수 위일 것 같네요. 어떻습니까?”

양사백이 이쯤에서 말을 해야겠다고 입을 열려고 하자 최 대표가 가로막듯이 지르고 나섰다.

“이게 전부가 아닙니다. 아까도 말씀 드렸지요? 우리 경제에 잔뜩 끼어 있는 거품이 곧 빠지게 된다고. 그때 많은 사람들이 다치고 피를 흘리고 인생들이 막을 내리게 될 거라고. 저희도 그 때를 대비하여 많은 생각을 해 왔습니다. 선생님의 광고를 보고 영감을 얻었습니다. 전통문화의 지혜를 아파트 건설사업에 활용하는 것입니다. 즉 명풍수가 점지한 명당에 명당아파트를 지어 분양하는 겁니다. 선생님이 추구하신다는 공익풍수가 결국 이런 것 아니겠어요? 우리 함께 손을 잡아 봅시다.”

“돈이 없는 것은 사실입니다.”

그제야 겨우 말할 기회를 얻은 양사백이 입을 열었다.

"풍수에 관심을 가져주시니 고맙습니다. 그러나 사업 파트너를 찾으신다면 잘못 오셨습니다. 저는 돈이 없는 사람들이 모여 피와 땀으로 공동체를 일구어 나가야 한다고 생각하고 그런 사람을 모으기 위해 광고를 했던 것입니다."

"알고 있습니다. 저를 선생님의 고매한 철학을 이해 못하는 무지한 놈으로 보지 마시기 바랍니다. 애초부터 돈 없이 오로지 피와 땀으로 이상향을 건설하는 것이 맞습니다. 하지만 이상은 이상이고 현실은 현실입니다. 그 용화촌, 죄송합니다. 이건 제 나름으로 선생님이 그런 이름을 짓지 않을까 상상해 본 것입니다. 어쨌든 그 용화촌에 도로는 무슨 돈으로 건설합니까? 배수시설 등 기초토목에 만만치 않은 자금이 들어가는데 맨손만 달랑 들고 모인 사람들이 감당할 수 있을까요?"

듣고 보니 심각한 문제였다. 양사백은 거기까지 생각이 미치지 못했던 것이었다. 그러나 이 사기꾼, 스스로 말한 것처럼 입만 가지고 다니는 이 사기꾼과 앉아 그런 일을 의논하고 싶은 생각은 없었다.

"감당할 수 있다고 생각합니다. 감당하기 어려운 사람은 떠나겠지요. 철조망을 쳐놓고 지키는 북한의 수용소도 아니니까."

"순진하시군요. 바람직하기는 선생님 같은 분의 때 묻지 않은 계획이 이루어지는 세상이었으면 좋겠습니다. 그러나 세상은 절대로 그런 일이 성공하도록 버려두지 않을 겁니다. 일을 추진하다가 어려운 일을 당하시면 저를 기억하시고 불러 주십시오. 저는 선생님의 팬입니다."

해장국 한 그릇을 깨끗이 다 비우고 여운을 남기면서 최 대표는 일어났다. 마지막으로 그를 찾아온 사람은 경찰이었다. 제복 대신 양복을 단정하게 차려입은 모습이 딱딱한 경찰 업무와는 잘 맞지 않을 듯 보이는 사십대 후반의 사내였다. 명함에는 양사백의 주소지 관할 경찰서의 형사과 특수계의 계장이라고 박혀 있었다.

"특수계라는 것은 별 것 아니고 종교문제와 같은 분야의 사건을 다루는 곳입니다."

"제가 무슨 사건과 관련이 있습니까?"

"고발 당하셨습니다. 모르고 계셨군요."

"누가 뭣 때문에 저를 고발했나요?"

"어느 종교단체가 고발했습니다. 이유는 옛날 같으면 혹세무민한다고 두루뭉실한 죄목으로 고발했겠으나 종교의 자유가 있는 지금은 점쟁이들이 무슨 점괘를 내놔도 그 자체를 가지고 혹세무민이니 하고 처벌할 수는 없는 세상입니다. 그 대신 사기죄로 입건되거나 고발 고소당하는 경우가 많지요. 이번 양 선생을 고발한 종교단체에서도 양 선생을 사기죄로 고발해 왔습니다."

"사기죄라 했소? 내가 누구에게 무슨 사기를 쳤다는 거요?"

"불특정 다수에게 사기를 쳤다는 겁니다. 여기서 이럴 것이 아니라일단 저와 함께 가 주시겠습니까? 고발장이 들어온 이상 저는 선생님을조사해야 하는 의무가 있습니다."

경찰서는 시장판 같았다. 형사들은 피의자를 옆자리의 의자에 앉혀놓고 간단하게 질문하고 상대의 대답을 들으면서 그것을 컴퓨터 자판으로 두들겨 입력하고 있었다. 조 계장의 자리는 창가에 있어 번잡하지는 않았으나 조용하게 이야기를 하기에는 애당초 틀려먹은 분위기였다. 조계장은 자신의 컴퓨터를 켜고 화면을 들여다보면서 조정을 하더니 이름, 주소, 주민등록번호, 생년월일, 직업 등을 묻고 그가 대답하자 타닥타닥하고 자판을 두들겨 입력했다.

"며칠 전에 두 개의 조간신문에 광고를 낸 일이 있었지요?"

"예."

"이 광고가 맞습니까?"

광고를 오려서 마분지에 풀로 붙여놓은 증거물을 제시했다.

"맞습니다."

"이 광고의 문안과 도안은 누가 작성한 것입니까?"

"제가 했습니다. 먼저 문안을 작성하고 도안은 그저 문안을 나열하는 것 외에 달리 기교가 필요하지 않은 내용이기 때문에 신문사에 일임해 버렸어요. 그 때문에 같은 내용인데도 두 신문의 광고 글자체가 약간씩 다르게 나온 겁니다."

"그렇게 됐군요. 왜 이렇게 다르나 했어요. 이제 고발 들어온 내용과 관련하여 질문하겠습니다. 간단하게 대답해 주세요. 광고에서 선생님은 계룡산 동쪽에 약 이백만 평의 토지를 확보하고 있다고 했는데 이는 사실입니까?"

"사실입니다."

"어떻게, 무슨 돈으로 구입하셨나요?"

"매입한 것이 아니고 사용권을 위임 받은 땅입니다. K그룹의 이 회장님으로부터 위임 받은 것입니다. 문서는 집에 두고 왔습니다."

"좋습니다, 좋아요. 보여주시지 않아도 됩니다. 사실은 이미 이 회장님께서 확인해 주셨습니다. 그 땅에 용화세계라는 이상향을 건설하겠다, 함께 이상향을 만들어 나갈 사람을 모집한다 하는 것이 광고의 주

내용이었지요? 맞습니까?"

"맞습니다."

"용화세계란 어떤 세계입니까?"

"미륵의 세계입니다. 덕으로 다스리고 용기와 자비로 동참하는 세상입니다."

"능력에 따라 일하고 필요에 따라 공급받는 그런 세상입니까?"

"그건 공산주의의 슬로건이었습니다. 공산주의 실험은 실패로 돌아갔어요. 그 이유가 공산주의 이념의 창시자들이 인간에 대해 너무 몰랐거든요."

"말하자면 공산주의가 실패한 원인을 분석하여 보완한 것이 용화세계로군요?"

"공산주의만 실패한 것이 아니고 자본주의도 실패할 것입니다. 인류는 새로운 공동체의 원형을 창조해야 합니다. 그 대답으로 나온 것이 용화세계입니다."

"점점 어려워지는군요. 한 마디로 합시다. 결국 공산주의를 발전시킨 것이군요?"

"공산주의 뿐만 아니라 지금까지 인류가 경험한 모든 지배체제를 모두 극복하고 보완한 제도입니다. 이론으로 하는 것이 아니라 실천으로 보여주려는 것입니다."

"참여하려고 찾아오는 사람이 있었습니까?"

"아직, 단 한 명도 없었습니다."

"만약 누군가 지원해 오면 그에게 참여에 필요한 비용을 받을 생각입니까?"

"돈은 받지 않습니다. 그 대신 그에게는 자신에게 할당 받은 토지를 잘 개간하여 생산력을 최고로 높일 의무가 주어집니다. 시장의 경쟁이 서로의 성취욕구를 고양시킬 거라고 믿습니다. 여기까지는 자본주의 세상입니다."

"그렇군요. 참가자로부터 돈을, 최소한의 필요 경비도 받지 않겠다는 것이 사실입니까?"

"절대로 받지 않습니다. 세금이 없는 세상을 이룰 것입니다."

"그럼 뭘 가지고 운영합니까? 공동체 말입니다."

"회원들의 헌금으로 운영됩니다."

"헌금이라, 결국은 신앙공동체 같은 건데, 제가 옛날에 유명했던 신앙공동체와 얽힌 사건을 다룬 경험이 있어 어느 정도 이번 고발건의 의미를 알고 있습니다. 회원, 아니 주민들에게 특정한 종교를 강요할 생각입니까?"

"종교는 없어요. 각자 믿음을 가지고 가면 됩니다. 명칭에서부터 불교적인 냄새가 나는 것은 달리 어떤 이름이 없어서 궁여지책으로 선택한 것일 뿐 특정 종교와는 아무런 관련이 없습니다."

"좋습니다. 그럼 확인해 보겠습니다. 특정 종교를 강요하여 회원을 모집한 후 참가비를 갈취할 목적으로 용화세계라는 시대착오적인 이상향을 꾸며 광고를 내고 가난한 서민들을 현혹케 한 후 개인의 이익을 도모하려 한다는 고발 내용을 부인하십니까?"

"언제부터 대한민국의 법이 아직 일어나지도 않은 일을 두고 사기죄를 운운하는 겁니까?"

"모르십니까? 사기죄는 결과가 없어도 처벌이 가능한 죄입니다. 물론 가볍기는 하지만.”

“처벌하세요.”

“예?”

“저를 처벌해 주십사 하는 것입니다. 이만한 일로 처벌을 당하면 저
는 성인이 됩니다. 광고효과가 좋기로는 옥살이 하는 것보다 나은 것이
없다고 들었습니다. 저같이 돈 한 푼 안 가지고 큰 일을 하려는 사람들
은 경찰과 검찰, 그리고 법원과 언론이 도와주어야 합니다. 처벌하는 것
이 가장 크게 돕는 일입니다.”

“진심입니까?”

조 계장이 웃으며 물었다. 그는 자판기에 가서 커피 두 잔을 빼 와서
종이컵 한 개를 양사백의 코앞으로 내밀었다.

“진심입니다. 도와주세요.”

“도울 날이 올 겁니다. 그런 공동체를 운영하는 분들은 제아무리 성
현군자라 해도 반드시 문제를 일으킵니다. 그 때 우리가 다시 만나면
오늘과 사뭇 다를 것입니다. 선생님을 고발한 종교단체를 무고죄로 고
소하시겠습니까?”

“아니오, 묵살하고 잊어버리겠습니다.”

다 끝난 줄 알았다. 그러나 아니었다. 다음날 조 계장이 한 번 더 찾
아왔다.

그는 정곡을 찌르지 못하고 빙빙 에둘러 변죽을 울렸다. 자기 아버지
무덤이 잘못되어 어머니 꿈에 자주 아버지가 나타나 하소연했다는 이
야기, 무덤을 파 보니 구렁이가 들어앉아 있었다는 이야기, 풍수 이야기
는 믿을 수도, 안 믿을 수도 없다는 대목에서 한숨을 뱉었다.

"이래서 인생은 복잡하고, 복잡해서 좋아요."

"오늘은 왜 왔습니까? 인생이 복잡한 것 때문만은 아니겠지요?"

"이 회장님이, K그룹 이 회장님 말입니다. 그 분이 문제의 그 땅에 대한 사용권 위임을 철회한다고 통보해 왔습니다."

"당사자인 저에게는 아무런 통보도 없었는데요?"

"말씀하시기가 어려웠을 겁니다. 경찰이 가서 통보해 주기를 바라는 심정을 이해합니다. 그 분도 어렵게 살더군요. 며느리인가 젊은 부인이 특정 종교를 믿는데 그 종교단체의 사람들이 이 회장님을 찾아가 여러 가지로 압력을 넣은 것 같습니다. 용화세계는 물 건너 갔고, 미륵부처님도 아직은 중생 속으로 내려올 의향이 없는 것 같습니다."

조 계장은 뒷덜미를 보이지 않으려고 달리다시피 돌아갔다. 조 계장의 말대로 용화세계는 물 건너 간 것이 분명했다. 기다리고 있었다는 듯이 사방에서 돌팔매질이 날아왔다. 풍수를 현대적인 기법으로 구현한다는 기치를 내건 어느 단체에서는 '최근 풍수지리학을 내세워 사욕을 채우기 위해 미륵부처님의 하생을 염원하는 민중의 믿음을 이용, 용화세계 건설이라는 황당한 깃발을 세우고 회원을 모집하는 우려할만한 사태가 발생했으나 이는 전체 양심적인 풍수지리학의 동호인 제위와 무관한 소행임을 밝힌다'는 내용의 광고를 내어 공식적으로 양사백의 풍수를 '외도(外道)' 또는 '사도(邪道)'로 몰아세웠다.

가끔 조상의 무덤을 봐 달라거나 살고 있는 집의 가상을 판단해 달라고 찾아오던 사람들도 발길이 끊어졌다. 그런 사람들은 무덤을 봐주거나 가상을 판단해 주면 사례비로 봉투 하나씩을 주었다. 집에 와서 들여다보면 일백만 원도 들었고, 오십만 원을 넣은 경우도 있었다. 얼마를 넣든 정해진 값이 없는지라 주는대로 받는 것이 이 바닥의 관례였다. 그러나 이런 일도 한 달에 한 두 번 있으면 많은 편이어서 살림에 보탬이 되지는 못했다. 대개는 답산(踏山) 여행비로 쓰기에도 부족한 수입이었다. 그런 수입조차 끊어질 위기인데 마누라 허정자가 먼저 무너지기 시작했다. 저녁 무렵 퇴근하여 돌아오던 마누라가 이층으로 오르는 계단 중간에서 멈추어 끙끙 앓고 있었다.

"왜 그래. 다리가 아픈가?"

내려다보고 물으니 마누라가 한숨부터 쉬었다.

"며칠 전부터 오른쪽 무릎 관절에 고름이 든 것처럼 아프더니 이제는 이까짓 계단 하나도 다 오르지 못하네요. 어쩌지요?"

위기의 신호가 오고 있었다. 다음날 병원에 가서 진찰을 하니 의사는 단호하게 선언했다.

"무조건 쉬세요. 식당 카운터에 앉아 있더라도 움직여야 하니 안 됩니다. 만약 움직이다가 염증이 진행되면 다리를 잘라내거나 남은 평생을 누워서만 지내야 할 겁니다. 그래도 움직이겠다면 마음대로 해 보세요."

"어쩌지요?"

돌아오는 길에 택시 속에서 마누라가 물었다.

"뭘?"

"아직은 내가 벌어야 하는데, 당신 풍수로는 용돈도 안 되잖아요."

"내가 이름이 알려져서 찾는 사람이 늘어날 거요. 그러니 염려 말고 쉬라니까."

13.
성묘(省墓)

찾는 발길이 완전히 끊어진 것은 아니었다. 가뭄에 콩 나듯이, 어디서 누구로부터 무슨 말을 들었는지 '이 시대의 진정한 풍수는 양 선생님 뿐'이라며 일을 맡기는 사람이 있었다. 전범수(全範洙) 노인이 그런 사람이었다. 해방 전 함흥에서 금광을 하던 집안에서 태어나 고보(고등보통학교)까지 나온 부르조아였는데 공산당 정권이 들어서자 지하실에서 석 달이나 숨어 살다가 바다를 통해 탈출, 후포에서 저인망 어선 두 척으로 어업을 하다가 서울로 와서 함흥냉면집으로 돈을 좀 모았다고 소문이 나 있는 노인이었다.

냉면을 먹으러 갔다가 카운터에 앉아 있는 노인에게 한 마디 한 것이 인연이 됐다.

"다 좋은데 왜 출입문을 서쪽으로 냈어요? 당장 남쪽으로 바꾸세요."

마침 냉면집 가게가 서쪽과 남쪽 두 방향으로 도로에 접해 있었기 때문에 서향 대문을 남향 대문으로 바꿔야 한다고 경고해 준 것이었다. 그런 뒤 한 달만에 다시 냉면 생각이 나서 가 보니 식당의 출입문이 남쪽으로 나 있었다. 카운터에 앉아 있던 노인이 그를 알아보고 손님 좌석으로 달려왔다.

"대문을 바꾸라고 시켰으면 그대로 실행 되었는지 확인해 보러 와야 하지 않소?"

"잘 했습니다. 좀 어때요?"

"그 전에는 항상 불안했지. 이 건물이 삼층 짜리인데 집 주인이 자주 바뀌면서 바뀔 때마다 세를 올려줘야 했거든. 그런데 지난 번 당신 시키는대로 출입문 방향을 바꾸었더니 며칠 안으로 집 주인이 나타나서 하는 말이 집을 통째로 사라는 거야. 값은 아주 싸게 쳤다구. 급한 일이 있었나 봐. 어쨌든 이 건물을 통째로 매입했고, 손님도 갑절이나 많아졌어. 진작 당신을 만나야 하는 건데 왜 이제야 나타난 거요?"

"전에는 냉면을 배탈이 나서 못먹었는데 입맛도 변하는 것이어서 요즘은 한 달에 한 번 쯤은 냉면 생각이 납니다."

"당신 입맛이 진작 바뀌었으면 내가 더 일찍 팔자가 폈을 거 아니오. 허, 참 아쉬워서 해 본 소리요."

노인은 함흥을 탈출할 때 이미 연로하던 부모를 모시고 내려왔다. 두 분 다 이 세상 사람이 아닌데 문산 부근 실향민들의 묘소가 모여 있는 공원묘지에 두 사람을 묻어놓았다고 했다.

"임시로 거처를 잡아드린 건데 어언 삼십년이 지나도록 그 자리에서 옮기지 못하고 있어요. 더 좋은 자리를 물색하여 명당에서 주무시도록 해 드리고 싶다우."

"사업은 괜찮은 것 같은데 손자들을 위해선가요?"

"손자들도 문제지만, 사실은 이북에 두고 온 마누라와 두 아이를 위해 내가 할 수 있는 일을 다하고 싶은 거요."

자손이 귀한 집안의 장손이었기 때문에 그는 고보를 졸업하자마자 결혼을 했고, 아들 둘이 연년생으로 나왔다. 그가 부모를 모시고 이북에서 탈출할 때 아이들은 세 살과 두 살이었다. 지금은 젊었던 마누라도 호호백발의 노인이 되었을 것이고 아이들도 환갑이 가까운 나이가 되었을 것이다. 그들의 소식을 들은 일은 없으나 살아 있다면 조상 음덕의 가호를 받게 해 주고 싶다는 소원이 간절했다. 양사백과 노인은 임진강 남쪽의 산야를 사흘이나 헤매고 다녔다. 그러다가 적성산 아래에서 마침내 생기 넘치는 혈처를 찾아 주인을 수소문한 끝에 이백 평을 매입했다. 공원묘지에 있던 부모의 유골을 새로 사들인 자리에 묻고 난 다음날 노인이 전화로 알려왔다.

"명당에 모시면 반드시 꿈에 나타나 인사를 한다고 당신이 그랬지? 그때는 풍수의 허풍으로 흘려 듣고 말았는데 정말로 지난밤에 부모님 두 분이 생전처럼 다정하게 손을 잡고 나타나 하시는 말씀이 이북에 두고 온 너의 첫 아내와 두 아들 모두 건강하게 잘 살고 있다, 새 집을 주어 정말로 고맙다, 하고 인사를 하시는 게야. 그러고 났더니 내 기분이 너무 좋은 거야. 온몸에서 병기가 빠지고 젊은 놈처럼 벌떡거린다구. 고맙네, 이 사람아. 그런데 통일은 언제 되나?"

"그건 모릅니다."

"실망했네. 난 자네가 모르는 일은 이 세상에 없는 줄 알았거든."

"죄송합니다."

"자네가 죄송할 것은 없고. 내가 보기에는 양쪽 다 권력 맛을 들인 놈들이 주둥이만 나불대고 통일 하고 싶은 마음이 없는 거야, 이 쳐죽일 놈들이."

전범수 노인처럼 겉으로는 멀쩡해 보이지만 속살을 들여다보면 찢어지고 곪아터져 피를 철철 흘리는 사람들이 주로 풍수를 찾아왔다. 인간으로서는 더 어떻게 해 볼 수가 없는 벼랑에 서서 혹시 하고 사방을 돌아보다가 풍수에 생각이 미친 것이었다. 박성화(朴成華)가 그런 경우였다. 소백산 아래 풍기에서 서른다섯 해 동안 인삼을 경작하여 먹고 살 정도가 된 박성화도 남 보기에는 걱정 근심 할 것 없는 유복한 가정을 지니고 있었지만 가슴에는 시퍼렇게 멍이 들어 있었다.

"어떻게 알고 하필 나를 찾아오셨습니까?"

"전날 광고를 보고 용화세계를 함께 만들고 싶었습니다. 그뒤에 무슨 풍수들 단체에서 선생님을 비하하는 내용의 광고를 실었지요? 그걸 보고 아, 이 분 뿐이구나, 그렇게 알고 있었습니다. 그러다가 때가 되니 저절로 오게 되더군요."

"용화세계에 대해서는 죄송합니다. 준비를 좀 더 해서 다시 시작해 보겠습니다."

"제가 살고 있는 곳이 소백산 아래 풍기 고을인데 가능하면 모시고 싶습니다만."

"갑시다."

박성화가 몰고 온 자동차는 논밭에 다녀서 그런지 내부가 흙투성이

었다. 영동고속도로를 타고 가다가 원주 바로 앞 만종에서 중앙고속도
로로 길을 잡았다. 조금 가다가 치악산 휴게소에서 볼일을 보고 종이컵
에 담긴 뜨거운 커피를 조금씩 입으로 흘려넣으면서 박성화는 비로소
말문을 텄다. 오래 뜸을 들이고 속으로 삭이는 버릇이 있는 남자였다.

"제가 천벌을 받았습니다."

"천벌 받을만한 짓을 했습니까?"

"그러니까, 이게, 제 마누라가 돼 있는 여자, 이 여자가 제 친구의 여
편네였거든요."

삼류소설 같은 이야기를 또 듣는구나, 양사백은 각오를 하고 박성화
의 입을 바라보았다.

"그들 두 사람은 죽기 살기로 사랑했습니다. 제 친구는 영주에서 양
조장을 하는 부자집 둘째 아들이었고, 여자는 양조장에서 막일하는 일
꾼, 머슴 같은 일꾼의 첫째 딸이었고요. 둘이서 눈이 맞아 결혼을 약속
하고 놀아나는 꼴을 지켜보던 양조장 집 부인이 일꾼 가족을 내쫓아버
렸지요. 딸년 때문에 일터를 잃은 아비는 딸년을 때려죽이고 싶을 정도
로 미워했습니다. 할 수 없이 그 딸이 집을 나와 서울로 무작정 상경하
려고 하자 위기를 느낀 제 친구가 여자 친구를 제 집에 잠시 기탁케 했
습니다. 우리집에는 인삼밭이 있어 늘 일손이 부족했거든요. 여자는 제
집에 와서 부지런히 일했습니다. 어머니를 도와 부엌일도 하고 밭에 나
가 일손도 거들고 닥치는대로 몸을 아끼지 않고 일하는데 그 모습을 보
고 우리 아버지는 몹시 아까워했습니다. 당신 며느리로 삼고 싶다는 마
음이었겠지요. 그날 소낙비가 문제였습니다. 제가 군에서 제대하고 집
에 돌아와 보니 그 여자가 아직도 제 집에 살고 있습디다. 제 친구는 저

보다 한 해 늦게 군에 가면서 제대 후 꼭 데리고 도시로 떠나겠다, 뭐 그런 약속을 했다는군요. 그날 제가 밭일을 하고 비를 피하여 원두막에 앉아 있는데 빗속으로 그 여자가 왔습니다. 제게 줄 새참을 가지고 온 겁니다. 집을 떠날 때는 비가 오지 않았기 때문에 우산을 준비하지 못하여 옷이 다 젖어 있었어요, 젖은 옷이 몸에 찰싹 붙어 여자의 속살이 다 비쳐 보였지요. 그런 상황에선 제 잘못만은 아니라고 생각합니다. 그럼 여자의 잘못이냐, 그것도 아니거든요. 그럴 수 밖에 없었습니다. 그날 여자는 임신을 했습니다. 여자 뱃속의 아이가 제 아이라는 것을 알고 우리 아버지가 물정 없이 좋아하는 모습은 민망할 정도였습니다. 우리가 결혼한 후 제대한 제 친구는 목을 매고 저승길로 갔습니다. 그 전에 아이가 태어났는데 세 살이 되도록 말을 못해요. 두 번째 아이가 태어났는데 이놈도 시원치 않습디다. 병원에 가서 검사를 해 보니 큰놈은 간질에 뇌성마비였고 작은놈은 심장 판막이 기형이라 얼굴과 입술이 죽은 사람처럼 파랗게 돼 있었어요. 큰 놈은 나이 스물 아홉까지 살다가 갔습니다. 홍수가 났을 때 마을 앞의 작은 개울에 빠져 죽었습니다. 접시물에 빠져죽는다는 말은 그를 두고 하는 말인 것 같았어요. 작은 놈은 수술을 하여 심장의 기능이 좋아지기는 했으나 힘든 일을 못하고 지금도 손님처럼 살고 있습니다. 제 아이들이 우리가 저지른 죄의 벌을 대신 받고 있다는 생각을 지울 수가 없습니다.”

풍기에 도착하자 양사백은 자기 집에 들러 요기나 하고 가자고 고집 부리는 박성화로 하여금 기어코 선영으로 차머리를 돌리도록 했다.

“여깁니다.”

박성화가 야트막한 야산 발치의 논두렁에 자동차를 세웠으나 양사백은 자동차에서 내리지 않았다.

"다 왔습니다. 저어기, 산등성이가 선산입니다. 고조부부터 그 아래로 선친과 삼촌들까지 모두 모여 있습니다."

"내릴 필요 없습니다. 차를 돌려 고속버스 터미널까지 가 주세요."

"일단 저희 선영을 보시고,"

"볼 필요도 없어요. 이 산자락에는 무덤을 써선 안 될 자립니다. 내룡이 사룡(死龍)이라 후손들이 모두 살아 있어도 죽은 것과 같으니 하나도 쓸만한 자리가 없습니다. 조상들이 모두 여기 모인 것은 흉사가 몇 곱절로 일어날 징조입니다."

"어떻게 할까요?"

"선택의 여지가 없어요. 옮기세요. 옮길 처지가 못되거든 화장으로 태워 뿌리세요. 그 편이 무덤 아닌 곳에 묻어두는 것보다 나을 것입니다."

"아버지는 화장이나 매장에 대해 뚜렷한 생각이 없으셨으나 어머니는 화장장의 뜨거운 소각로를 끔찍이 싫어하셨어요. 아무리 뼈 몇 조각이라 해도 태울 수는 없습니다."

"그럼 옮겨갈 자리는 있습니까?"

"없습니다. 그보다 더 중요한 일이 있습니다. 제게는 손 위로 형님 한 분이 계시고, 아래로 아우가 한 명 있습니다. 누나가 셋인데 모두 풍기를 중심으로 오십 리 안쪽에 살고 있습니다. 이장을 하려면 이 분들 모두의 승낙을 얻어야 하는데 모두 반대입니다. 우리 아들 두 놈이 잘못된 것은 저희 부부의 잘못에 대한 천벌이지 조상 탓은 아니다, 그러므로 부모님 무덤에는 손도 대지 마라, 이런 생각들이어서 허락을 받아내기가 불가능합니다."

"그런 형편인데 왜 저를 찾아와 이장할 것처럼 말씀하시고 여기까지 오게 하신 겁니까?"

"너무나 절박했거든요. 제 집사람도 마찬가집니다. 이제 기댈 곳은 부모님 음덕 뿐입니다. 저희가 할 수 있는 일은 다 했거든요. 여기서 더 얼마나 불행해져야 저희가 감당해야할 천벌이 끝나는 것일까요. 부모님을 옮겨드려야 한다는 절박한 마음에 앞뒤 분간을 못했으나 막상 여기까지 오고 보니 형제들 눈치가 보여 아무것도 할 수가 없습니다. 이럴 때는 어떻게 해야 합니까?"

"아무리 큰 고통이나 불행도 다 끝이 있는 법입니다. 지금까지 참고 살아온 것처럼 앞으로도 참고 사시면 됩니다. 저는 이만 서울로 올라가 보겠습니다."

"선생님."

박성화가 그 큰 덩치를 땅에 던지며 무릎을 꿇었다.

"저를 버려두고 가지 마십시오. 더 불행해지기는 싫습니다. 제 아이들과 불상한 아내를 그냥 버리지 말아주십시오."

그는 손을 내밀어 사내를 일으켰다.

"일어나시오. 누가 보면 이상하게 생각하겠습니다. 방법은 한 가지 길 밖에 없군요."

"일러주십시오. 무슨 일이든지 하겠습니다."

"그런 마음이라면 내 말을 들으세요. 투장(偸葬)을 해야합니다. 몰래 무덤을 쓰는 것을 말합니다. 즉 남의 명당자리 무덤 옆이나 아래 위에 다 몰래 유골을 갖다가 묻는 것을 말합니다. 일종의 도적질이지요. 그러나 이런 경우도 있습니다. 도선 국사의 비기(秘記)에 보면 우리나라는 지형이 아기자기해서 고을마다 명당이 있으니 전국에 2만여 기의 명당 자리가 있다고 합니다. 그 중에서 임자를 만나 발복한 경우는 겨우 십 분의 일도 안 되는 수백 기에 지나지 않는다고 하니 아직도 방방곡곡에 명당 진혈이 주인을 기다리고 있다는 얘깁니다. 그 중에 내가 직접 답 사해 둔 곳이 몇 군데 있으니 여기서 가까운 소백산 속에 있는 혈처를 알려줄 테니 봉분은 만들지 말고 별도로 표지만 세우고 묻으십시오. 그 대신 부모님 유골을 파 낼 때는 누구도 보아서는 안 되고 오직 당신 혼 자서 어두운 밤 중에 파내시고 그 자리를 감쪽같이 복원시켜 놓아야 합 니다. 하겠습니까?”

“하겠습니다. 투장이라 하나 기존 무덤 근처에 묻는 것이 아니라 아 직 사용하지 않은 혈처를 찾아 쓰는 것이니 도적질이라고 할 것은 없군 요.”

“그렇지요. 도적질은 아닙니다. 오히려 국토를 효율적으로 활용한다 는 측면에서 바람직한 일이기도 합니다. 다만 형제분들을 속이는 것이 미안하지요.”

“부모님이 명당에 가시면 형제들에게도 좋은 일이 생기겠지요. 그때 솔직하게 말하지요.”

“그렇게 하십시오. 마침 모레가 그믐입니다. 택일을 해 보니 그날이 좋습니다. 부모님 유골을 한지에 곱게 싸서 정성껏 모셔야 합니다. 나는 그 다음날 아침에 풍기에 올 테니 함께 이 자동차로 소백산으로 갑시 다.”

박성화는 조금도 망설이지 않고 양사백이 시키는대로 이행했다. 그

믐날 밤에는 부모님의 유골을 파내어 집에다 모셔두었다고 알려왔다. 그 다음날 풍기 버스 정류장에서 만난 두 사람은 소백산 희방사 뒷산 줄기를 타고 올라 비기에 있는 혈처를 찾아 유골을 묻었다. 봉분은 만들지 않고 유골 묻은 자리에서 왼편으로 두 자 쯤 떨어진 곳에 백일홍 나무 한 그루를 심었다.

투장을 끝내고 돌아와 식당에서 국밥을 먹던 박성화의 얼굴이 갑자기 굳어졌다.

"해마다 추석과 정월 초하루, 그리고 제삿날과 두 분 생일에 저희 형제들이 묘소를 찾아 참배하고 주과를 올리며 부모님께 문안을 해 왔습니다. 그 모습이 참 아름다웠습니다. 내년에도 모여 빈 봉분 앞에서 참배하고 문안할 텐데 그 때 제가 무슨 낯을 들고 뻔뻔하게 서 있어야 할지 참으로 난감합니다."

듣고 보니 큰일이었다. 그러나 여기서부터는 박성화가 알아서 할 일이었다. 빈 봉분에 대고 성묘하고 참배하든지 봉분 없는 진짜 무덤 앞에서 참배하든지 알아서 할 일이었다.

해가 바뀌어 정월 초하룻날 아침 박성화가 전화를 걸어왔다.

"양 선생님, 저희 형제들이 시방 소백산으로 참배하러 갑니다."

"그래요? 옳게 하셨습니다."

"조카들의 앞길이 열리고 있습니다. 한놈은 시골학교 역사상 처음으로 서울대학에 붙었고, 여자 조카는 생각지도 않았던 훌륭한 청년을 배필로 맞아 시집가게 됐거든요. 집안에 겹경사가 들어 모두들 어리둥절하길래 제가 다 말해버렸어요. 형제들도 이해하고 고마워합디다. 이번에 가서 아예 자그마한 봉분이라도 만들어드릴까 합니다만 괜찮겠습니까?"

"개인의 땅이 아니기 때문에 도적질은 아니지만 국가의 소유지이니 국가에 빚을 진 것입니다. 봉분은 크게 하지 마시고 그저 표지만 될 정도로 겸손하게 만들어 드리세요."

한 여인이 찾아왔다. 이름은 한정숙(韓貞淑), 머리에는 하얗게 눈이 내렸고 얼굴에는 주글주글 주름이 깊게 잡혔으나 젊었을 때는 사내들 오금이 저리게 할 정도로 아름다웠을 자태였다. 조선호텔 커피숍에서 처음 만났을 때는 찬물이 똑똑 떨어질 정도로 차갑고 방어적인 태도였다. 본능적으로 사람을 경계하는 버릇이 있었다.

"송영달 장군을 아세요?"

첫 인사가 그랬다.

"압니다. 육이오 때 한개 사단으로 적 네개 사단을 대적하여 물리친 전설적인 장군, 거인이었지요. 지금은 팔당의 차가운 흙속에서 잠들어 있겠지요."

"다 아시는군요. 무덤도 아세요?"

"답산한 일이 있습니다. 풍수의 교과서 같은 무덤이거든요."

"좋은 의미겠지요?"

"반대입니다. 나쁜 사례로 풍수가들의 연구 대상입니다."

"같이 가 주시겠어요?"

"지금요?"

"오늘이 장군의 기일입니다. 멋진 이별이었어요."

처음 만났을 때의 사람을 경계하고 움츠리던 기세는 사라지고 세월 앞에 속절없이 무너져가는 늙은 여자로 변해 있었다. 그녀의 몸무게만

한 한의 덩어리가 스스로 버거워 보였다.

"송 장군의 묘는, 미안하지만 그게 자리가 아닙니다. 형국은 좋은데 능선의 정중앙에 놓아 수맥입니다. 조금만 좌측으로 비켰더라면 참으로 폭신한 이부자리에 누울 것을 그랬습니다."

"제가 그랬어요. 그때 풍수 몇 분이 장례에 참여하셨는데 의견이 두 쪽으로 갈렸어요. 한 분이 말하기를 지금 선생님 말씀처럼 능선의 정중앙에는 수맥이다 이건 풍수의 상식이다 하고 옆으로 살짝 비키라고 권고했으나 다른 몇 분의 풍수들은 아니다, 그런 상식은 없다, 좌우대칭을 무시한 명당이 어디 있느냐, 하고 서로 다투다가 저에게 최종판단을 맡겼어요. 저는 중앙을 선택했어요. 장군께 직접 물어보아도 그 자리를 선택했을 거에요. 그런데 거기 무덤을 쓰고 나서 지난 이십년을 밤마다 꿈자리가 사납고 장군에게 미안한 마음이 들고, 내가 아직 살아 있는 것이 죄스럽고, 그래요. 누가 그러대요. 양아무개라는 풍수에게 가서 물어보라고. 가서 장군님하고 셋이서 함께 얘기해 볼까요?"

자동차가 덕소를 지나고 오른편으로 한강을 끼고 달리자 한정숙은 고개를 숙였다. 혼자 수십 번 지나가면서 가슴에 담았을 그 한강이 오늘따라 그녀의 눈에 따가운 모양이었다.

"생전에 우리는 함께 이곳을 자주 찾았어요. 본부인이 와서 난리를 치고나면 반드시 낚시 가방을 매고 집을 나섰는데 언제나 경기도 광주를 거쳐 분원(分院)으로 가서 낚시를 담그고 흐르는 강물을 함께 바라봤어요. 그때는 팔당에 댐도 없을 때였거든요. 물고기도 가끔 심심치 않을만큼 올라와 인사를 했는데 낚은 고기는 어종을 불문하고 그 자리에서 방생했어요. 미안하다, 날카로운 낚시 바늘로 꿰어 정말로 미안하다,

물 속에는 외과병원도 없을 텐데 그래도 잘 살아라, 하는 인사와 함께요. 송 장군의 본부인이 누군지 아시지요? 이승만 때 부통령을 했던 명문가의 따님이었습니다. 이 분이 처음에는 많이 자제하고 교양 있게 해결하려고 혼신의 노력을 다하다가 장군과 내가 떨어질 기미가 보이지 않자 마침내 대폭발을 하는데 그 기세가 정말이지 무시무시했습니다. 부통령을 지낸 그 분 아버지가 말릴 정도였으니까요. 그 분은 저에게 요정에서 함부로 몸을 굴리던 기생년이라고 욕을 퍼부었어요. 몸을 함부로 굴리지는 않았지만 기생년이었던 것은 맞으니까 저는 한 마디 변명도 하지 못했습니다. 본부인이 쳐들어 올 때마다 저는 그까짓 세간 다 부서져도 좋고 무슨 욕을 들어도 감내하겠다는 마음으로 내맡겨 버렸어요. 몇 번을 그러고 나더니 다시는 오지 않았는데 그때부터 송장군의 친일행적에 대한 시비가 일어나고, 일본 육사를 나와 한 때 만주군에 복무한 경력만 가지고 그 때 만주 일대에서 활약하던 독립군을 핍박하던 특수부대를 지휘했다, 하는 소설이 등장했습니다. 알고 보니 모두 본부인의 근처에 있던 학자, 언론인 들이 굴뚝에 불을 때고 있었습니다. 신문에 그런 기사가 나올 때마다 우리는 또 낚시 가방을 매고 분원으로 갔어요. 어느날 장군이 내 손을 잡고 말하더군요. 정숙아, 내가 먼저 가거든, 장군의 나이가 정확하게 저보다 스무살 많았으니까 이십년 이상 빨리 갈 것이라고 짐작했거든요. 그로부터 이십년이 지났으니 이제 내가 따라갈 때가 됐지요? 그래, 장군이 내 손을 잡고 그러더라구요. 내가 가거든 분원 이 자리가 내려다 보이는 산중턱에 묻어다오. 저승의 시간이 어떻게 흐르는지 모르지만 그 많은 시간을 낚시나 하면서 너를 기다리겠다 하고요."

잠시 말이 끊어졌다. 손가방에서 하얀 수건을 꺼내어 코를 풀고 난 한정숙은 다시 말을 이었다.

"마지막 순간을 잊지 못합니다. 본부인에게는 장성한 아들이 셋이나 있어 그 중에는 별을 달아 장군이 되고 국방장관을 했던 아들도 있었습니다. 그들이 병실을 지키고 앉아 저를 얼씬도 못하게 했어요. 저는 집 안 전체에 촛불을 켜놓고 울고 있었어요. 어둠속에 누군가 들어왔는데 맙소사 기척만으로도 장군께서 오신 줄 알았어요. 간병하는 사람들이 모두 잠든 틈을 타서 수액 주사 바늘을 모두 뽑아버리고 옷을 갈아입고 택시를 타고 온 거에요. 택시는 그냥 집 앞에서 대기 중이었어요. 우리는 함께 그 택시로 분원의 한강으로 달렸어요. 사람들은 그 자리를 장군 낚시터라 이름 짓고 함부로 앉지 않았습니다. 한밤중에 낚싯대를 펴놓고 장군은 내 무릎에 누웠습니다. 그런 자세로 두 시간 뒤에 내 손을 꼭 잡고 먼 길을 홀로 떠났습니다. 얼마나 외로웠을까요, 그 길이."

자동차를 길옆에 세워두고 운전수가 오래 기다릴 자세로 길게 누워버리자 양사백은 한정숙을 부축하여 산길을 올랐다. 장군의 묘소는 길에서 올려다 보면 보일 정도로 가까운 작은 언덕 위에 있었다. 보통 걸음으로 십분이면 충분했을 거리를 걸음이 빠르지 못한 늙은 여인을 부축하여 걷다 보니 삼십분이 걸렸다. 언덕에 올라서자 북한강과 남한강 물이 합치고 댐으로 막아놓으니 바다 같이 아득했다. 그 너머로 검단산 아래 분원이 멀리 보였으나 지금은 장군낚시터도 없어졌고, 강변 마을에 식당들이 들어서서 옛 정취는 사라지고 없었다. 한정숙은 말없이 무덤에 돋아난 잡초를 뽑았다. 잡초 한웅큼을 뽑아 들고 바람에 날리던 그녀가 물었다.

"내가 왜 양 선생을 모시고 이 자리에 왔는지 아시겠어요?"

"압니다."

"그럼 됐어요."

그로부터 한 달 뒤에 한정숙은 먼 길을 떠났다. 사인은 영양부족이었다. 양사백은 그녀가 송 장군의 옆으로 가기 위해 굶은 것으로 짐작했다. 유족은 없었다. 장례비용은 그날 미리 받아두었기 때문에 양사백이 모든 절차를 집행했다. 한정숙의 신후지(身後地)는 송 장군의 옆자리, 양사백이 진혈(眞穴)로 꼽은 그 자리였다. 그러나 송 장군의 묘소를 그쪽으로 옮겨 합장하지는 못했다. 그쪽 유족의 허락을 받아야 하는 일이었다. 본 부인이나 자식들이 한정숙과의 합장을 허락할 가능성은 전혀 없었다. 다만 살아서도 그랬듯이 죽어서도 가까운 거리에 누운 것만을 다행으로 여길 뿐이었다.

14.
무애사_(无碍寺)

선거가 이틀 앞으로 다가왔다. 총선과 대선을 함께 치르는 선거였다. 그 때문에 온 나라가 선거로 해가 뜨고 선거로 해가 지는 꼴이었다.

정관 스님은 아침부터 고개를 빼돌려 산문 밖을 내다보았다. 점심 공양을 끝냈는데도 기다리던 하선 누님은 나타나지 않았다. 오전까지만 하더라도 하선 누님이 나타나면 무심한 얼굴로, 조금도 기다리지 않았다는 표정으로 맞아주어야지, 하고 무심한 표정을 연습까지 해 뒀으나 오후가 되자 더 참지 못하고 산문밖에까지 나가서 기다리고 있었다. 하선 누님의 코란도 찝차는 늘 그랬듯이 이번에도 정관 스님의 인내심이 바닥날 즈음에야 열주처럼 늘어선 소나무들 사이로 모습을 드러냈다.

"어라, 어라, 우리 스님 또 삐졌네."

인사도 안하고 건너편 대숲만 바라보면서 등을 돌리고 있는 정관의 등에 다가 손바닥으로 토닥거렸다.

"오늘 가져온 명란젓은 너무 싱싱해서 알 하나하나가 죄다 살아 있는 것같애. 그뿐인 줄 알아? 해삼젓도 있고, 아바이들한테 특별히 부탁해서 식혜도 가져왔는데 관심 없어? 관심 없으면 큰스님 드리고. 홍련화 보살님도 해삼젓에 깜북 죽던데,"

정관이 운전석 옆자리로 올라앉았다. 아직도 떠들고 있는 하선의 입을 자신의 입으로 막아버렸다. 왼손으로 그녀의 목덜미를 감싸고 오른손은 치마 밑으로 넣었다. 하선이 다리를 조금 벌렸다. 이미 흥건하게 젖어 있었다. 미끈거리는 감촉 때문에 정관은 자제력을 완전히 잃었다. 승복의 바지춤을 내리자 하선이 가슴을 밀어냈다.

"그동안 굶은 것은 알지만 그래도 이건 싫어. 정식으로 하고 싶어. 그리고, 요즘 동생이 대담해 진 것 알아? 무슨 일 있는 거야?"

"세상이 개판으로 돌아가는데 중만 정신 차리고 중심 잡으라는 법이 있어?"

"그런 법이야 없지. 그런데 이 산중에서 세상 개판인 줄은 어떻게 알아?"

"저어기,"

정관이 턱짓으로 가리켰다. 법당 앞 계단에 턱이 닿도록 바짝 붙여 대놓은 검은색 승용차 두 대가 있었다.

"현역 국회의원 나리들이야. 한 사람은 여당이고 또 한 사람은 야당이야."

"여당, 야당이 산중 절에서 만나면 개판되나?"

"그게, 두 사람이 똑 같은 이유로 왔거든."

"선거에 나갈 사람들 한창 바쁘다던데? 한가해 보이네."

"선거에 나가기 위해서야. 정당 공천을 받아야겠는데 어느 줄에 서야 공천장을 받게 될까, 그걸 알아보기 위해 여기까지 온 분들이라구."

"언제부터 큰스님이 국회의원 공천장을 주게 됐어?"

"농담 그만해. 더 웃기는 건 우리 스님이야. 뭐라는지 알아? 줄을 바꿀까 말까 물으러 오는 의원님들에게 하나같이 하시는 말씀이 '이리저리 왔다 갔다 하지말고 지금 잡고 있는 그 줄을 꽉 붙잡고 흔들리지 마라' 이런단 말씀이야. 여당에게도 야당에게도 똑 같아. 기회는 다음 선거 때 본격적으로 찾아올 것이니 그 때까지 뱃지 잃지 말고 생존해야 해. 그 말을 믿고 죽기살기로 썩은 동아줄에 매달려 있다가 떨어져 피박살난 정치인들이 한 둘이 아니야. 그래도 또 철이 되면 저렇게 철새들이 날아오는 이유가 뭔지 아나?"

"뭔데?"

"꿈을 주기 때문이지. 희망이라고도 해. 내일 당장 죽을놈에게도 희망을 줘. 그럼 그놈이 살아서 고맙다고 인사하러 오거든. 정치판도 그래. 저 사람들, 한 가닥 희망의 줄을 붙잡으려고 여기까지 찾아오는 거야."

"하, 사기꾼이네, 큰스님."

"어, 그런 소리 마라, 누님."

"동생도 마찬가지야. 내게 헛된 꿈을 주고, 결국은 내 다리 사이에 처박아 허기진 배나 채우고,"

"아니야, 아니라니까, 누님. 올해 대통령선거만 끝나면 나도 한 자리

얻어 속세로 나가게 돼 있어. 그럼 우리 누님이랑 반드시 함께 살자."

"구름 잡는 소리지만 또 속아보는 수 밖에."

"구름 잡는 소리가 아니라니깐."

"글쎄, 뭘 믿고 그러는지 모르지만 이 절에서 미는 정당이랑 후보가 내 마음에는 안 들거든. 그 사람이 된다는 보장도 없고, 돼 봤자 중질이나 하던 사람을 어느 자리에 앉힐까 의문이구, 다 잘돼서 좋은 자리에 앉는다 해도 그리되면 동생이 젊은 년 보겠지, 나이가 서너 살이나 더 먹은 유부녀 따위를 거들떠 보기나 하겠어?"

"누님, 이거 몰라? 사랑이 뭔지 욕정이 뭔지 구분이 안 돼?"

"그럼 동생은?"

"물론 사랑이지, 이 세상과도 바꿀 수 없는 사랑."

"중들은 모두 동생처럼 말을 잘해?"

하선은 투정을 하면서도 정관 스님의 사랑타령이 싫지는 않은 듯 그에게 몸을 맡겨놓고 있었다.

총무 스님 정관의 숙소는 산문을 들어서자마자 왼편의 독립가옥으로서 있었다. 안쪽 요사에 남아도는 방을 사용하면 될 터인데도 굳이 따로 집을 지어 살고 있는 것은 함열당의 안주인인 홍련화 보살의 뜻이기도 했다. 큰스님에게서 글을 받아 〈상락원(常樂園)〉이라는 현판까지 만들어 달았다.

제 집에 돌아온 주부처럼 상락원으로 들어선 하선 누님은 정관이 좋아하는 젓갈과 식혜를 냉장고에 넣은 후 손을 씻었다. 손을 씻고 있는 그녀를 정관이 성난 짐승처럼 덤벼 바닥에 자빠뜨렸다.

상락원에서는 두 사람이 천지공사라고 이름 붙인 삼매에 빠져 있는 동안에도 함열당의 염화실에서는 세상 경영의 거대 담론이 오가고 있었다.

"이 겁니다, 이 책이에요."

청우당의 최영찬 의원이 봉투를 뒤적거려 책 한 권을 꺼냈다. 얼핏 보기에도 싸구려 같은 책이었다. 제목은 『천기누설(天機漏泄)』이었다.

"조사해 보니 이런 책이 벌써 세 권이나 나돌고 있어요. 다른 두 권은 『정감록』을 그럴듯하게 풀이한 것이고요. 이 책은 제목만 거창하지 막상 읽어보니 누설할 천기가 없어요. 천기가 없는 것이 아니라 천기를 모르는 사람이 썼어요. 횡설수설하면서 세계의 대운이 한반도에 집중된다. 다음 대통령과 집권세력은 통일을 이룩하는 통일대통령, 통일세력이 된다는 것만 확신에 차서 말해놓고는 그럼 누가 대통령이 되고 어느 정당이 집권하여 통일의 물꼬를 트느냐 하는 대목에 가서는 흐지부지 횡설수설하는 겁니다. 이 후보의 사주는 이래서 좋고 저 후보의 선영에는 천하명당이 있고, 뭐 그런 식입니다. 이 책의 내용이 사실이라면 다음 대통령은 적어도 다섯 명은 나올 것 같습니다."

"『정감록』 풀이는 어때요? 그것도 읽어보셨습니까?"

"읽어봤지요. 한 마디로 헛소리인데 한 권의 책에 이상한 주장이 있어 마음에 남습니다."

"무슨 주장인데요?"

야당인 민족당의 강상운 의원이 턱을 세웠다. 두 사람은 여당과 야당으로 갈라져 국회에 진출했으나 같은 대학의 같은 과에서 함께 공부한 친구였다. 최영찬 의원이 먼저 사법시험에 패스하여 검사로 재직한 후 변호사로 개업했다가 여당의 공천을 따내어 당선되기까지 대학 졸업

후 십육년이 걸렸다. 그에 비해 강상운은 최영찬보다 한 해 늦게 사법 시험을 통과했으나 국회의원 뺏지를 단 것은 오년이나 앞섰다. 지역구가 있는 고장에서 '허수아비라도 민족당의 옷만 입고 나오면 당선된다'는 바람을 타고 일직 정계로 나온 것이었다. 그러므로 강상운은 아직 젊은 나이에 재선이었고, 최영찬은 아직 초선의 딱지를 떼지 못하고 있었다. 이번에 두 사람은 각각 삼선과 재선에 도전하는 셈이었다.

두 번 국회의원을 하면서 자신을 정치로 밀어넣은 바람의 진원지인 총재님을 위하여 목숨이라도 내놓을 듯한 충성심을 보이고 인정 받았기 때문에 강상운의 공천은 이번에도 확실한 것처럼 보였다. 그러나 강상운 본인은 불안했다. 총재님이 이번에야 말로 집권하기 위해 재야에서 명망 있는 인사들을 대거 수혈하여 당의 이미지를 환골탈태했기 때문이었다. 당선된다 하더라도 뒷일을 예측할 수 없는 처지였다. 밖에서 들어온 용병들에게 당의 요직도 뺏기고 정부의 알짜배기 자리도 떠돌이 이름장사꾼들에게 돌아갈 가능성이 커보였다.

최영찬에게는 그런 불안은 없었다. 그의 지역구 역시 청우당 간판만 달면 똥막대기를 꽂아놓아도 당선된다는 지방이기 때문에 당선 여부에 대한 불안이 없었고, 공천 문제도 최영찬의 앞에서 지역구의 터줏대감 노릇하던 영감이 이미 국회의장과 당대표를 해먹고 은퇴한 뒤의 무주 공산에 자신이 들어간 탓에 공천을 놓고 경쟁할 상대가 없었으니 출발부터 고민거리는 없었던 셈이었다. 그래도 최영찬에게는 적어도 세 가지의 고민이 있었다.

첫째는 돈이었다. 아버지 최기복이 화학섬유공장으로 탄탄한 기반을 잡은 기업인이라 하나 지난번 선거 때 아들의 공천을 위해 이십억 원의 기여금을 당에 가져다 바쳤고 선거 때도 그만한 돈이 들어갔기 때문에 그 후유증을 아직도 앓고 있는 중임을 그는 알고 있었다. 이번에도 당에서는 그가 어느 정도 기여해 주기를 바라는 눈치인데 이 문제를 놓고 아버지 최기복과 의논할 기회를 잡지 못하고 있었다.

"국회의원이 되도록 돈 보따리 싸들고 다녔으면 이제 홀로 서서 해결해야지 언제까지 애비 덕으로 살려고만 하느냐. 그래가지고 뭐가 되겠느냐. 이러다가 내 기업마저 말아먹으면 끝장이다. 이번에는 혼자 서고 혼자 걷고 혼자 뛰어보아라."

아버지가 이렇게 나올 것 같았다. 그래도 손을 벌릴 곳은 천하에 아버지 밖에 없었다. 사양길에 들어선 섬유산업의 미래가 어떻게 될까. 아버지와 만나 담판을 짓기 전에 이 문제에 대한 정리된 지식을 가지고 가야했다. 무애 스님에게 엉뚱하게도 대한민국 섬유산업의 미래를 물어보고 싶었던 것도 이 때문이었다. 둘째는 정권의 향방이었다. 자신이 속한 청우당이 계속 집권을 할 것인가, 아니면 민족당에 정권을 내 줄 것인가, 하는 문제였다. 사실은 이 문제는 자신의 공천이나 공천헌금의 문제에 비하면 문제랄 것도 없는 문제였다. 정권이 어디로 가든 자신이 국회의원 뱃지만 계속 달 수 있다면 그까짓 거 악마가 집권한다 해도 상관이 없는 일이기 때문이었다. 적어도 국회의원 대부분의 속마음은 다 그랬다. 이미 정권은 야당에 넘어간다는 관측이 대세였다. 그러나 겉으로는 소속 정당의 집권을 위해 있는 힘을 다 쏟아붓는다는 표정을 지어야 했다. 이것이 어려웠다.

세 번째는 다음 국회에서 여당이 되든 야당이 되든 관계 없이 소속 정당 안에서 소장파의 리더 노릇을 하려면 어떻게 해야 하느냐 하는 문제였다. 이것이야말로 진정한 의미에서의 정치활동이라 할만한 것이었으나 그의 머리 속에서는 아무 생각이 떠오르지 않았다. 북한 정권에 무조건 인도적 지원을 강화해야 한다고 떠들어대는 것도 하나의 방법이었다. 어쨌거나 남들이 머뭇거리고 있는 현안을 선점하여 깃발을 꽂아야 했다. 『천기누설』 같은 책을 읽는 것은 민심의 소재를 알기 위해서가 아니라 당 내에서 시비거리를 만들기 위함이었다.

"어이, 최 의원 말해보시게. 그 너절한 책에서 발견한 이상한 주장이란 게 뭔가?"

"우스개야."

"말해 봐, 그 우스개가 뭔지?"

"책을 쓴 사람이 격암의 십승지지(十勝之地)를 해설하다가 흥분한 나머지 너무 나가버렸어. 뚱딴지 같은 천도론(遷都論)이야."

"천도? 어디로?"

"왜 관심이 있으신가? 내 차에 그 책이 실려 있으니 이따가 가져가게. 그 작자는 계룡산 천도를 주장했어."

강상운이 엉거주춤 일어났다.

"같이 올라가면서 대전이나 수원 쯤에서 한 잔 하기로 했잖았나. 왜 그래?"

"어, 갑자기 가슴이 당겨서, 서울 가서 병원에 들러봐야겠어."

"가슴이면 심장인데, 우리 같은 사십대의 심장이 반란이나 태업을 하는 수가 많다고 하데. 조심해야 돼. 건강을 잃으면 천하를 얻어도 소용없으니까. 어서 가 보시게."

강상운은 무애 스님에게 건성으로 합장하고 급히 자리를 떴다. 머리 속으로 번개같이 스쳐가는 생각이 있었다. 그는 자신의 영감을 믿었다. 위기를 당했을 때, 긴급한 일이 생길 때마다 머리 속으로 번개같이 스쳐가는 영감이 좋은 결과를 가져다 준 적이 많았다. 이번에도 그런 경우였다. 어느 삼류 명리학자의 계룡산 천도론이 그에게 준 영감은 '충청도 천도론'이었다. 지역적으로 날카롭게 쪼개져 있는 지금의 표심 구도 속에서는 중원에 해당하는 충청도의 표심을 잡는 쪽이 승리한다는 것은 간단한 셈법이었다. 당 내에서도 그 방법이 마땅치 않아 골머리를 싸매고 있는 중인데 '충청도 천도론' 한 방이면 충청도 표심은 갈쿠리로 긁어오는 거나 마찬가지 효과가 있을 것이었다.

강상운이 이상한 핑계를 대고 서둘러 가버리자 무애 스님은 최영찬에게도 이만 가보시라는 신호를 보냈다.

"멀리 내다보고 사시오. 단판 승부에 너무 연연하지 마시라는 뜻입니다. 이번 아니면 다음을 생각하고 다음 아니면 그 다음을 생각하고, 그렇게 사시오."

"이번에는 저희 당이 어렵다 그 말씀으로 이해해도 되겠습니까?"

"일본 자민련이 몇 년을 해먹었지?"

무애 스님이 엉뚱한 소리를 했다.

"종전 후 지금까지 줄곧 자민련 세상이지요. 그러나 이번에는 사회당이 치고 올라오는 모양입니다."

"그쪽 사회당은 빨갱이 아닌 모양이지? 일본에 그 많던 빨갱이들 다 어디로 갔지?"

"그쪽 빨갱이들은 괜찮습니다. 우리처럼 빨갱이 하면 숙명적으로 간첩이 돼버리는 세상과는 다르니까요."

"하긴 그렇겠네."

무애 스님은 눈을 감아버렸다. 더 하고싶은 이야기가 없다는 뜻이었다. 그는 공공연하게 자신이 적어도 백오십 살은 살게 될 것이라고 장담해 왔다. 칠십대 중반인 지금은 딱 절반 지점에 와 있는 셈인데 다른 늙은이들이 쓸모없는 물건을 축 늘어뜨리고 오줌이나 지리고 다니는 나이에도 하룻밤에 다섯 번은 여자와 놀 수 있다고 자랑해 왔다. 그러나 지난밤 미진한 일이 있었다. 어떻게 된 것이 토끼처럼 어, 어, 눈깜짝할 사이에 일이 끝나버린 것이었다. 홍련화가 호오, 하고 한숨을 쉬던 모습을 그는 놓치지 않았다. 내일 보자, 했는데 그 내일이 지금이었다.

15.
괴물

자잘한 일상을 실에 꿰고 바느질하여 짐승도 만들고 괴물도 만들어 내는 것은 기자들의 몫이었다. 북한산에 올랐다가 해거름에 내려오자 그때까지 대문 밖에서 기다리고 있던 Y신문의 장영철 기자가 허리가 반쯤 꺾인 채로 다가왔다. 그는 자신의 신분을 밝히고 나서 대뜸 말했다.

"오늘 아침부터 종일 기다렸습니다. 배가 고파도 먹으러 가지도 못했어요. 선생님 때문은 아니지만 그래도, 밥 좀 사 주시겠습니까?"

"나는 풍수요."

"알고 있습니다."

"요즘 신문에 쓸 것이 그리도 없습니까? 풍수를 종일 기다릴 정도로.”

“한가합니다. 잘 나가는 기자들은 모두 총선 현장에서 뛰고 저같은 사람은 하품이나 하고 있다가 남의 집 대문 밖에서 종일 죽치기나 하지요.”

“내가 죽치라고 했소?”

“아닙니다. 제가 할 일이 없어서, 하여튼 밥 한 그릇 사주시지 않겠습니까? 점심도 못먹었거든요.”

골목 어귀에 중국음식점이 하나 있었다. 짜장면 두 그릇을 시켜놓고 고량주도 작은 잔에 한 잔씩 따라놓은 다음에야 서로를 바라보았다. 장영철 기자는 울퉁불퉁 제멋대로 꺼지고 불거져서 못생긴 얼굴이었다. 그 얼굴로 기자노릇 하기도 힘들겠지만 기자 아니었으면 정말이지 할 일이 떠오르지 않는 대책 없는 관상이었다.

“지금이 이십일세기입니다.”

장 기자가 운을 뗐다.

“그런데 대한민국은 삼국시대로 되돌아가 있습니다. 불확실성의 구름이 세상을 뒤덮고 있으니 합리적 판단보다 무속이나 명리학이나 풍수 같은 토속적인 것에 매달리고 있습니다. 오해하지 마십시오. 제가 풍수나 명리학이나 역학을 폄훼하는 것은 아닙니다. 다만 그런 것을 오용, 남용하고 있는 지금 세태를 말하는 겁니다.”

“어디서, 누가 전통적 지혜를 오, 남용하고 있다는 건지 나는 금시초문입니다. 구체적으로 말해 주세요.”

기자는 머리를 긁적였다.

“죄송합니다. 저희들이 신주단지처럼 떠받드는 것이 팩트입니다. 그런데 제가 지금 선생님으로부터 그 지적을 받았습니다. 팩트를 내놓으라고."

짜장면이 나왔으므로 배가 고팠던 두 사람은 허겁지겁 목구멍으로 밀어넣었다. 한참 그렇게 먹다가 장 기자가 지나는 말처럼 툭 던졌다.

"여삼락 후보의 천도설을 어떻게 생각하세요? 계룡산을 중심으로 한 남한의 중부에 수도가 가야한다는 얘긴데, 풍수의 견해를 듣고 싶습니다."

"어리석은 얘깁니다."

양사백은 일축했다.

"왜요?"

"그들이 말하는 계룡산 동편은 풍수지리학상 자리가 아니고, 지정학적으로도 서해안 시대에 역행하는 것으로 머리가 아주 나쁜 사람들의 발상입니다. 그저 충청도 표가 필요해서 선거용으로 나온 공수표로 생각합니다. 이걸 진지하게 추진하면 안 되겠지요. 저는 반대할 겁니다, 끝까지."

"서울이 수도로서 적합하다고 생각하세요?"

"편의상 옛 이름으로 한양이라고 부르겠습니다. 이 곳에 정도할 때의 지명이 그랬으니까요. 땅의 기운이라는 것은 생멸합니다. 고구려의 수도였던 평양이나 고려의 수도 송악, 신라의 수도 경주는 모두 수도로서의 역할을 감당하기 어려울 정도로 지기가 쇠잔했던 것입니다. 그러나 한양은 지금부터입니다. 한강이 동출서류하고 청계천이 서출동류하여 태극 모양으로 역류하면서 그 내부에 기막힌 명당 대지를 빚었는데 그 기운이 서쪽 파구가 흥성하는 시대적 기운을 타고 서해로, 중국으로, 세계로 비상하게 돼 있습니다. 어떤 이유이든 이 곳을 버리고 도망가는 정부는 큰 재앙을 불러들일 것입니다."

"청와대는 자리가 어떻습니까?"

"그곳은 원래 고려시대 행궁인 고려궁이 있던 자립니다. 도성을 한양에 정해놓고 궁궐을 어디에 앉히느냐 하는 문제로 논의가 진행됐는데 무학은 인왕산 아래를 주장하고 삼봉 정도전은 북악 아래를 주장했어요. 결국 당시의 권력 실세였던 정도전의 주장대로 정궁인 경복궁이 앉게 되었고, 그 뒤편에 무과시험장인 경무대를 두었는데, 그 자리를 헐고 조선총독의 관저가 들어서더니 해방 후 이승만이 경무대라는 이름으로 대통령 집무실 겸 관저로 사용했어요. 이후 청와대로 개명되어 오늘까지 이어오고 있습니다만 자하문쪽으로 골바람이 불어닥치는 자리이기 때문에 장풍득수(藏風得水)라는 풍수의 기본 원리에 정면으로 배치되는 자립니다. 옮겼으면 합니다."

"천도도 불가하다, 지금의 권부도 자리가 아니다, 그러면 어디로 갔으면 좋겠습니까?"

"창경궁 안에 기막힌 자리가 있습니다. 담장 넘어 창덕궁에서 넘어오는 생기가 왕성하게 분출하는 천하명당이 있어요. 대지도 그만하면 충분하고, 옛날 창경원 시절에 일본 사람들이 곤충이나 파충류의 박제를 전시하는 공간으로 활용하던 곳입니다. 이 곳에 권부가 가면 지금의 청와대보다 국민 속으로 다가가는 효과도 있고 명당의 생기를 받아 국가가 그야말로 자신감 넘치는 약진을 할 수 있을 겁니다."

짜장면을 다 먹었다. 고량주도 병이 비었다. 두 사람은 일어섰다. 장기자는 중요한 이야기를 지나가는 말처럼 가볍게 꺼내는 버릇이 있었다.

“태백산에서 무애 스님이 오는 대선과 관련하여 게송을 읊어 발표했습니다.”

“그거야 그 사람 자유지요.”

“한 노인의 자유로운 취향이라고 흘려버리기에는 문제가 좀 있습니다. 얼빠진 신문들이, 제가 몸담고 있는 신문을 포함해서요. 기다렸다는 듯이, 하늘에서 천기누설이 뚝 떨어지기나 한 것처럼 인용하고 전문을 싣고 해석을 시도하고 난리법석을 떨고 있다는 것입니다. 물론 그 게송을 읊은 노인의 정체가 무엇인지 검증하는 절차는 없었고요. 그냥 태백산의 도사라고만 알려져 있습니다. 혹시 그 도사를 아십니까?”

“압니다.”

“어떤 사람입니까?”

“도사라는 것은 직업이고 아주 인간적인 결점을 많이 가진 분입니다. 그러나 그 분이 스스로 그런 게송을 읊었다고는 생각지 않습니다. 그 정도로 타락한 영감은 아니거든요. 무슨 거절하기 힘든 반대급부로 유혹했거나 인간적인 결점을 잡고 협박했거나, 둘 다 이용했거나 하여 반강제로 나온 작품일 겁니다. 나도 아침에 신문에서 읽어봤는데 냄새가 납디다, 아주 지독한 냄새가.”

“그 도사라는 노인의 게송에서, 게송이라는 것은 난해한 상징으로 구성돼 있는데 이번 게송은 듣는 사람이 즉각 알아차릴 수 있을 정도로 쉽다는 것이 특징입니다. 그 게송에서 대권을 잡을 것이다 하고 지목된 후보가, 민족당의 총재 말입니다만, 얼마 전 부모 묘소를 먼 시골에서 서울 근교로 이장한 일이 있습니다. 새로 이장한 묘소가 군왕지 맞습니까?”

"군왕지가 뭐요?"

"군왕지라는 시대착오적인 용어를 신문 방송이 아무런 주저 없이 사용하는데 놀랐습니다. 자가 발전으로 당대 최고의 명풍수라고 알려진 칠엽 도사가 점지했다고 하던데 양 선생님께서도 그 묘소를 가 보신 일이 있습니까?"

"어제 가봤습니다. 평범한 무덤일 뿐이었습니다. 자리가 아니었어요. 그런 자리를 군왕지로 소문 냈다면 그건 칠엽 도사가 군불을 땠겠지요. 그 총재님은 부모 묘소를 가까이 모시고 싶다는 그 정성 뿐이었다고 저는 알고 있어요. 그렇게 믿고 싶은 마음입니다."

"그럼 그 분이 야당의 총재로 다음 대권에 가장 근접한 인물로 떠오르기까지 음덕은 없었다, 그렇게 보십니까?"

"천만에. 원인 없는 결과는 없습니다. 풍수의 세계에서는 더욱 그래요."

"선생님의 주장이 사실이라면 그 분의 조상 묘소들 중 어느 것 하나는 대명당이 있을 것 아닙니까. 혹시 확인해 보셨습니까?"

"확인해 보려고 노력은 했지요. 그러나 실패했습니다."

"왜요? 누가 방해했나요?"

"그게 아니라 그 분은 출생의 뿌리를 알 수가 없었거든요. 우리들도 그렇습니다. 선대로 올라가보면 우리가 알지 못하는 비밀스런 안개 속으로 진실이 숨어버리는 경우가 많습니다. 옛날 부인들이라고 해서 반드시 정해진 한 사람과 살았을 것이라고 누가 보장할 수 있겠어요? 인생은 길고 벼라별 곡절을 겪어야 하거든요."

"한 마디로 정리하면 그 분의 뿌리를 알 수 없다, 그리하여 조상의 음덕이 어느 묘소에서 나오는지도 확인할 방법이 없다, 이렇게 되는 겁니까?"

"적어도 내가 보기에는 그렇습니다."

골목 어귀의 중국음식점에서 짜장면을 먹으면서, 그리고 다시 집으로 걸어오는 그 짧은 시간에 오간 대화는 다음날 아침 장기자가 밥벌어 먹고 사는 그 Y신문 한 페이지를 쓰레기 더미처럼 가득 메우고 있었다. 요점은 딱 두 가지, 유력한 야당 대선 후보의 출생의 뿌리가 애매모호 하다는 것을 그가 태어난 시골의 현지 주민(주로 노인들), 향토 사학자, 그리고 풍수 전문가의 말을 종합하여 의혹을 자아내고 부풀리는 기사 였다. 누구를 엿먹이고 싶은지 목표가 분명하고 그 목표를 향해 날을 세우고 있다는 것을 숨기지도 않았다. 기사는 또 한 가지 날을 더 세우 고 있었다. 그 한 가지는 태백산 도사 무애 스님에 대한 것이었다. 스님 이 읊어 발표했다는 게송이 어떤 정치적 목적으로 생산된 엉터리 게송 이었다는 것을 풍수 양사백의 입을 빌어 주장한 것이었다.

문제의 그 기사가 나간 날 사시공양을 마친 뒤부터 무애사는 콩자루 를 쏟아놓은 것 같았다. 제일 먼저 민족당의 정책위의장 소기섭 의원의 육중한 외제차가 들이닥쳤다. 뒤를 이어 약속이나 한 것처럼 도당위원 장 정상봉과 대일그룹의 유진영 회장도 도착했다. 무애 큰스님은 이들 이 올 줄 알고 있었다는 듯이 장삼에 붉은 가사를 차려입고 위엄을 갖 춘 모습으로 함열당 중앙에 앉아 있었다.

"실망했어요."

무애 스님이 소기섭을 바라보면서 입을 열었다.

"양사백인가 뭔가 하는 얼치기 풍수를 잘 주무르는 비법이 있다 하기에 그런 줄 알고 있었는데 지금 보니 정치하는 사람들은 아무 대책도 없이 앉아 있다가 일이 잘 돌아가면 자기들이 해낸 것이라 하고 일이 어긋나면 다른 핑계거리를 만들고, 믿을만한 구석이 보이지 않아요."

"미안합니다."

소기섭은 일단 머리를 숙였다가 다시 쳐들었다.

"Y신문이 작심하고 만든 기사입니다. 그 신문 사주가 청우당 최고위원이거든요. 저쪽에서도 죽기살기로 나오고 있습니다. 그러나 다행히도 다른 신문과 방송은 이번 기사를 깔아뭉개고 있습니다. 눈치를 보고 있는 겁니다. 아다시피 Y신문은 발행부수가 삼만 부도 안 되는, 무시해도 좋은 신문입니다. 특정 종교계를 대변하는 신문이라 기사의 신뢰도가 아주 낮은 편이지요. 생각이 있는 사람들은 이번 기사를 보고도 이 신문이 발악을 하는구나, 이 정도로 생각할 겁니다. 우리 내부에서 평가해 본 결과 잃는 것보다 얻는 것이 더 많다는 결론입니다."

"거, 참, 이상한 논리로 이상한 결론을 꺼내는구만. 당신들은 그 점에서는 가히 천재요, 천재."

"민망합니다."

"Y신문은 무시해도 좋다, 거기서 아무리 불을 때도 옆으로 번지지 않도록 소방작업을 한다, 그러면 되겠지만 양사백이라는 풍수의 입은 어찌할 거요? 그 자가 계속 나불거리면 나도 힘들어요. 왜냐면 그 자는 지기감응의 도를 얻기 전에 여기 와서 몇 달 수행한 일이 있거든. 누구보다 나를 잘 알고 무애사를 잘 알고 있는 사람인데다 겉으로 나약해 보이지만 무슨 짓을 할지 종잡을 수 없는 괴물이거든. 언젠가 세상을 뒤집어엎을 괴물이오. 그런 자가 계속 입을 열어 나불거리면 당신들의 밑 둥치도 온전하지 못할 텐데."

"염려하시는 일을 잘 압니다."

정상봉이 거들었다. 그러나 정상봉의 다음 말이 불안했던지 소기섭이 가로채고 나섰다.

"양사백을 괴물로 보신 것은 정확합니다. 요즘의 괴물은 흉악한 몰골 대신에 나약한 선비의 모습을 하고 나타납니다. 양사백이 그래요. 방치해 두면 거대한 몸집으로 불어나 감당하기 어려운 짐승이 될 거라고 봅니다."

"무슨 말을 하고자 하시는지 대충 짐작은 가오만, 괴물은 잘못 건드려 놓으면 방금 말씀하신 것처럼 거대한 짐승으로 자라나 누구도 손을 쓰지 못하는 존재가 됩니다."

"괴물을 사냥하는데는 사람이 나서면 안 됩니다. 괴물로서 괴물을 상대하게 해야지요. 풍수는 풍수가 잡아야 한다는 뜻입니다."

"이미 계획이 서 있는 것 같군요?"

"계획만 서 있는 것이 아니라 진행 중입니다."

16.
찬란한 노을

그해 여름은 비가 많았다. 여름 장마에는 으레 비가 많이 오는 법이지만 그해 여름의 장마는 유난스러울 정도로 비가 많았고, 나라 안을 구석구석 들쑤시고 다니면서 비를 내리는데 마치 인간 세상을 놀리듯이 퍼붓는 것이었다.

비가 이 모양으로 내리니 이상한 일도 많이 벌어졌다. 정선의 동강 상류 마을에서 등짝이 초록색인 솥뚜껑만한 두꺼비가 나타나 이틀 밤낮을 울었다. 그 울음소리가 저승 사자의 부르는 소리 같아서 사흘째 되던 날 아침 드디어 마을에서 가장 나이 많은 팔순의 노인이 두꺼비가 부르는 소리를 따라 나서고 말았다. 그날 낮에는 또 마을의 이장이 별로 먹은 것도 없이 심한 토사곽란을 하더니 두 시간만에 병원에 실어갈 겨를도 없이 숨지고 말았다. 이장의 나이 겨우 마흔이니 젊은이가 없는 요즘 농촌에서는 가장 젊은 사람이었다. 하룻만에 나이가 가장 많은 어른과 가장 젊은 이장을 한꺼번에 잃은 마을 사람들은 원인이 두꺼비에 있다고 판단하고 아직도 웅웅거리며 울고 있는 두꺼비를 몰아내기로 했다. 두꺼비는 마을 앞의 개울가 갈대가 무성한 늪에 있었다. 마을을 나설 때는 모두 의기양양하게 쇠스랑이나 곡괭이, 낫을 들고 나섰으나 정작 늪에 가서는 아무도 두꺼비에게 가까이 다가가지 못했다. 그러는 사이에 강에서 도강훈련 중이던 육군 부대의 트럭이 벼랑에서 굴러 타고 있던 병사 스무 명 중 일곱 명이 죽고 나머지도 심하게 다치는 대형 사고가 났다. 더는 참고 볼 수 없게 된 마을 사람들은 군인들과 힘을 합하여 두꺼비를 강물 속으로 쫓아버렸다. 그러나 그것이 끝이 아니었다. 그날 이후 마을 앞의 강물이 울었다. 비가 오는 밤이면 땅 속 깊숙한 곳에서 울려나오는 듯 소름이 돋는 진동음 때문에 마을 사람들은 잠을 설쳤고, 공포가 마을을 덮었다.

남해에서는 멀쩡한 날에 저인망 어선 한척이 침몰했다. 비도 개고 안개도 없는 달밤이었다. 어로작업을 마치고 모항인 사천항으로 돌아가는 길이었다. 선장은 자주 다녀 익숙한 항로이기 때문에 조타간을 조수에게 맡기고 덱에 서서 아름다운 한려수도의 달밤을 완상하고 있었다. 시인들이 모두 책상 앞에 앉아 있으니 이 아름다운 풍경을 제대로 읊은 시가 세상에 없는 것이다. 그게 아쉬웠다.

갑자기 우현 전방에 검은 암석으로 된 절벽이 벌떡 솟았다. 조타실에 신호를 보낼 틈이 없었다. 그는 냅다 달려가 조수를 밀어내고 자신이 직접 조타간을 잡고 좌현으로 급히 꺾었다.

"선장님, 왜 그러십니까. 좌현에는 수중에 여가 있는 곳입니다."

선장이 조수의 외침을 들었을 때는 너무 늦은 때였다. 백 오십 톤의 배가 거대한 물밑 바위에 정면으로 부딪쳐 두 동강으로 부서졌다. 선원 일곱 명은 구명정을 내려 모두 살아났으나 배는 눈깜짝할 사이에 바다 속으로 사라졌다. 해난심판소에 출두한 선장은 그날 밤 자신이 본 환영에 대해 제대로 설명할 수가 없었다.

서울에서는 아예 귀신 소동이 일어났다. 중곡동의 한 빌라에 살던 오십대 가장이 대낮에 귀신을 보았다. 여자 귀신으로 젊을 때부터 몸이 지치고 마음이 허해질 때마다 나타나 괴롭히던 귀신이었다. 남자는 약수통에 한가득 휘발유를 준비해 두었다가 귀신이 나타나자 휘발유를 귀신에게 끼얹고 불을 붙였다. 그 불로 안방에 있던 팔순 노모와 부인이 타죽었다. 방화 및 존속살해죄로 경찰에서 조사를 받던 남자는 경찰 보호실에서 캔커피의 뚜껑으로 자신의 왼팔 손목을 그어 자살했다.

이상한 사건이 자주 일어나는 가운데 납량시리즈 공포영화의 한 장면 같은 일이 벌어졌다. 무덤 속에 잠들어 있던 뼈다귀들이 사라져버린 사건이었다. 창녕군과 청도군의 경계에 있는 수봉산에서 일어난 일이었다.

K그룹 이운기 회장과 이혼하여 아주 오랜만에 결혼의 굴레에서 벗어난 박수자는 늙었지만 몇 사람의 영화감독으로부터 조연으로 출연해 달라는 섭외를 받았다. 그 중 사극에서 좌충우돌하는 주막집 주모의 역할을 선택하여 출연을 약속했다. 조연이지만 개성이 강한 역할이었고 극중 비중도 컸다. 삼십 년만의 영화 출연이었다. 요즘 극장에 오는 관객 세대들은 박수자라는 이름의 배우가 있었다는 사실을 아는 사람이

거의 없을 것이었다. 그런 관객이므로 이제 막 데뷔한다는 각오로 강한 인상을 심어놓을 필요가 있었다. 그녀는 매일 헬스클럽에 가서 뱃살을 빼고 허리의 곡선이 돌아오도록 지칠 때까지 땀을 흘렸다. 대본은 완벽하게 외우고 영화의 무대가 된 시대상에 대해서도 책을 읽어 공부했다. 새출발이란 이를 두고 하는 말이구나, 그녀는 이 설레임이 필시 사는 맛일 거라고 생각했다. 지난날의 고통, 질투와 배신감에 치를 떨던 세월이 영화장면처럼 흐릿하게 지워져 갔다. 동생 희자가 자기 일처럼 열심히 도와줬다. 남대문시장에 가서 옷도 사오고 분장도 해 주고 극중 상대역이 되어 연습의 파트너 노릇도 했다. 희자도 어둡고 긴 터널에서 빠져나와 오랜만에 진짜 웃음을 얼굴에 담았다. 아버지와 어머니도 가끔 꿈에 나타나 늦게나마 찾아온 두 자매의 행운을 축복해 줬다.

그런데 이번에 꿈에 나타난 양친의 모습은 전과 달랐다. 아버지가 큰 상처를 입고 피를 철철 흘리며 누워 있는 옆에서 어머니가 꺼이꺼이 울고 있었다. 그녀가 어떻게 된 일이냐고 물으니 어머니는 말없이 아버지를 안고 아득한 하늘 저편으로 사라져 갔다. 함께 가고 싶었다. 그러나 아무리 발버둥을 쳐도 그녀의 두 발은 지상에서 떨어지지 않았다. 그렇게 애를 쓰다가 깼다. 옆에서 자던 희자가 걱정스레 내려다보고 있었다.

"악몽이었어?"

고개를 끄덕이자 희자는 언니의 눈을 피했다. 언니가 악몽을 꿀 때는 대개 형부인 이운기와 다투는 장면이고 그런 장면을 만든 책임의 한 귀퉁이가 자신이었기 때문이었다.

"그런 꿈이 아니고,"

우선 동생을 안심시켰다.

"아버지 어머니를 보았어."

그녀는 꿈에 나타난 양친의 모습이 지금까지 보던 모습과는 너무나 달랐다고 동생에게 얘기했다.

"그 풍수, 양사백 선생이 잡아준 자리에 옮기고부터 꿈자리가 좋았잖아, 언니."

"그랬지, 내가 오랜만에 영화 출연한다고 너무 들떴나?"

그 다음날도 같은 꿈을 꾸었다. 그 다음날도 같은 꿈이었다. 이번에는 사라지는 양친의 옷자락을 붙들려다가 놓치게 되자 대성통곡, 엉엉 울다가 깼다.

"아무래도 이상해, 무덤에 무슨 문제가 생긴 거 아니야?"

"무덤은 무슨, 나는 양사백 씨가 믿음직스러워. 요즘 세상에 믿음직스러운 사람이 거의 멸종되고 없는데, 이 분은 멸종되지 않은 희귀한 토종 같거든."

"언니, 그러다가 스캔들 날라."

"희자 너는 만사를 그것하고 얽어맬 줄만 알지 다른 면은 못 보지?"

"흥, 다른 면을 볼 줄 알아서 언니는 좋겠수. 아무래도 아버지 무덤이 찜찜해. 내일 시골에 전화해 보자."

지난번 이장할 때도 그랬고, 그전부터 대재벌의 마나님으로 들어간 수자가 문중을 위해 힘을 보태지 않는다고 괘씸하게 여겨오던 문중 어른들을 생각하면 전화한다는 것이 끔찍스러웠다. 그러나 사흘 연거푸 같은 꿈을 꾸고 보니 그냥 있을 수는 없었다. 아침에 전화를 했다. 전날 도포를 입고 산에 왔던 그 사람, 오촌 당숙이었다. 아침부터 전화한 사람이 수자라는 것을 알고는 역시 반응이 심드렁했다. 그렇거나 말거나 수자는 사흘 연거푸 같은 꿈을 꾸었다는 얘기를 했다.

"혹시 무덤에 무슨 일이 없나요?"

"무덤이라는 것은 무슨 일이 일어날 장소가 아니지. 한데 좀 이상한 일이 있긴 있었어."

박수자는 가슴이 철렁했다. 오촌 당숙이 계속했다.

"어제 한 노인이 동냥을 얻으러 와서 하는 말이, 요새는 시골에도 동냥 다니는 스님이 없거든. 그런데 난데없이 동냥을 와서는 한다는 말이 '형제 항렬 되는 분이 심한 고통을 당할 것'이라고 하는 거야. 내게 형제 항렬이라면 사촌인 니 아버지 뿐이잖아. 죽은지 오래인 사람이 고통은 무슨 고통. 죽음은 고통의 끝인데 새삼 무슨 개소리냐, 하여 동냥도 주지 않고 쫓아버렸는데 지금 니 전화 받고 보니 기분이 안 좋다. 무덤에 가봐야겠다."

두 시간 후에 당숙으로부터 전화가 왔다.

"세상에 이런 일은 듣지도 보지도 못했다. 우째 이런 일이 우리 집안에서 일어난단 말이냐."

"무덤에 무슨 일이 있었군요?"

"무슨 일 있었군요, 정도가 아니다. 니 아버지 뼈다귀가 통째로 사라졌다. 당장 그 양사백인가 뭔가 하는 놈에게 알려라. 명당이라고? 흥, 명당 좋아하시네."

새로 무덤을 만들면서 양사백이 '이곳은 명당이니 명당을 지닌 문중의 사람들은 혈색부터 달라지고 하는 일이 모두 잘 될 것'이라고 장담한 걸 두고 하는 말이었다. 그런 풍수를 데리고 온 박수자에게도 책임이 있다는 암시가 깔려 있었다. 결국 아버지 무덤을 잘못 옮겨 이런 괴이한 사건이 일어났다는 것이 오촌 당숙의 생각이었고, 다른 문중 사람들도 같은 생각이었다.

그날 저녁 창원에 있는 지방신문의 기자가 오촌 당숙을 찾아왔다.

"홧, 빠르기도 하다. 어떤 놈이 신문사에 알렸을까. 경사도 아니고 집안의 나쁜 일을 신문에 까발리는 놈이 누군고, 대체."

기자는 위에서 취재 명령이 떨어진 것을 보면 누군가 신문사의 윗사람에게 제보를 한 것 같다는 추측을 내놨다. 지방신문에 기사가 나가자 다음날에는 중앙 일간지들이 받아서 보충 취재를 곁들여 내놓았고, 그날 저녁에는 방송국마다 저녁 뉴스로 올렸다. 뭐 재미 있는 일이 없을까, 궁금하던 차에 모두들 살판 났다는 듯이 온갖 추측과 분석을 곁들여 먹을거리로 상에 올려놓았다. 박삼식의 유골은 다 어디로 갔을까? 그 해답이 나왔다.

유골이 지하의 유택이 불편하여 잠시 외출하여 방황하길래 자신들이 보호하고 있다고 주장하는 일당이 처음 기사를 쓴 지방신문사에 편지를 보내 유골의 보호 비용으로 오십억 원을 내놓으면 유골을 원래의 자리로 돌려 보내겠다는 내용의 편지를 보내온 것이다. 오십억 원은 박수자가 이운기 회장과 이혼하면서 받은 위자료의 액수와 정확하게 맞아 떨어지는 금액이었다. 창녕의 오촌 당숙은 돈을 빨리 마련하여 범인들에게 주고 유골을 한 시라도 빨리 유택으로 모시고 와야한다고 주장했다. 그러자 박수자는 이 문제를 어떻게 해결해야 좋을지 양사백에게 의논했다.

"돈을 주시면 안 됩니다."

양사백은 단호하게 말했다.

"저들의 목표가 돈을 우려내고자 하는 것이 아닌 듯합니다."

"그러면요? 저를 매장하기 위해 만들어낸 음모인가요?"

그런 음모라면 이운기 회장의 측근을 자처하는 무리들이 작당하여 저지른 짓일 거라고 예상하면서 하는 말이었다. 양사백의 생각은 달랐다.

"목표는 저에게 있습니다."

"왜요? 제 아버지의 무덤을 파헤쳐 유골을 가져간 사람들이 양 선생님을 목표로 그런 짓을 저지르다니, 왜요?"

"아직 확실하게 단정하기는 이릅니다만 그저 그런 생각이 듭니다. 풍수인 저를 엉터리로 매도하여 완전히 매장해 버리려는 사람들이 있거든요. 그 사람들의 짓이 분명하다고 생각합니다. 그렇다면 지금 돈을 주어도 그 사람들은 할 짓을 다 할 것이고 돈을 주지 않아도 유골은 돌아올 것입니다. 기다려 보세요."

양사백의 예상은 맞아들었다. 다음날부터 신문의 관심은 박수자의 이혼과 위자료를 떠나 최근 이 무덤을 옮기게 만든 풍수 양 아무개가 얼마나 무모한 짓을 했는가에 초점이 옮아갔다. 풍수의 말대로 옮긴 무덤이 명당이라면 이런 수모에 가까운 일은 일어나지 않는다는, 다른 풍수들의 코멘트도 따라다녔다.

더 결정적인 것은 사건이 일어난지 나흘째 되던 날 밤에 양사백에게 걸려온 전화였다.

"풍수 양반?"

"접니다."

"흠, 나는 박삼식의 유골을 보호하고 있는 전통풍수보존회의 김창수요.”

전통풍수보존회도 유령이었고 김창수라는 이름도 가명이었다.

“당신들의 목표가 나라는 것을 알고 있소. 원하는 것을 말해 보시오.”

“우리의 목표가 뭔지 아신다고? 아신다니 긴 설명이 필요치 않아 좋구만. 당신을 유골 대신 그 무덤의 주인으로 넣어드리는 것이 우리의 목표요. 그래 주시겠소?”

“사양하겠소. 아니, 거절하겠소.”

“그것 보시오. 당신은 죽음이 두려워서 죽지도 못할 사람이오. 그러니 남의 유택이 좋느니 나쁘느니 왈가왈부하여 세상을 시끄럽게 하지 마시오.”

“다시 한 번 묻겠소. 내게 원하는 것이 뭐요?”

“이 양반, 성질 한 번 더럽게 급하시네. 가만 있어도 말하리다. 풍수를 폐업하시오. 당신의 명당 혈처 이론이 엉터리였다는 것을 고백하시오. 공익풍수라는 것도 일종의 사기극이었다고 밝히시오.”

“그건 사실이 아닙니다. 사실이 아닌 것은 지금 내가 말하더라도 언젠가 진실이 드러납니다. 그때 당신들은,”

“푸핫,”

전화기 너머로 웃음이 터졌다.

“이 양반 지금 역사 이야기를 하고 있는 거요? 당신은 도대체 당신이 몇 살까지 살아 움직일 거라고 생각하시오?”

“……”

“인생은 짧습니다. 권력도 백일홍 같은 거요. 그래서 짧은 인생이 짧은 권력을 좋아하는 거요. 알아요? 이런 진리는 들어본 일이 없지요, 그렇지요? 다시 한 번 말하겠소. 풍수를 폐업하고 입을 다무시오. 그렇게 하면 박삼식의 유골도 기쁜 마음으로 유택에 돌아갈 거요.”

“거절하면?”

“이미 말했잖소. 당신의 유골이 당신이 명당이라고 정해준 그 유택에 입주하게 될 거라고.”

“잘 들으시오. 당신의 제의는 거절합니다.”

“유감이오. 난 당신이 더 오래 살면서 손자 재롱을 실컷 즐기고 가기를 바랬는데, 안 됐소.”

양사백은 전화기를 내려놓았다. 그리고 박수자에게 전화를 걸었다. 박수자는 범인들이 노리는 상대가 양사백이고, 그의 풍수를 폐업시키고 입에 자물쇠를 채우는 것이 최종 목표라는 말을 듣고 실소를 터뜨렸다.

“유골이 돌아오지 않아도 좋습니다.”

그녀가 말했다.

“정직하지도 못하고 사내답지도 못한 놈들의 정체가 무엇이건 간에 굴복하지 마세요. 유골이 돌아오지 않아도 좋습니다.”

“뭐요?”

“유골은 유골일 뿐입니다. 살아 있는 생명과 바꿀 수 없어요.”

“아닙니다.”

양사백이 고쳐주었다.

“유골도 생명체입니다. 박수자 씨 자신의 신체를 보세요. 유골의 묶음이고 살과 피의 다발입니다.”

“그러나 그 다발과 묶음들은 생명을 가지고 있습니다.”

"생명이라 하는 것이 바로 생기(生氣)이고 인간과 살아 있는 것들만 지닌 것이 아니라 땅과 물, 대기까지 그런 생기를 지니고 있으니 만물이 모두 생명체입니다. 놈들에게 탈취당한 유골까지도요."

"그럼 어떻게 해야 하지요?"

"찾아야지요. 그러나 그 놈들에게는 유골이 귀찮은 무용지물일 뿐입니다. 돌려보내지 않아도 된다 하고 태연한 척 하세요."

"하지만 놈들의 목표가 풍수 한 사람의 입을 막는데 있다면서요?"

"제 문제는 제가 해결하겠습니다."

"뭐가 뭔지 모르겠어요."

"차츰 알게 될 겁니다."

그러나 한 번 집을 나간 유골은 쉽게 돌아오지 않았다. 신문들은 잊을만하면 이 사건을 들추어내고 여성지들은 박수자와 한 마디씩 나눈 이야기들을 튀김처럼 부풀려 장사를 했다. 박수자는 인터뷰에서 '유골의 귀환에는 관심이 없다'는 말을 되풀이 했다. 전략이었다. 그러나 상대도 이 정도의 전략은 예측하고 있었던 듯 쉽게 움직일 기미가 보이지 않았다. 그 사이에 풍수라는 것이 얼마나 황당한 것이고 무책임한 것인지 합리적 시각으로 파헤친다는 고발성 기사가 몇 건 나왔다.

17.
대통령

여삼락의 선거캠프인 한국연구소의 연구소장이었던 배상수 교수는 연구소가 본격적인 선거 사무소로 출범하면서 문화특보라는 직책을 맡았다. 문화라는 말이 지닌 범위가 너무나 광범하여 종잡을 수 없는 것처럼 배상수의 활동영역도 종잡기 어려웠다. 선거사무소에 문화특보라는 직책을 만들고 자신이 그 자리에 앉아 처음으로 한 일이 산사를 찾는 일이었다. 산사에 인연이 없었던 그가 제일 먼저 떠올린 절이 소문난 도사가 있다는 무애사였다. 무애사의 전화번호를 찾아 전화를 했더니 총무 스님 정관이 받았다.

"저는 여삼락 후보의 문화특보 배상수라는 사람이올시다."

"아, 예에."

반응이 심드렁했다.

"찾아가 무애 스님을 뵙고 싶습니다만."

"큰스님께서는 심신이 피곤하신데다 정치하시는 분들은 만나지 않겠다고 하셨습니다."

"굳이 말씀드리자면 저는 K대학에서 학생들을 가르치고 있는 교수입니다. 교수의 신분으로 뵙자는 것이지 정치인으로 뵙자는 것은 아닙니다."

"그러시다면 말씀 드려 보겠습니다. 언제 오시겠습니까?"

"오늘 당장 가서 뵙고 싶은데요."

"오늘은 안 됩니다. 내일 오세요. 오전 열한시까지 도착하세요. 그 시간이 비어 있어서 제가 말씀 드려 놓겠습니다."

"고맙습니다. 그럼 내일 뵙겠습니다."

전화를 끊고 나서 배상수는 가벼운 흥분을 느꼈다. 좋은 일이 있을 것 같은 예감이 들었다. 저쪽에서 전화 받는 총무 스님이라는 사람이 전화하는 사람을 안달내기 위해 일부러 심드렁한 목소리를 내는 것이라고는 꿈에도 짐작하지 못했다. 그는 절에 대해 아는 것이 없었다. 큰스님을 만나면 인사를 어떻게 해야 하는지 절집 특유의 예법에 대해서도 아는 것이 전혀 없었다. 그저 사람 사는 곳이니 사람이 하는 짓을 하면 다 될 것이라는 막연한 생각만 가졌을 뿐이었다.

배상수의 생각은 결국 옳았다. 다음날 오전 열한시 오분 전에 무애사에 도착한 그는 일주문을 끼고 옆으로 우회하는 진입로를 따라 대웅전 바로 앞에까지 자동차로 들어갔다. 그 다음부터는 어디서 보고 있었던지 달려나온 총무 스님 정관이 끄는대로 가기만하면 그만이었다. 생소

한 예법 때문에 쩔쩔 맬 필요는 없었다. 오히려 절이라는 곳이 너무 세속과 비슷해서 실망하고 있었다.

"마침 이 시간이 비어 있어서 겨우 친견할 시간을 마련할 수 있었습니다. 그러나 곧 사시공양 시간이니 오래 머물러 큰스님 시간을 뺐으면 안 됩니다."

"잠깐, 인사만 드리고 가겠습니다."

염화실이라는 편액이 걸린 응접실에 들어가니 벽을 등지고 가운데 자리에 큰스님이 앉아 있고 한 계단 아래 방바닥에 잿빛 승복을 입은 젊은 여자가 앉아 들어오는 손님의 행색을 훑어보고 있었다. 그가 자신의 이름을 대고 명함을 내밀자 젊은 여자가 받아 큰스님에게 전했다. 명함을 들여다보고 있던 큰스님이 입을 열었다. 부드럽고 울림이 큰 목소리였다.

"칼자루를 쥐겠지만 칼날에 베어 피를 흘리는 것은 처사님이니 부디 칼자루를 쥐지 마시오."

"무슨 말씀이신지, 저는 아둔하여 스님의 말씀하신 뜻을 새기지 못하겠습니다."

"어, 어, 배가 고프구만. 처사님은 아침공양을 언제 드셨소? 절집에서는 사시가 되면 점심공양을 해야 합니다. 정관 스님, 처사님을 채공간으로 모셔드리시오."

"좀 이릅니다만 점심 식사를 하고 가시겠습니까?"

"아, 아니오."

붙잡아도 더 머물 수 없을 정도로 그는 흥분해 있었다. 칼자루를 쥔다, 그게 무슨 뜻인가? 칼은 권력이다. 그럼 여삼락이 드디어 권좌에 오른다는 것인가? 그가 권좌에 오르면 이 세상을 어떤 모습으로 개조해 나갈 것인지 큰 그림을 그리는 것은 전적으로 자신에게 달려 있었다. 문제는 여삼락이 아직도 출마 여부를 결정하지 못하고 있다는 점이었다. 좌고우면(左顧右眄)을 넘어 지나칠 정도로 우유부단하고 소심한 것이 여삼락의 결함이었다. 때로는 우직하고 무식하게 밀고 나가야 한다, 한 고조 유방이 그랬던 것처럼.

그날 저녁 민족당의 정책위 의장 소기섭 의원이 조촐하게 저녁이나 함께 하자고 전화해 왔다. 장소는 내자동의 〈수정〉이라는 한식집이었다. 그가 도착하니 소기섭은 벌써 도착하여 안방을 차지하고 앉아 있었다. 소기섭의 식탁 옆에는 이 집 주인 김수정 할머니가 퍼질고 앉아 묵은지를 손으로 찢어 상 위의 접시에 담고 있었다.

"오랜만입니다."

오랜만이 아니라 사실은 초면이었다. 초면인데도 오래 알았던 사람처럼 스스럼없이 버물러 버리는 것이 소기섭의 재주였다.

"이 집 할매 김수정 여사의 음식 솜씨에 반한 사람들이 많아요. 이 집에 앉아 있으면 옛날 시골에 살 때 어머니가 해 주던 밥상 생각이 절로 나요. 박정희가 최고회의 의장 시절에는 졸개들을 데리고 자주 찾았고 삼선개헌 이전에도 가끔 오던 집인데 삼선 이후에는 발길을 끊었다고 해요. 할매가 해 주는 밥을 좋아할 정도이면 괜찮은 지도자인데 이 맛을 잊어버리면 나락으로 떨어지는 길 밖에 없다, 식당에 출입하느냐 아니냐를 가지고 제가 좀 심하게 견강부회했지요?"

"재미 있는 학설입니다. 정치학자들에게 귀띔하지요."

"뭐, 학설까지야. 오늘 무애사에 다녀 오셨지요?"

마침 주인 할머니가 막걸리를 직접 걸러 내 오겠다며 자리를 떴으므로 소기섭은 서둘러 운을 뗐다.

"부처님 손바닥이군요."

"손바닥이 아니고 요즘은 발바닥입니다. 머리가 나쁘면 손발이 바쁜 법인데 우리는 발로 뛰고 있습니다. 여삼락 전 시장님은 지금도 인기가 식을 줄을 모르더군요. 여론조사 기관마다 추종을 불허하는 최고 점수를 내놓고 있습니다. 만약에 말입니다."

주인 할머니가 막걸리가 담긴 오지그릇을 들고 들어왔으므로 소기섭은 말을 끊었다. 할머니가 '생선을 뭐 이렇게 구웠어. 다시 구워 와야겠다'고 생선 접시를 들고 방을 나갔다.

"눈치가 백단입니다. 늙은 백여우지요."

백여우가 다시 나타나기 전에 이야기를 끝내려고 소기섭은 본론을 꺼냈다.

"만약에 지금 여론조사에 나타난 그대로 여 시장이 덜컥 당선이 돼 버리면 어떻게 하시겠습니까? 당신들은 독불장군으로 조직력도 배경도 내가 알기로는 거의 없는데 무얼 가지고 통치를 하겠다는 겁니까? 나무에 올라가는 것은 웬만한 원숭이는 다 합니다. 올라가서 야자 열매를 어떻게 따고 내려올 때 다치거나 미끄러지지 않고 잘 내려오는 것은 노련한 원숭이만 하는 장기입니다. 그 생각을 해 보셨습니까?"

"정말 별 걱정을 다 하십니다."

"오지랖이 넓지요?"

"민족당이 우리에게 힘을 보태주시면 될 것 아닙니까."

"선거 후에 연합하자?"

"선거 전에 연합해야지요."

"그래서 만나자고 한 겁니다. 굵직한 정책에서 유사한 점이 있어야 선거 후 연립정부를 해도 국민의 저항을 받지 않습니다. 그보다 먼저 지금의 청우당 세상을 끝내야 합니다."

"저도 소 의원님이 만나자고 했을 때 여기까지 생각을 해 두었습니다. 그러면 만약 우리가 패배하고 민족당이 정권을 잡았을 때 무엇을 주시겠습니까?"

"말씀해 보세요."

"바지 저고리 같은 총리 자리는 사양하겠습니다."

"당연합니다. 총리는 족보에 영의정이라고 이름 올리는 것에 만족하는 바지들에게나 어울리지요. 당권의 절반, 그러니까 다음 총선의 공천권의 절반과 차기를 보장하겠습니다."

"좋아요."

할머니가 다시 들어왔으므로 그들은 농담 속으로 이야기를 묻어갔다.

"구체적으로 보장 방법에 대해서는 한 번 더 만나서 얘기합시다. 오늘은 이 집 막걸리하고 시레기국 맛이나 봅시다. 아, 기분 좋다. 무애사 큰스님 강령하시지요?"

"그런 것 같아 보였습니다. 아니, 잘 모르겠습니다. 스님들은 어떤 상태가 좋은지 나쁜지 아는 것이 없거든요."

"그건 나도 잘 모릅니다."

할머니도 따라 웃었다.

"특히 그 분, 도사님에 대해서는 사는 것도 법문도 다 어렵습니다. 그

중에서 가장 어려운 것은 게송입니다."

"게송이 뭡니까?"

"일종의 시지요. 삼매에 빠진 열락의 경지에서 읊은 시이기 때문에 암시와 상징이 가득하지요. 때로는 미래를 예측하기도 합니다."

"천기누설 같은 것이겠군요."

"말하자면 그렇지요."

"이번 대선을 두고 읊었다는 게송을 신문에서 읽었습니다. 그 정도라면 어려울 것도 없던데요, 뭐."

"그건 게송이 아니라 어린아이의 작문 수준입니다."

"유명한 양반이, 제가 만나보니 청년처럼 혈기가 왕성하던데, 왜 그런 작품을 내놓게 된 겁니까?"

"그야 모르지요. 시인들도 때에 따라 좋은 작품을 내기도 하고 나쁜 작품을 내기도 하잖습니까. 스님도 사람이니까, 비슷하겠지요."

그 겨울의 중간 쯤에서 대통령 선거가 실시됐다. 선거를 하기 직전의 마지막 여론조사에서는 여삼락 전 서울시장이 1위인 김서학 후보보다 약 십퍼센트 정도 뒤쳐져 바짝 뒤를 쫓고 있었다. 언론, 특히 신문들은 여론조사의 결과에 대해 큰 의미를 두지 않으려고 자제하는 모습을 보였다. 독불장군 여삼락의 거품이 언제 꺼지느냐, 그리하여 전통적인 여당과 야당의 양자대결로 대선구도가 압축되는 시점이 언제일까, 여기에 초점이 맞추어져 있었다.

그러나 드물게 일부 정치학자들과 언론이 조심스럽게 물밑에서 일어나고 있는 변화의 기운을 읽었다. 민주정치, 대의정치, 그리고 정당정치라는 기본 틀이 대한민국이라는 용광로에서 녹아 없어지고 새로운 정치의 틀이 만들어지고 있다는 관측이 그것이었다. 그러한 물밑 저류는 기존 정당 조직에 대한 깊은 불신에서 나온 것이었다. 정당이란 본질적으로 이익집단이다. 어느 지역이나 계층의 의사와 이익을 대변하는 것 같지만 정당 구성원들의 일차적이고 궁극적인 관심사는 자기 개인의 부귀영화일 뿐 국민과 특정 집단을 대신하여 정치행위를 한다는 것은 달콤한 속임수에 지나지 않았다. 이 속임수가 발상지인 서양에서는 민주정치라는 이름과 함께 지난 두 세기에 걸쳐 사람들의 눈과 귀를 현혹시켜 왔고 한국에서도 반세기 넘도록 최고의 가치로 떠받들어져 왔으나 이제 대한민국에서 그 용도가 폐기되려 하고 있다는 관측이었다.

어떤 칼럼니스트는 여기서 한 발 더 나아갔다. 정당의 대안은 무엇일까? 하는 물음을 내놓고 몇 가지 시도를 해 보았다. 시민단체일까? 아니었다. 대한민국의 시민단체들은 그동안 정당의 부속물임을 스스로 입증해 보였다. 그러면 뭘까? 노동조합인가? 노조는 이익의 쟁취를 위한 투쟁 외에 달리 아무런 능력도 보여주지 못했다. 교수를 중심으로 한 학내세력인가? 이 세력 또한 학원밖의 권력이나 돈과 닿을 때 얼마나 빨리 부패해 가는지 보아온 터였다. 그럼 대안은 없는 것일까? 그럴 리가 없었다. 인류사회는 지금까지 퇴로도 없이 스스로를 막다른 골목에 몰아넣지 않았다. 이번에도 필시 민주정치, 정당정치를 대체할 그 무엇을 준비해놓고 있을 것이다. 그것이 무엇이었건 간에.

변화를 얘기할 때 반드시 동반하여 거론되는 이름이 전 서울시장 여삼락이었다. 그는 기존 정당 대신 시민단체와 교수들, 그리고 자발적인 시민들로 구성된 선거캠프에서 대권 도전에 나서서 힘들 것이라는 당초의 예상을 깨고 대권을 거머쥐었다.

전에 몇번 비슷한 경험이 있었다. 어떤 야심 많은 정치인이 여론조사 인기에서 정상을 달리자 여당의 영입 제의를 거절하고 독자적으로 출마한 일이 두 번이나 있었다. 그들의 인기는 선거 초반에 꺾이거나, 길게 가는 경우라도 중반을 넘지 못했다. 결국 그 거품 인사들의 정치생명도 한 번의 대선 출마와 함께 침몰하고 말았다.

이번에도 그럴 것으로 알고 있었다. 그러나 달랐다. 이번에는 민족당이 공황에 빠져 있었다. 민족당은 이번 대선이 마지막 기회다, 하는 마음이 당원 전체에 퍼져 있었다. 마지막 기회에 거는 기대는 어느 때보다 컸고 절박했다. 여당인 청우당과의 양파전에서 독불장군 여삼락이 여당 후보와 지역적으로 겹치기 때문에 그 지역 표를 삭감해 주고 충청 표를 확실하게 잡는다면 승산은 거의 확실하다는 계산이었다. 그런데 늘 그렇지만 현실은 계산대로 되지 않았다. 여삼락이 삭감한 것은 지역적으로 겹치는 여당의 표밭이 아니라 민족당의 지지층인 젊은 층이었다. 사태가 심상치 않다는 분위기가 위기의식으로 변한 것은 선거 이틀 전이었다.

"여삼락의 거품이 빠지지 않습니다."

"정당정치에 대한 우리 국민의 혐오감이 이런 국면을 낳은 거야."

총재가 한탄했다.

"그동안 우리는, 정치인들은 말이야. 국민을 너무 몰랐고 너무 우습게 보았어. 이제 대가를 치러야 하네. 하지만 국민들도 모르는 것이 있어. 정당정치를 혐오하면 전제군주가 돌아온다는 것을. 이솝우화에 나오는 연못 속의 개구리들처럼 왕을 보내주기를 기다리겠지. 그 왕이 자신들을 다 잡아먹을 줄도 모르고. 어리석은 인간들, 어리석은 국민들."

"만약에 말입니다. 여삼락 후보가 당선될 경우, 이건 여당에게도 최대의 악몽이자 재앙입니다만, 우리에게는 기회일 수 있습니다. 연정을 실시하는 것입니다. 본격적인 수권은 그 다음에 이루면 되고요."

그러는 사이에 어김없이 대통령선거 날이 돌아왔다. 선거가 임박하자 가출한 유골 이야기, 황당한 풍수를 씹는 이야기는 사람들의 관심에서 뒷전으로 밀려났다. 선거 결과가 워낙 예상밖이었기 때문에 더욱 그랬다.

선거가 이상했다. 정상적인 선거라면 민족당의 김서학 총재가 대통령에 당선되는 것이 당연한 순리였다. 선거를 며칠 앞두고 공표된 마지막 여론조사에서도 민족당 김 총재의 지지율은 두 번째인 여삼락을 두 자리수로 앞서고 있었고, 여당 후보보다는 갑절이나 앞서고 있어 김 총재의 당선은 기정사실이 되어가고 있었다. 게다가 투표 마감시간과 함께 발표된 '출구조사' 결과도 여삼락의 지지도가 조금 올라가는 기미가 보이는 것 뿐 지금까지의 예상에서 크게 다르지 않았다. 신문, 방송들은 김 총재의 일생과 정치 역정, 특히 독재에 항거해 온 투쟁의 역사를 특집으로 마련해 두고 있었고, 그의 집권에 따라 어떤 변화가 올 것인지 미국, 북한과의 관계 설정을 비롯하여 경제, 사회, 정치의 모든 영역에서 이리저리 짚어보느라 정신줄을 놓고 있었다. 어느 신문은 아예 새 정부의 요직에 대한 하마평으로 조각 예상도를 그려놓는 부지런을 떨었다.

그러나 선거 결과는 이 모든 예상을 무용지물로 만들어버렸다. 투표 마감시간에 맞추어 방송사들은 경쟁이라도 하듯 '출구조사' 결과를 발표했다. 민족당 김서학 총재의 승리였다. 그랬는데 개표가 시작되면서 이상한 기류가 흐르기 시작했다. 먼저 개봉된 부재자 투표에서 여삼락 후보가 김서학 후보를 앞질렀던 것이다. 주로 군에 복무 중인 젊은 장병들과 해외 동포들의 투표 성향이므로 그러려니 했다. 한데 국내 각 지역별로 개표가 진행되면서 부재자투표의 성향이 단순한 부재자들만의 투표 성향이 아니라 유권자 전체의 성향으로 굳어져 가고 있었다. 게다가 1위인 여삼락후보와 2위인 김서학 총재의 표차가 더욱 벌어지고 있었다. 이런 상태가 지속되자 개표가 절반에 이른 밤 열시 쯤에는 '이상 기류'라고 하던 방송이 바뀌어 여삼락의 승리를 점치고 '거대한 변화'를 입에 올리기 시작했다. 그리고 자정이 가까울 무렵 대한민국에서 무슨 일이 벌어지고 있는지 사태가 명확해졌다. 유권자들은 선거 전에 거의 날마다 벌어졌던 여론조사에서 내심을 드러내지 않았고, 투표 당일의 출구조사에서도 내심을 철저하게 숨겼다. 그러면서 김서학 대세론을 비웃으면서 여삼락을 대통령으로 뽑아놓았다. 지금까지 '정치'라고 생각해 왔던 모든 관행과 제도, 그리고 사고의 흐름이 단숨에 뒤집어졌다. 이런 결과에 가장 놀랜 사람들은 투표로 세상을 뒤집어놓은 유권자들 자신이었다. 그들은 '놀라운 일이 벌어졌다'고 방송과 신문, 학자와 평론가들이 방정을 떠는 모습을 지켜보면서 새로운 세상을 열겠다고 속으로 벼르고 있었다.

그러나 국민들은 투표로 세상을 뒤집어놓기는 했으나 뒤집어놓은 세상을 경영할 능력도 수단도 갖지 못했다. 그런 수단을 가진 자들은 역시 '정치꾼'들과 그 바닥에서 잔뼈가 굵은 관료들이었다. 눈치 빠른 언론인, 학자들은 정체도 모르는 새 마차에 서둘러 올라탔다. 그 중에서도 가장 발이 빠른 쪽은 민족당이었다.

민족당의 정책위 의장이자 실세 중의 실세로 알려진 소기섭 의원은 대통령선거와 동시에 치러진 국회의원 선거에서 민족당이 제1당으로 확정되자 재빨리 여권대통합론을 내놓았다. 새 대통령을 낳은 시민연합을 중심으로 오합지졸처럼 뭉쳐 있는 세력들을 민족당의 울타리 안으로 흡수하고 새 대통령을 민족당의 영향력 안에 두겠다는 복안이었다. 지난 선거에서 민족당이 지속 가능한 진보 개혁을 위하여 여삼락을 밀었다는 말도 나왔다. 여삼락이 앞서 나라를 맡아 개혁의 닻을 올리고 뒤를 이어 김서학이 바톤을 이어받아 통일 대업을 완성하고 전혀 새로운 대한민국을 출범시킨다는 원대한 구상도 흘러나왔다. 어느 신문의 만평은 이런 민족당의 행보를 '다 된 밥에 숟가락 없는' 짓이라고 비틀었으나 민족당은 개의치 않았다.

그러나 세상은 정치공학 전문가들의 설계대로 굴러가지 않는다는 사실을 또 한 번 확인시켜 주었다. 새 대통령 취임식을 앞두고 조직된 대통령 인수위원회의 구성에 대거 참여하려던 민족당의 꿈이 좌절되면서 사실상 민족당과 시민연합의 전쟁이 시작됐다. 여삼락 대통령은 인수위원회의 구성을 자신이 믿고 의지해 온 시민운동가와 대학의 젊은 교수들로 판을 짰다. 민족당의 김서학 총재가 새 정부의 상왕 노릇을 하거나 섭정정치를 하게 될 것이라는 소문을 한 칼에 베어버린 것이었다.

두 번째 전장은 민족당의 전당대회였다. 새 대통령의 취임 전에 원내 제1당인 민족당이 서둘러 전당대회를 열려는 목적은 단 한 가지였다. 여삼락 대통령을 민족당에 입당시키려는 것이었다. 그렇게 되면 민족당은 가만 앉아 여당이 되는 셈이었고 대선에 지고도 정권을 쥐는 기막힌 행운을 거머쥐게 되는 것이었다. 그런데 이 계획도 수포로 돌아갔다.

여삼락 새 대통령이 특정 정당 입당을 거부했기 때문이었다. 그는 '나는 어느 정당의 당원이 아닌 대한민국의 대통령이다. 굳이 정당이 필요하다면 대한민국당 당원이 되겠다' 이 말 한 마디로 그의 입당을 기정사실화하여 전당대회를 추진해 오던 민족당만 닭 쫓던 개 지붕 쳐다보는 격으로 우습게 돼버렸다.

전선은 확대되고 골은 깊어갔다. 여삼락이 대통령에 취임한 후 처음으로 행한 공식적인 일은 당연히 국무총리 지명이었다. 지명당한 인물은 오랜 세월 재야에서 대한민국 현대사를 연구했던 사학자였다. 그는 이승만의 남한 단독정부 수립을 미국과의 야합으로 규정하고 항일 저항세력이 집권한 북한에 정통성을 부여했다. 이런 사람이 총리로 지명되자 민족당은 처음 한 동안 난기류가 흘렀다. 당내의 소장파들은 새 총리 지명자를 반겼고, 중진들은 의심의 눈초리로 바라보았다. 전당대회에서 새 당대표로 선출된 소기섭이 김서학 총재와 만나고 나온 이후 민족당의 당론은 '총리 인준 거부'로 가닥이 잡혔다. 어디서 그 많은 자료들을 긁어모았는지 국회 청문회는 새 총리 후보의 인격을 난도질했다. 메뉴는 단순했다. 재야사학자로 궁핍하게 살아야 마땅했던 사람이 무슨 재주로 두 딸을 미국 유학시키고 아들 하나를 독일 유학시켰느냐, 아파트를 불법 전매하여 돈을 벌었던 흔적을 파헤쳤고, 시골에 땅을 사서 되팔았던 기록도 드러났다. 군에 가지 않기 위하여 꾀병을 낸 심증은 있었으나 증거는 찾아내지 못했다. 지금까지 드러난 것만으로도 재야사학자로서의 권위는 땅에 떨어졌고 인격은 만신창이가 됐다. 그런 식의 청문회가 이틀 계속되자 총리로 지명됐던 그 재야사학자는 '더럽다'는 한 마디를 남기고 총리 후보를 고사했다.

문제는 다음 차례였다. 여삼락은 그 다음 총리 후보로 여자대학 총장을 지명했다. 박정희의 유신정권 때 유신을 반대하다 감옥살이 한 것을 시작으로 전두환의 5공 때도 거의 감옥에서 보낸 골수 운동권의 대모였다. 친정 아버지는 해방 후 월북하여 북한 정권에서 요직을 맡았고, 시아버지는 지리산을 무대로 활약하던 남부군의 간부였다. 한 마디로 '골수 빨갱이의 딸'이었으나 여삼락은 그런 과거에 구애 받지 않고 태연하게 총리로 지명한 것이었다. 당연히 국회 청문회에서는 총리 지명자 자신보다 그녀의 친정 아버지와 시아버지의 전력이 도마 위에 올랐다. 지난 정권에서 여당이었던 청우당이 공격을 담당하고 민족당이 팔짱 끼고 구경만 하는 식이었다. 결국 총리로 지명됐던 여자대학의 총장은 스스로 총리직을 사양하고 대학 총장 자리까지 내놓게 되었다. 이런 일이 민족당의 방조 아래 이루어졌으니 '때리는 시어머니보다 말리는 시누이가 더 밉다'는 속담 그대로였다. 세 번째 총리 지명자인 진보 성향 신문의 발행인도 국회 청문회의 지뢰밭을 지나다가 다리를 접지르고 물러났다.

그러자 대통령 여삼락은 더 이상 총리 후보를 지명하지 않고 내각을 구성하여 행정부를 끌고 갔다. 국회가 있는 여의도에는 관심을 두지 않겠다는 태도였다. 온 나라가 총리 후보들에 대한 국회의 청문회를 지켜보며 이야기꺼리를 씹고 있던 무렵의 어느 날 낮에 양사백은 민족당 대표 소기섭의 전화를 받았다.

"시간이 나시면,"

소기섭은 정중하게 부탁했다.

"오늘 저녁 일곱시에 S호텔에서 잠깐 뵙고 싶습니다."

어느 신문의 가십란에 난 그대로 S호텔은 민족당 실세 대표 소기섭
의 아지트였다. 커피숍에 들어가자 신문이나 방송에서 가끔 보았던 사
람들이 몇 사람 보였다. 국회의원도 있었고, 새 정부에서 장관이 된 사
람도 있었고, 도지사와 시장도 있었다. 그들은 커피숍의 고급스러운 의
자에 앉아 소기섭 대표와 면담할 차례를 기다리고 있었는데 그 광경은
조선 말기 장동 김씨(壯洞金氏: 안동 김씨)네 대문 앞의 풍경과 비슷했다.

양사백이 시장 바닥 같이 붐비는 커피숍으로 들어가자 흰 와이셔츠
에 초록 넥타이를 맨 비서가 어디선가 보고 있다가 달려왔다.

"양 선생님이신가요?"

"그렇습니다."

"대표님께서 기다리고 계십니다. 안으로 들어가시지요."

칸막이로 질러놓은 안쪽에 소기섭이 앉아 있었다. 그는 일어나 손을
내밀어 악수를 청했는데 손바닥에 기운이 없었다. 악수하는 손바닥에
는 기운이 없었으나 목소리는 쇳가루를 삼킨 것 같았다.

"무애사의 무애 스님으로부터 고명을 들었습니다. 그 이전에 이번 대
선의 결과를 예측하신 것이 맞아떨어졌다 하여 이 바닥에서 선생의 존
함을 모르는 사람이 없을 정도입니다. 만나 뵙게 되어 영광입니다."

공치사를 습관처럼 입에 달고 다니는, 영락없는 정치꾼이었다.

"무슨 일로 보자고 하셨습니까?"

양사백은 칸막이 저쪽에서 차례를 기다리는 사람들을 의식하면서 물
었다.

"급하시군요. 저쪽에서 기다리는 분들은 괜찮습니다. 오늘 못 만나면
내일 또 올 테니까. 단도직입으로 여쭙겠습니다. 여삼락 대통령이 임기

를 다 채우지 못할 거라고 예언하셨다는데, 사실입니까?”

“그건 모르겠습니다.”

“아, 아, 저를 믿으시고 편하게 말씀해 주십시오. 국가를 위해 매우 중대한 문제거든요. 우리도 준비를 해야 하고.”

“현 대통령이 후보이던 시절 고향 선산을 답산한 일이 있습니다. 그 때 함께 갔던 분에게 풍수의 소견으로 이 분이 차기 대권을 쥐게 될 것 이라고 말한 일은 있습니다. 그러나 그 분이 중도에 하차할 것이라고는 말한 기억이 없습니다. 더 솔직히 말씀 드리면 풍수의 재주 가지고는 거기까지 알 수가 없거든요.”

“선생께서 하신 말씀은 고스란히 듣고 있습니다. 오늘 뵙자고 한 것 은 직접 확인을 해 볼까 해서였는데 포기해야겠군요.”

“조건이 있습니다. 제 요구를 들어주시면 그 문제에 대해서도 말씀 드리겠습니다.”

“말씀하십시오. 큰 벼슬 자리 내놓으라고만 마시고 무슨 말씀이든 다 하세요.”

“박수자의 친정아버지 박삼식의 두개골을 제자리에 갖다놓아주십시 오. 그러면 저도 여삼락 대통령 선영에 대한 소견을 다 말씀 드리겠습 니다.”

소기섭의 표정에서 웃음기가 가시고 싸늘하게 얼음이 맺혔다.

“누가 그러던가요? 내가 남의 무덤이나 파헤치고 다니는 도굴꾼이라 고.”

“뭐든지 다 아시는 분이니까 혹시나 그런 사람들에 대해서도 알고 계시지 않을까 생각해 보았습니다. 잘못 짚었다면 용서하시기 바랍니다. 그럼 이만 일어나 보겠습니다."

양사백이 엉덩이를 들어올리자 소기섭이 손을 저었다.

"당이라는 것은 워낙 다양한 사람들이 모여 있는 곳이니까, 살펴보면 혹시 도굴꾼에 대해서도 알고 있는 사람들이 있을지도 모르지요. 그러니 우리 하던 얘기를 계속합시다. 아니 내가 도굴꾼들에 대해 알아놓을 테니까, 내일 한 번 더 만납시다."

양사백은 다음날 낮에 같은 장소에서 소기섭을 만났다. 전날 저녁과 마찬가지로 S호텔 커피숍은 조선 말기 장김(壯金: 안동 김씨)의 문전을 방불케 했다.

"알고 싶은 것이 무엇입니까?"

"간단합니다."

소기섭은 가까이 있는 비서가 눈치 채지 못할 정도로 목소리를 낮추었다.

"여삼락 대통령의 선영에 대한 양 선생의 판단을 듣고 싶습니다."

"당시 동행했던 언론인에게 지나는 말로 했던 것이 지구를 한 바퀴 돌아 제 귀에까지 들리더군요."

"그 말이 맞습니까?"

"풍수의 소견을 묻는다면, 그 분 선영의 기운은 대통령 당선에서 멈출 것입니다. 일찍이 역사상 없었던 일이 일어날 것입니다."

"역사상 없었던 일은 아니지요. 근대 민주정치사에서는 아직 일어나지 않았던 일이지요. 만약 그 일이 일어나면 대한민국은 민주정치라는 틀을 비틀어 새 틀을 마련하는 시험장이 될 것입니다. 그게 얼마나 두려운 일인지 양 선생은 알고 계십니까?"

“풍수가 뭘 알겠습니까. 박수자의,”

그러자 소기섭이 말을 가로챘다.

“박수자 여사의 친정아버지 두개골을 보관하고 있다는 자들을 알아냈습니다. 어떻게 알았는지 그것까지 설명해 드릴 수는 없고, 다만 며칠 안으로 무덤을 원상복구하도록 부탁해 놓았다고 하는군요. 기다려 보시고 며칠 후에 확인해 보세요.”

박삼식의 두개골은 소리 없이 떠났다가 소리 없이 돌아왔다. 두개골이 돌아왔을 때는 이미 신문, 방송 등 언론이라고 부르는 것들은 이 사건에 흥미를 잃고 있었다. 그것 말고도 선거혁명이니 민주정치의 새 장을 열었느니 말았느니, 거듭된 국무총리 인준의 실패로 초장부터 힘이 빠져버린 대통령에 대한 이야기만으로도 손님을 끌 수 있었기 때문에다 썩어가는 두개골 하나 쯤 사라졌다 돌아온 것 쯤은 무시해도 좋을 일이었다. 겨우 신문 귀퉁이의 작은 제목으로 몇 줄 간단하게 실렸을 뿐이었다.

박삼식의 사라졌던 두개골이 원래의 묘소로 돌아온 날 민족당 대표 소기섭은 무애 스님과 마주하고 앉아 있었다.

“어젯밤에 두개골이 제 자리로 돌아갔을 겁니다.”

무애 스님은 못 들은 듯이 소기섭의 무릎 앞에 놓인 찻잔에 작설차를 따랐다. 소기섭은 이 맛 없는 차를 빨리 비워버리기 위해 주는대로 마셔버린 것인데 무애 스님은 소기섭이 차를 너무 좋아하는 것으로 판단하여 그가 잔을 비우기가 바쁘게 연한 녹색의 물을 채워놓고 있었다.

“양사백이라는 풍수를 만났습니다.”

소기섭은 화제를 바꾸었다. 그러자 무애 스님이 찻잔에 차를 따르다

말고 눈을 들어 소기섭의 눈을 바라보았다.

"어제 신문을 보니 민족당이 시민연합과의 통합을 포기하고 독자적으로 야당의 길을 가겠다고 밝혔던데 여삼락 대통령과 결별하는 것입니까?"

"우리는 그동안 여삼락 대통령의 뒤를 받치고 있는 시민단체를 너무 가볍게 봤어요. 그래서 일단 여삼락을 민족당의 그늘로 흡수할 생각이었던 겁니다. 헌데 알고보니 그들 세력이 기존 정당 조직보다 광대한데다 오합지졸들이기는 하지만 수자가 어머어마해서 그들에게 빚을 지고 있는 여삼락이 민족당을 돌아볼 겨를이 없는 겁니다. 노골적으로 부담스러워해요. 어차피 권력 게임은 무리들을 얼마나 잘 먹이느냐의 경쟁입니다. 공자를 보세요. 그 양반이 노나라를 떠나 천하를 주유할 때 따르는 무리들을 먹여 살리기 위해 하찮은 제후들에게 굽신거리지 않았습니까. 여삼락도 챙겨야 할 식솔은 많고 정부에 자리는 한정돼 있으니 지금 쯤 고민일 겁니다."

"밖에서 보기에는 조금 다른 시각도 있어요."

무애 스님이 물기 없는 목소리로 말했다.

"민족당이 새 정권에 구애하여 숟가락을 얹으려다가 박대 당하자 적대세력으로, 겉으로는 우당인 척하지만 속으로는 더 심하게 흔드는 세력이 돼버렸다, 이렇게들 보고 있어요."

"맞는 얘깁니다."

소기섭은 순순히 시인했다.

"그러나 이런 전략도 있어요. 시민단체 사람들이 예상보다 빨리 썩은 냄새를 피울 것이라는 분석이 있어요. 제가 대학 다닐 때 영문학 강독 시간에 영국의 현대 작가, 시인이었던가? 스펜서인가 하는 양반의 자전적인 기록을 읽는데 이런 대목이 나와요. 이 양반이 젊을 때 빠리에서 호텔 식당에서 막일을 하는데 호텔의 고급 식당에서 서빙하는 사람들이 우아하게 차려입고 여자를 데리고 와서 비싼 식사를 하는 손님 옆에 서서 시중을 들면서 무슨 생각을 하느냐 하면, 그 손님을 속마음으로 증오하고 적대감으로 부글부글할 줄 알지만 사실은 그게 아니라 언젠가는 나도 여자 친구를 데리고 고급 호텔에 가서 저렇게 우아하게 먹고 마셔야지, 그런 꿈을 꾼다는 겁니다. 박정희, 전두환을 독재라고 싸우고 비판하면서 먹고 살던 사람들을 운동권이라 하고, 그들이 오늘날 여삼락에게 대권을 쥐어준 장본인들입니다. 그런데 이 사람들이 박정희, 전두환을 비판하면서 속으로 나도 언젠가 권력을 잡아 저들처럼 놀아보아야지, 그런 생각을 하고 있었다는 겁니다. 전날 우리 총재께서 당세가 위축될 때나 군부 독재와 한판 전쟁을 치를 때마다 재야에서 젊은 피를 대대적으로 수혈한 적이 있습니다. 그때는 총재의 인기와 카리스마가 우리 정치를 압도할 때였으니까 재야의 인물들은 군소리 없이 입당하여 주는 떡이나 받아먹고 살았지요. 그들 대부분이 오랜 세월 들판에서 굶주려 살던 사람들이라 일단 제도 정치 안에 들어와 작은 권력을 잡으니 오뉴월 쉬파리 끓듯이 부패합디다. 국회나 당료로 들어와서는 기존 정치꾼들이 놀라 자빠질 정도로 돈을 밝히고 부정과 비리에 눈뜨더라고요. 지금 여삼락을 지원해 준 세력들도 예외는 아닐 거라는 말씀입니다. 권력이라는 떡을 쥐어주기만 하면 그들은 허겁지겁 그것을 삼키다가 목이 메어 죽거나 배탈이 나서 뒹굴겠지요. 그때를 기다리는 겁니다. 그들이 부패하여 냄새를 피우면 국민들은 아주 빠르게 그들로부터 등을 돌릴 텐데 그 때 우리 민족당이 도매금으로 매도 당할 이유가 없다는 겁니다. 그래서 일단 권력의 떡을 몽땅 저들이 먹을 수 있게 도와주고 있는 거지요.”

“나무 밑에서 감이 떨어지기를 기다리다가 해가 저물 수도 있습니다. 지금 소 대표의 말을 듣다 보니 문득 이런 생각이 떠올랐습니다. 당신들은 나무 밑에서 감이 떨어지기를 기다릴 사람들이 아니다. 감나무를 흔들고 떫은 생감을 식초에 넣어 억지로 홍시 만들 사람들이다 하는 생각이요.”

“맞아요.”

소기섭은 무애 스님이 무슨 말을 해도 화를 내지 않았다.

“방법이 없겠습니까?”

“그건 당신네들 전문분야 아닙니까. 미국 씨아이에이랑 북한 조평통이랑 한통속이 되어 안팎에서 흔들어 보시지요. 그러나 조심하세요. 씨아이에이나 조평통하고 거래할 때는 항상 이쪽에서 밑지는 장사라는 것을.”

“역시,”

소기섭은 자신의 이마를 때렸다.

“스님의 말씀 중에 영감을 얻었습니다. 그럴 줄 알았어요.”

소기섭은 찻잔에 고여 있는 찻물을 훌쩍 마셔버리고 일어섰다. 영감이 떠나기 전에 서울로 올라갈 태세였다.

18.
분노

　양사백은 아침 여섯시 정각 투표소의 업무가 개시되자마자 허정자와 함께 집 근처의 초등학교에 마련된 투표소로 갔다. 투표를 마치고 허정자는 집에 가서 좀 더 자야겠다고 돌아갔다. 양사백은 집에서 나올 때 배낭을 메고 나왔으므로 그대로 정릉행 버스를 타고 종점에 내려 북한산 등산길을 올랐다. 아직 이른 아침이었지만 간혹 투표를 일찍 끝내고 산에 오르는 남자들이 몇 사람 있었다. 그들이 스쳐 지나가도록 길을 비켜주고 천천히 걸었다. 대동문에 닿았을 때는 늦게 뜬 겨울해가 문루에 노란 빛의 문양을 꽃잎처럼 흩뿌려놓고 있었다. 능선을 타고 걸으니 보국문이 나왔다. 보국문에서 다시 조금 더 능선을 따라 걷다가 보현봉의 우람한 산세에 이끌려 문수암 쪽으로 내려왔다.

　산 아래로 내려오니 평창동이었다. 평창동 종점에서 시내버스를 타고 광화문까지 이동한 후 광화문에서 버스를 갈아타고 이화동의 집에 이르니 짧은 겨울해가 서쪽으로 기울고 있었다.

투표 마감은 저녁 여섯시였다. 시간이 되자 방송사마다 출구조사 결과를 발표했다. 방송사마다 하나같이 제1 야당 총재인 김서학 후보의 당선을 예고했다. 표차도 2위인 시민연합의 여삼락 후보와 일백만 표 이상의 차이가 나는 것으로 발표됐다. 방송은 '아직은 예상일 뿐'이라고 개표 결과는 두고 봐야 안다고 했지만 김서학 후보의 당선을 기정사실화하는 분위기였다. 한 방송의 리포터가 이런 멘트를 날렸다.

"선거 결과를 놓고 분명 국민들 스스로가 투표를 했음에도 불구하고 국민들 자신이 놀라고 있는 놀라운 일이 벌어졌다."

그러나 정작 놀라운 일은 김서학 총재의 당선을 믿어 의심치 않는 분위기를 깨고 시민연합의 여삼락 후보가 1위로 독주하는 현상이었다. 자정무렵 여삼락의 당선이 확정되자 민족당 총재인 김서학은 패배를 인정하고 여삼락의 새 정부에 적극 참여하고 협조하겠다는 뜻을 분명하게 밝혔다. 당선자인 여삼락은 선거관리위원회가 당선 확정을 공표한 이후에야 비로소 마이크 앞에서 입을 열어 민족당의 연대 제안을 받아들였다. 그리고 그는 '저의 당선은 기존의 모든 정치 가치관과 행태를 개혁하여 새로운 나라를 건설하라는 명령이다'고 했다. 국민들은 어, 어, 하는 동안 그들의 지도자에게 '혁명' 같은 개혁을 해줄 것을 위임한 것이었다.

다음날 아침에는 정부인수위원회의 명단이 발표됐다. 위원장에 배상수 교수가 앉았다. 그리고 각 대학의 유능한 교수들을 초빙하고 정부 조직 속에서 평생을 일해 온 관료 중에서도 몇 명을 참여시켰다. 언론인도 있었고, 합참의장을 역임한 사성장군도 포함됐다. 그러나 민족당과 청우당 등 기존 정당에서 활약하던 정치인들은 한 명도 없었다.

각 분야별로 정부 인수를 위한 위원이 정해지자 각 분야를 책임진 위원들은 해당분야의 전문가들로 인수팀을 구성했다. 다음 정권의 골격을 미리 짐작할 수 있는 인수팀의 구성에도 기존 정당 인사들은 철저하게 배제됐다.

중앙선거관리위원회로부터 정식으로 당선 통고를 받은 새 대통령 여삼락은 아침 일찍 동작동 국립현충원을 찾아 헌화하고 이어서 정계 원로들을 예방한 후 오후에는 청우당 대표최고위원과 민족당 총재를 차례로 예방했다.

"통일에 대한 정책은 일관성이 있어야 합니다. 행여나 저쪽 사람들을 착각하게 하는 일은 없도록 부탁합니다."

"통일정책과 대북정책을 별도로 구분하여 시행하겠습니다. 양자는 일정부분에서는 동일하나 근본은 다릅니다."

새 대통령은 통일정책에서 자유민주주의 통일이라는 확고한 목표를 설정하고 있는 것은 앞의 정권과 다를 것이 없었다. 다만 대북정책에서 좀더 유연한 대응을 하겠다는 입장을 밝혔다. 당선자도, 인수위원장도 정신없이 바빴던 하루였다.

당선 사흘째 되던 날부터 인수위원회는 본격적인 인수작업에 돌입했다. 그리고 새 정부의 조각과 함께 주요 자리의 인사에 대한 소문이 무성했다. 이제 야당이 된 청우당과 전에도 야당이었고 지금은 야당인지 여당인지 정체성이 흐려진 민족당도 새 정권의 인사를 비웃음과 조롱을 담은 눈으로 지켜보고 있었다. 하나의 정부가 오년 동안 성공하느냐 실패하느냐는 첫 인사에서 그 결과를 짐작할 수 있었다.

풍수 양사백은 하찮은 권력놀음을 신문을 통해 보면서 먼 남쪽으로 답산여행을 가고 싶다는 충동을 가까스로 눌러 앉히고 있었다. 허정자가 아픈 다리를 끌고 오랜만에 가게로 나갔다 오더니 그간 며칠간의 수입을 결산하여 약간의 돈을 가지고 왔다. 그 돈을 전부 내놓으면서 허정자가 말했다.

"갔다 오시우."

"어딜 말이오."

"어디긴 어디에요. 당신 마음이 읽어져요. 답산하고 싶으시면 갔다 오시우. 그깟 신문이나 들여다 보고 있지 말고."

"고맙소. 내일 자고나서 방향을 정하겠소."

그날 밤 늦게 배상수 대통령인수위원장이 전화를 해 왔다. 강남에 있는 한 호텔 객실에서 만나자는 요청이었다.

"알다시피 제가 요즘 자유롭지 못합니다. 양 선생님 만나는 것도 비밀에 부치느라 이 방도 익명으로 빌렸고, 지금 전화도 오늘 새로 받은 세 개의 핸드폰 중 하나로 하고 있습니다. 제가 검은 안경을 쓰고 있는 것도 양해해 주시기 바랍니다."

대통령 인수위원장이 시대착오적인 풍수나 만나 이야기를 나누었다면 그 자체만 가지고도 엄청난 이야깃거리를 만들어낼 수 있는 소재였다. 그 때문에 쓸데없는 이야기를 만들 소재를 주기보다는 비밀리에 만나는 것이 좋겠다고 판단한 것이리라. 객실의 문을 열고 들어가보니 밤중인데다 실내인데도 정말로 배상수는 검은 안경을 쓰고 있었다. 냉장고에서 작은 양주병을 꺼내어 따더니 두 개의 잔에 나누어 부었다.

"지난 이틀이 한 이백 년 지난 것 같습니다. 술이나 한 잔 하고 싶은데 그럴만한 사람이 없어 선생님을 초청한 것입니다."

듣기에 따라서는 아주 거북한 말이었다. 술 마시고 노닥거릴 상대가 없어 불렀다는 얘기로 들리기 때문이었다.

"난 술을 못합니다. 혼자서 드세요."

일어섰다. 그제야 배상수는 자신의 실수를 깨달았다.

"제가 말을 잘못했군요. 경솔했습니다. 사과 드립니다. 사실은 선생님의 의견을 듣고 싶은 것이 몇 가지 있어서 뵙자고 한 것입니다. 자, 자, 그렇게 마음을 반쯤 문 밖으로 내놓고 서 있지 마시고 이리 앉아서 이야기나 좀 합시다."

양사백은 자리에 앉았다. 술을 한 모금 홀짝 마시고 난 배상수는 서둘러 본론으로 들어갔다.

"계룡산 천도론을 어떻게 생각하십니까?"

"정치가 얼마나 바보들 장난인지 일깨워주는 일이었습니다. 여삼락 당선자도 선거기간에 천도론에 찬성하지 않았습니까."

"그게 이렇습니다. 민족당 저 나쁜 사람들이 이번에 충청도 표만 잡으면 정권은 내 것이다, 확신하고 가장 폭발력이 큰 폭탄을 충청도에 터뜨린 것입니다. 그래놓으니 다른 후보들도, 청우당이나 저희들도 충청도 유세를 포기하면 모를까, 일단 유세하러 충청도 현장에서 연단에 서는 순간 천도론을 찬성하지 않을 없었습니다. 그래서 부랴부랴 공약집에도 넣고 충청도에 갈 때마다 그 말을 강조할 수는 없었으나 피하지도 않았지요. 이게 자유, 보통선거의 치명적인 결점입니다. 그래도 선거는 민주정치의 꽃이고 축제인 것이 틀림이 없습니다. 자, 천도론을 어떻게 생각하십니까."

"자유, 보통선거의 치명적인 결함이라고, 마치 선거제도가 잘못이라도 범한듯이 책임을 떠넘기는군요. 계룡산 동쪽에 수도를 옮겨가는 것은 그 자체만 가지고는 무해무익한 일입니다. 그러나 한 나라의 수도 이전 작업치고는 너무나 졸속이었어요. 철학도 없고 생각이라는 것도 없는 무뇌 아들이 저지른 짓거리 같습니다. 기왕 중부지역 천도설을 주장하려면 장차 중국대륙을 발 아래 두겠다는 원대한 포부를 가지고 계룡산 서쪽, 서해에 연한 땅에 옮기든지 할 것이지 철학도 꿈도 없이 그저 충청도의 표만 계산하여 나온 천도설이니 논의할 가치를 느끼지 못하겠습니다."

"청와대는, 옮기는 것이 좋다고 생각하십니까?"

"옮겨야 합니다."

"이유를 설명해 주시겠습니까?"

"얼마든지. 먼저 풍수지리학상 그 자리보다 훨씬 지기가 강한 곳이 비어 있습니다. 현재의 청와대 자리에 혈처가 있는지 없는지는 가서 확인해 볼 기회가 주어지지 않아 단정하기는 어렵습니다. 다만 형국론의 안목으로 볼 때 자하문에서 골바람이 들어오는 자리라 명당터는 아님이 분명합니다. 두 번째는 풍수와 관련 없는 일반론인데, 청와대의 위치가 높은 지대에 덩그라니 올라앉아 있어 권위적입니다. 자연 그 안에서 집무하는 사람들이 국민 위에 군림하려는 자세를 갖게 되니 이는 시대착오적입니다. 백악관은 평지에 있어 전세계의 관광객들이 누구나 쉽게 접근할 수 있도록 돼 있어요. 우리의 청와대도 이제 그만 시민들 사이로 내려오는 것이 좋겠습니다."

“언젠가 어느 신문과의 인터뷰에서 말씀 하시기를 국토이용계획을 세울 때 풍수를 참여시켜라 하고 주장하셨던데 지금도 그렇게 생각하십니까?”

“지금은 다릅니다.”

“무슨 말씀?”

“구색 맞추는데 풍수가 한 두명 참여해 봤자 그들의 의견은 씨도 먹히지 않을 것이니 아예 참가하지 않는 것이 속편하다 하는 생각입니다. 또 하나, 풍수의 자질이 고르지도 않고 일정 수준에 올랐는지 엉터리인지 구별할 능력도 없습니다. 이런 형편인데 어떤 풍수가 정부의 국토이용계획 수립에 참여했다고 칩시다. 저들끼리 헐고 뜯고 난리가 나겠지요. 속이 허하면 이웃이나 친척을 헐뜯고 싶어집니다. 오늘날 풍수는 속이 허한 정도가 아니라 골이 생기지 않은 상태의 사람과 같습니다. 사정이 이러하니 그 제안을 듣지 않은 것으로 하겠습니다. 죄를 지은 것도 아닌데 몰래 만나고 은밀하게 의견을 내놓고, 그렇게 살고 싶지 않습니다.”

“그 기분 충분히 압니다.”

배상수는 양사백을 설득하려고 애쓰고 있었다.

“그러나 입장을 바꿔놓고 생각해 보십시오. 만약 어떤 신생 정부가 정책수립에 풍수를 참여시킨다거나 풍수의 소견을 듣는다거나 풍수적인 사고와 대책을 참고한다거나 해 보십시오. 국민들의 반응이 어떨까요?”

“조선시대도 아니고 당장 불신임 운동을 하겠지요.”

“그겁니다. 민중의 우매함이 그 정도입니다. 제가 양 선생님을 몰래 만나는 이유를 납득하시겠지요?"

"다른 풍수를 만나보십시오."

그가 일어나 문고리를 잡는데 배상수가 등 뒤에 다가와 서 있었다.

"양 선생님."

배상수가 말했다.

"그 말씀, 확신하십니까?"

"무슨?"

양사백이 돌아보며 되물었다.

"여삼락 대통령의 선영을 돌아보고 양 선생님이 예언했다는 그 말씀 말입니다."

뜻밖에도 그 말이 정치권을 한 바퀴 돌면서 저마다 화두 삼아 굴리고 있었던 것이다. 여삼락 선거캠프의 좌장격이었던 배상수가 그 말의 뜻을 곱씹고 있었다면 당사자인 여삼락 본인의 귀에도 들어갔을 것이었다.

"나는 예언을 한 일이 없습니다. 여삼락 씨의 선영에 대한 소견을 말한 적이 있는 것은 사실이나 그건 어디까지나 풍수의 소견에 지나지 않아요. 풍수나 사주, 주역은 천변만화하는 인간세상의 바탕을 얘기하는 것 뿐입니다. 나머지는 인간 스스로 만들어가는 것이지요. 배 교수께서는 세상을 변화시키겠다는 포부를 지니고 정치판에 뛰어든 것 아니었습니까?"

"맞습니다. 어떤 질책도 감수하겠습니다. 그러나 불안합니다. 한 치 앞이 보이지 않습니다. 알려 주십시오. 대통령은 정말 중도하차하게 될까요?"

"풍수적인 소견만으로는 그렇다고 말할 수 있습니다."

"그 풍수적인 조건은 변경시킬 방도가 없습니까?"

"말씀 드리지 않았습니까? 나머지는 인간의 몫이라고."

"그 인간의 몫이 너무 무겁고 버겁습니다."

배상수는 자신의 능력에 부치는 무거운 짐을 진 것처럼 힘들어 보였다.

"지개질을 해 본 일이 있습니까?"

"시골에서 자랐지만 지개는 지지 않았습니다."

"지개에 너무 무거운 짐을 실으면 골병이 듭니다."

"그럴 때는 어떻게 합니까?"

"내려놓아야지요, 지개를."

집으로 돌아온 양사백은 배낭을 꾸렸다.

"이제 방향을 정했어요?"

허정자가 두꺼운 양말 두 켤레를 배낭에 넣어줬다.

"여보."

허정자는 남편이 자기 이름을 부르는 어감이 아득하여 그의 입술을 바라보며 다음 말을 기다렸다.

"송담 노인이 말이오. 우리 마을을 떠나 어디서 살다가 전쟁통에 다시 떠밀려 나타났을까?"

"자기 고향에 돌아가 살았겠지요, 뭐."

"내게는 당신이 고향이오. 한데 고향에 너무 오래 머물지 않았소?"

허정자는 알아들었다. 그녀의 주름진 눈가에 물이 고였다.

"어디든 가서 자리를 잡으면 알려줄 거지요?"

"그리 하겠소. 약속하리다."

19.
파로호(破虜湖)

송담 노인은 오래 머물렀으나 그는 머물지 않기로 했다. 한 고을에서 한 달 이상 머물지 않는다는 원칙을 세웠다.

배낭을 메고 집을 나서기는 했으나 정해진 방향은 없었다. 구의동의 동서울 버스터미널에 가서 노선 안내판을 올려다 보았다. 송담 노인이 떠밀려 떠나야 했던 곳, 그 고장을 자신의 출발지점으로 삼아야 한다는 생각이었다. 강원도 어디라 했던가? 노인이 무슨 말 끝에 필담으로 '금강산 물이 거대한 호수를 이룬 곳'이라고 썼던 기억이 남아 있었다. 노인은 또 중국 군대(중공군)와 유엔군의 시체가 산을 이루었다고도 썼다. 노인은 댐으로 생긴 거대한 인공호수를 그림으로 그리고 그 옆에 있는 화전민의 마을을 그려 보여준 적이 있었다. 고향 마을을 그려놓고 노인은 꿈을 꾸듯 복에 겨운 웃음을 흘렸었다. 양사백은 주저하지 않고 화천행 버스표를 사서 대기 중인 버스에 올랐다.

세 시간이 채 걸리지 않아 버스는 화천읍의 터미널에 내려주었다. 큰길가에 택시 몇 대가 손님을 기다리고 있었다. 맨 앞에 서 있는 택시에 올랐다.

"파로호를 한눈으로 볼 수 있는 곳으로 갑시다. 구만리 선착장이 좋겠네."

"파로호를 잘 아세요?"

사십대 중반으로 보이는 운전수가 고개를 젖히며 물었다.

"전에 낚시하러 두어 번 와 봤지요. 영화배우 이예춘씨는 아직도 거기서 낚시하고 계십니까?"

"돌아가셨습니다."

운전수가 무슨 물정 모르는 소리냐 하는 힐난조로 말했다.

"그 아들 이덕화가 벌써 영감 티가 나던데요."

그렇구나, 세월이 강물처럼 흘렀구나. 양사백은 운전수의 뒤통수를 바라보다가 말했다.

"기사 양반, 무슨 걱정을 온몸에 지고 다니는 거요. 다 내려놓으시오."

"제가 지고 다니는 걱정이 눈에 보입니까?"

"보이고, 느껴져요."

택시가 몇 걸음 앞으로 움직이다가 멈췄다. 운전수가 다시 돌아보았다.

"혹시 선생님은 관상을 보십니까?"

관상쟁이냐, 그렇게 묻고 싶은데 좋은 말을 골라 하다보니 버벅거리고 있었다.

"관상쟁이는 아니지만 사람 사는 이치를 조금 압니다."

운전수는 아예 시동을 꺼버리고 돌아앉았다.

"그럼 제 문제가 무엇인지 봐 주시겠습니까?"

"약간 모자라는 아들이 있지만 그 아들 문제가 아니라 당신은 부인이 문제요. 부인이 곁을 주지 않지요?"

운전수는 헉 하고 숨을 삼켰다.

"그걸 어떻게 다 아십니까. 마누라 안아본 지가 이년이 넘었습니다. 욕구불만은 까짓 거 참으면 그만이지만 함께 사는 여자가 나를 밀어내니 서글퍼서 미치겠습니다. 이런 일은 앞앞이 말도 못하겠고."

"이 자동차를 돌려 먼저 당신 집으로 가 봅시다. 아무래도 집에 문제가 있는 것 같으니."

택시 운전수 정수돌의 집은 읍내 하리(下里)의 큰길가에 있었다. 넓은 마당 한구석을 일구어 고추를 심어놓았고, 집은 개조하여 백반을 파는 식당으로 쓰고 있었다. 한낮인데도 식당에는 손님이 한 사람도 없었다. 집을 대충 둘러본 후 말했다.

"지금부터 내가 하는 말을 잘 따르겠소? 따르겠다 하면 말을 할 것이고 아니면 입 아프게 말해 뭣하겠소."

"저 여자가요. 제 남편 말이라면 똥 뭉개듯이 뭉개지만 그런 말은 신주 모시듯이 모시고 따릅니다. 신통해요."

남편 말은 안 들으면서 점쟁이나 무당, 뭐 그런 사람들의 말은 잘 듣고 이행하는 이상한 여자라고 했다.

"그럼 말하겠소. 몇 가지 고쳐야 할 것이 있습니다. 우선 이 집은 동향인데 출입문을 북동으로 내놓은 것은 아무리 대로변을 따라 그렇게 한 것이라고 해도 맞지 않으니 당장 동향이나 남향으로 고치시오. 그리고 식당을 하기 위해 앞으로 길게 덧붙여 낸 저 가건물을 철거하시오. 식당 할 공간이 없으면 이 집을 팔고 다른 집으로 이사를 가는 것이 좋으나 어려우면 우선 안채 집을 개조하여 사용하세요. 자, 이제 구만리로 갑시다."

운전수는 더 물을 것이 많고 하고 싶은 말이 많으나 손님이 입을 닫아버리니 묻지는 못하고 끙끙거리며 택시를 몰았다. 댐 위에 서서 멀리 산굽이를 돌아 사라지는 물줄기를 바라보았다. 이 물을 따라 올라가면 발원인 금강산에 닿을까. 이승만 대통령이 '破虜湖'라고 쓴 돌비석이 지난 전쟁의 상처를 혼자 앓고 있었다. 그는 다시 택시에 올랐다.

"오른쪽 멀리 병풍산이 보이지요? 병풍산의 동쪽 자락에 있는 마을로 갑시다. 아무 마을이나 상관 없어요."

"대체 선생님의 목적지는 어딥니까? 가시고자 하는 곳이 어디냐 말입니다."

좀 수상쩍다 싶은지 운전수가 물었다.

"나도 모릅니다. 정해놓지 않았어요."

"그럼 병풍산은 왜요?"

"저 산의 동쪽 비탈에 필시 명당 혈처가 있어요. 그 좋은 땅을 알아보지 못하고 방치해 두는 것은 나라로 치면 자원을 사장시키는 행위이고 개인으로 치면 출세할 기회를 버리는 것이니 안타까운 일 아니겠소? 그래서 저 산의 혈처를 찾아 주인에게 인연 맺어주고 가려는 겁니다. 이

제 아시겠소?"

"잠깐, 잠깐만요. 이런 일도 처음이고 이런 사람도 처음이라 머리가 띵해요. 그러니까 아무 연고도 없는 병풍산 저쪽 마을을 찾아가 명당 인연을 맺어주고 가시겠다, 그 말씀입니까?"

"그렇소."

"그럼 병풍산 동쪽 자락에 제가 아는 마을이 하나 있으니 일단 그리로 모시겠습니다. 사도리 구암마을인데, 제 누님이 살고 있습니다. 정해 놓은 숙소도 없는 것 같으니 일단 누님댁에 모셔다 드리겠습니다. 당장 침식은 해결될 겁니다."

"고맙소."

택시는 다시 춘천 방향으로 되돌아 달리다가 오음리에서 파로호 쪽으로 꺾어 방천리 방향으로 시골길을 달렸다. 왼편으로 넓게 옷자락을 펼치고 있는 산이 병풍산이었고 그 너머로는 파로호의 깊고 푸른 물이었다. 구만리 제방 위에서 보면 이 산이 병풍처럼 둘러 있는 것처럼 보일지 몰라도 그 반대편에서 보는 병풍산은 용트림을 하며 흘러내린 능선과 깊은 골짜기들이 음양의 조화를 부리며 희롱하는 한 줌의 구름 조각이었다.

방천리의 파로호 호수를 향해 가다가 택시는 길 옆에 섰다.

"저 안쪽으로 들어가시면 구암마을이 있습니다. 잠깐 차를 여기 세워두고 함께 가서 안내해 드리겠습니다."

구암마을은 여나믄 가구가 사는 작은 부락이었다. 초입에 소를 키우는 비닐하우스 우사가 한 동 있을 뿐 나머지는 산비탈을 개간하여 밭을 만들었는데 옥수수를 심었던 흔적이 남아 있었다. 그것뿐 겨울 산비탈의 색깔은 황량한 잿빛이었다.

　택시운전수 정수돌의 누님집은 산 밑 언덕배기를 파내어 집을 앉혔기 때문에 땅 속으로 움푹 들어간 움막 같았다. 마당이 밭이었고 집은 그대로 헛간이었다. 정수돌의 누님이라는 사람은 없었다. 대신 자형이 마당에서 내년에 고추밭에 세울 지지대를 깎고 있다가 처남을 반겼다.

　"웬일이래? 바쁜 사람이."

　"두 분이 인사하세요. 이 분은 관상, 사주, 풍수, 뭐든지 보는 도사님이시고, 이 사람은 내 자형으로 이름은 송만이요."

　송만이는 지지대를 깎던 낫을 내려놓고 손을 내밀었다. 요즘 시골에서는 좀처럼 보기 힘든 오십대의 젊은 축이었다. 울퉁불퉁한 농부의 손이었으나 얼굴에 끼어 있는 세월의 더케는 그리 두텁지 않았다.

　"마침 자알 오셨습니다. 우리 집이 볼 일이 많은 집이거든요."

　"그래서 내가 도사님을 모셔 왔잖아요."

　공치사를 하고, 도사님을 며칠 모시면 좋은 일 있을 거라고 너스레를 떨어놓고 운전수는 급한 걸음으로 돌아갔다. 양사백은 아까부터 이 집 안주인, 택시 운전수 정수돌의 누님이라는 여인이 궁금했다.

　"안주인은 어디 계십니까?"

　"입원했습니다. 춘천에요."

　남의 말처럼 툭 던졌다. 말버릇이 그랬다.

　"마침 방이 하나 비었습니다. 딸년이 쓰다가 집을 나가버렸거든요. 방이라고 해야 게딱지만하지만, 배낭을 거기 내려놓으세요."

　부엌에서 안방으로 이어지는 봉당을 흙벽으로 막고 문짝 하나를 달아 방이라고 이름 붙인 공간이었다. 그래도 처녀가 살던 방이라 그런지

벽지와 바닥이 정갈한 편이었다.

"이 집에 이제는 여자라고는 없습니다. 밥은 우리가 해먹어야 합니다. 밥 지을 줄 아쇼?"

"압니다."

"전기나 개스가 아닌 석유곤론데도요?"

"나무를 때서 밥 지을 줄도 알아요."

"시골에서 사셨습니까?"

"여기보다 더 산골, 지리산 아래였습니다."

"하, 그래요. 저는 지리산에 가 보지 못했습니다. 제 할아버지가 떠돌다가 지리산 아랫마을에서 오래 살았다고 하더래요."

"할아버지 함자가?"

"송길영, 길할 길, 길 영잡니다. 할아버지의 부친인 저의 증조할아버지가 자손이 귀한 집안에 태어난 귀한 자식이니 오래 오래 살면서 씨를 퍼뜨리라고 지어준 이름이래요. 그 귀한 자식이 어릴 때 할머니가 산에서 따온 버섯을 먹고 죽다가 겨우 목숨은 건졌는데 귀가 먹었어요. 그때부터 벙어리가 됐는데 그래도 장가 가서 우리 아버님 낳으시고 집을 나가 떠돌았다나요."

"혹시 다른 이름은 없었습니까? 송담이라고."

"어떻게 아셨어요? 길영이라는 이름이 오행에 맞지 않는다고 당신께서 직접 지으셨다고 해요. 한데 저희 할아버지를 아세요?"

"제가 지리산 자락에서 태어나 살았다고 했지요? 우리 마을에 벙어리 노인 한 분이 흘러와 살다가 공비토벌 때 떠났어요. 그 분 함자를 기억합니다. 이 마을에서는 왜 떠나셨지요?"

"할머니 말씀으로는 역마살이 들었다고 하지만 제 생각은 다릅니다. 할아버지는 벙어리라는 신체결함을 극복하려고 무진 노력하신 분이었다고 합니다. 홀로 공부하여 사주, 관상, 주역, 풍수 막히는 데가 없었다고 해요. 그런 능력으로 다른 사람들의 운명을 바꿔주고 싶다는 큰 욕심을 가졌다고 들었어요. 게다가 여기는 육이오 발발 다음 해에 중공군의 춘계 공세인가 하여튼 놈들이 서울을 다시 점령하려고 서부전선부터 동부전선까지 동시에 파상공격을 하는데 이곳을 통과해야 가평을 거쳐 서울을 남쪽으로 돌아 포위할 수 있으니까 여기를 집중 공격했는데 그 때 엄청난 군인들이 죽었어요. 아침에 일어나면 사립문 밖에 군인들 시체가 겹겹이 쌓여 있을 정도였다니까요. 그 참혹한 모습을 보던 할아버지가 어느날 아침 집을 떠나버린 겁니다. 하지만 겨우 간 곳이 지리산이라, 공비토벌로 시끄러운 산골짜기에 들어가 살았군요. 어쨌거나 우리 할아버지 전란 중에 고향으로 돌아오셨어요. 전쟁은 여기서 가까운 철의 삼각지대에서 밀고 밀리면서 시체만 쌓아올렸데 여기서도 밤낮으로 적과 아군이 바뀔 정도로 치열했다고 합니다. 어느날 중공군에 짐꾼으로 차출되어 포탄을 등에 지고 병풍산으로 올라간 할아버지가 내려오지 않았습니다. 고지 쟁탈전이 벌어지고 있는 한가운데서 부역 나간 민간인이 돌아오지 않는다는 것은 딱 한 가지, 살아서 돌아오기 글렀다는 겁니다. 휴전 후에야 아버지가 고지로 올라가 할아버지 시신을 수습하여 내려와 뒷산에 묻어 드렸다고 합니다."

"어딥니까. 무덤이."

"멀지 않아요. 저기 산줄기가 흘러내리다가 가랑이처럼 찢어진 곳 있지요? 그 밑에 묻혔는데 올 여름 퍼붓는 비에 그만 산허리가 통째로 무너져 흘러내렸어요. 다행히 이 집은 묻히지 않고 바로 뒤에서 토사가 멎었습니다만 할아버지 무덤은 사라져버렸어요. 유골도 찾지 못했습니다.”

양사백은 사라진 송담 노인의 무덤이 있던 자리로 가 보았다. 노인의 손자라는 송만이가 뒷짐을 지고 엉거주춤 따라 나섰다. 골짜기 사이로 개천이 흐르고 계곡에서 흘러내리는 물이 모여 마을 앞 개울로 유입되도록 물길이 나 있었으나 지난여름의 폭우 때문에 산사태가 나서 위에서 흘러내려온 토사가 용암처럼 꿈틀대는 모습 그대로 골짜기 하부에서 멎어 있었다. 내년 여름에 비슷한 폭우가 쏟아지면 올해 기적처럼 멈추었던 토사의 용틀임이 내년에 살아나 마을을 덮칠 것은 누가 봐도 분명했다.

“모두 마을을 떠나려고 합니다.”

양사백은 작은 골짜기 초입에 떡살처럼 두텁게 쌓여 있는 토사 위에 서서 눈을 감았다. 송 노인의 목소리가 들리는 듯 했다.

“이 아래, 맞지요?”

“정확하게 그 자립니다. 이 분 정말 뭔가 아시네.”

송만이가 삽 두 자루를 찾아 들고 왔다. 양사백이 파내려 가자 송만이도 도왔다. 토사는 물기가 거의 빠져 있어 파내려가기가 좋았다. 한 시간 쯤 파내려 가자 삽날 끝을 막는 것이 있었다. 무덤 위에 엉겨 있던 잡초 뿌리였다. 삽날을 세워 잡초 뿌리를 걷어내고 계속 파들어 가자 썩어 부스러진 목곽이 삽날에 찍혀 올라왔다. 목곽은 암갈색 흙과 거의 같은 빛깔로 흙이 되어가고 있었다. 유적지를 조사하는 고고학자들처럼 손을 넣어 흙을 채질하면서 저어보았으나 유골은 나오지 않았다. 이미 흙으로 돌아가버린 것이었다.

"이거,"

광에서 퍼올린 흙을 삽날로 이리저리 파헤치고 있던 송만이가 외쳤다. 하얀 뼈 마디 하나가 수줍은 듯 지는 햇살 속에 모습을 드러냈다. 반가웠다. 양사백은 자신의 윗저고리를 벗어 땅에 펼치고 그 위에 방금 찾아낸 뼈조각을 곱게 놓았다. 그리고 그 앞에서 절을 올렸다. 절을 하면서 마음 속으로 말했다.

"노인장, 이제야 찾아왔습니다. 너무 늦었지요? 그러나 저만 탓하실 일은 아닙니다. 노인장에게도 잘못은 있었으니까요."

노인은 말하는 사람의 입을 보고 말의 내용을 대충 알아차렸다. 저승에서는 듣지 못하던 귀도 뚫려 들을 수도 있고 말도 할 수 있을 것 같았다.

"저 토사가 골짜기 초입에서 갑자기 멈춘 것이 기적이라 했지요? 기적이 아니라 당신 할아버지 송담 어르신이 온몸으로 막아준 것입니다."

"그래요? 그것 참, 고마우셔라."

그냥 건성으로 하는 소리였다. 그날 저녁밥은 찐 감자 몇 알을 소금에 찍어먹었고 다음날 아침은 옥수수 가루로 끓인 죽 한 그릇이었다. 참 조출하게 먹고 사는 집이었다. 옥수수죽 한 그릇을 먹고 난 양사백은 등산화를 꺼내 신고 낫으로 나뭇가지를 잘라 지팡이를 만들어 짚고 산으로 올랐다. 병풍산은 그리 높은 산은 아니었으나 깔고 앉은 자리가 넓어 주름마다 계곡이 깊었다. 백두대간이 금강산에서 옆으로 몸부림쳐 뒤척이면서 광덕산맥의 내룡을 빚고, 북한강 흐름을 좇아 내려와 불끈 용솟음을 한 산이었다. 구만리에 댐이 만들어지자 마치 댐을 옹립하듯 자락을 파로호 물속 깊이 내리고 서 있었다.

병풍산이 두 팔을 활갯짓하듯 크게 벌여 좌청룡 우백호를 달리게 하고 백호가 내닫다가 되돌아서서 앞을 감싸면서 안산을 빚었다. 멀리 내룡의 흐름을 짚어보니 행룡의 굴신이 하락수(河洛數)에 들어맞았다. 큰 형국을 빚었으면 어딘가에 혈처를 마련하는 것이 자연의 이치였다. 마침내 양사백은 결인속기가 뚜렷한 작은 봉우리를 타고 올랐다. 접이식 L자 막대를 꺼내어 들고 대지의 기를 빨아들였다. 막대가 자석에 끌리듯 안으로 움직여 두 막대의 끝이 서로 부딪쳤다. 강한 생기가 응축된 혈처이자 대명당이었다. 이 자리를 만나기 위해 여기까지 온 것이었다. 누구를 이 자리의 주인으로 인연 맺어 줄 것인가 고민할 필요가 없었다. 아득한 세월 저편에서부터 노인의 자리였다.

산에서 내려온 양사백은 이웃에 있는 큰 마을로 가서 농협 매점에서 주과육포를 샀다. 날을 잡고 시를 택한 결과 다음날 미시(未時: 오후 한시~세시)로 장사 일정을 잡았다. 강냉이죽으로 점심을 일찍 먹고 집을 나섰다. 송만이에게 지게를 지우고 그 위에 야외용 자리와 주과육포를 지웠다. 두 사람은 어제 점지해 둔 혈처에 광을 팠다. 곡하는 자손도 없고 소상하는 이웃도 없는 적막한 장례식이었다. 광을 파고 들어갈수록 흙은 태고 이래 공기와 접하는 것이 처음인 듯 볼을 붉혔다. 그리고 처녀의 속살처럼 향기가 있었다.

미시가 되자 광에다 어제 찾은 뼈조각을 넣고 흙을 덮었다. 봉분은 배꼽 정도 닿을만큼 나지막하게 만들었다. 봉분작업이 끝나자 가지고 간 주과육포를 진설하고 송만이와 함께 절을 했다.

"이곳에 눕기 위해 그리 먼 길을 와서 나를 만나 가르쳤던 것입니까?”

　노인의 작은 욕심이 덧없었다.

　송만이네 집에 도사가 왔다는 소문은 송담 노인을 이장하여 묘소를 만들어 준지 하룻만에 이웃마을까지 퍼졌다. 용암처럼 흘러내리다가 굳어진 토사 위에 서서 땅 밑에 묻혀버린 보잘것없는 노인의 무덤 하나를 정확하게 위치를 알고 파내려가는 것을 옆에서 지켜본 송만이가 너무 놀래어 소문을 퍼뜨린 것이었다. 이 산골에서 적빈(赤貧)하게 살면서도 웬 사무친 일들은 하 그리 많은지 집집마다 고통스러운 상처를 꼬깃꼬깃 접어두었다가 꺼내어 들고 송만이네 집의 봉당을 찾아왔다.

　맨 먼저 찾아온 사람은 칠순 노파 박금옥이었다. 두 다리를 다 절면서도 방안에 앉아서 뭉개는 영감 수발하느라 정작 자신은 아프다 소리도 못하고 사는 노인이었다. 그녀가 들고 온 것은 영감의 문제도 아니었고 그녀 자신의 문제는 더욱 아니었다. 이제 초등학교 오학년인 손자의 문제였다. 더 정확하게 말하자면 손자 녀석의 부모인 노파의 아들과 며느리의 문제였다.

　노파는 수줍음이 많아 말을 할 때도 상대의 얼굴을 바라보지 못했으나 말은 조리 있고 분명하게 하는 편이었다.

　“우리 아들 올해 마흔일곱이우. 저쪽 마을에 살고 있지. 법 없이 살 수 있는 착한 놈이우. 이 놈이 군에 가서 제대할 때 여자를 하나 데리고 왔는데 척 보니 화류계에서 놀던 여자 같습디다. 연놈이 결혼시켜 달라고 조르는데 우리 영감하고 꼬박 하루 밤낮을 생각했다우. 아들 놈이 여자에게 푸욱 빠져 죽고 못살더라구. 이거 아니다 싶은데 도리가 있어야지. 영감이 그럽디다. 저놈 용기도 없고 숫기도 없는 놈이라 가만 두면 장가도 못갈 판인데 요즘 처녀 눈이 삐지 않았으면 이런 땅뙈기 하나 없이 가난만 뚝뚝 흐르는 시골집에 어느 미친 년이 시집 오겠수. 천상 외국에서 코도 납작하고 말도 안 통하는 여자 데리고 와야지. 그래서 마지못해 결혼을 시켰다우. 도시에 나가 어렵게들 살고 있는 지 누나들이 좀 도왔지. 한데 우리 며느리 본성이 애 하나 낳고 드러납디다. 어느날 도시에서 무슨 차 운전한다는 남자가 찾아와 잠시 쑥덕거리더니 그만 세 살짜리 아들을 버려두고 집을 나가 행방불명 돼버렸어요. 나중에 알고 보니 며느리가 우리 아들하고 결혼을 서두른 것은 다 이유가 있었더라고. 그 바닥에서 몸을 빼자니 결혼을 핑계대야하고 정작 좋아하는 남자랑은 당장 결혼할 처지가 못 되고. 그러다가 그 남자가 마침내 나타난 거라. 둘이 도망가서 인천 어디선가 살면서 또 애도 낳았다우. 무슨 여자가 폭 쑤시면 쑥 뽑아내기는 잘 하지. 우리 아들이 문제였다우. 그쪽에서 애 낳고 잘 사는 여자를 사생결단 수소문하여 찾아가 붙잡은 거라. 데리고 왔다우. 그 꼴이 가관이었다우. 연놈이 날마다 싸우는데 저러다가 누구 하나 죽지 했는데 며느리가 날마다 술을 마시고 행패를 부리는 거라요. 시아버지도 몰라봅디다. 그렇게 몸부림을 치더니 반년 살다가 또 도망을 쳐요. 그 사이 손자가 일곱 살이 되고 학교에 들어갔다우. 학교 가더니 선상님이 찾아와 하는 말이 손버릇이 나쁘다고 해요. 이대로 놔두면 틀림없이 소년원에 가야할 거다, 그러니 지금부터 다잡아야 한다, 하지만 그 애비 되는 놈, 우리 아들 말이우, 도망간 여편네 찾아 다니느라 자식놈 돌볼 겨를이 없었거든요. 아이는 선상님 말대로 되더라구. 학교 아이들 것을 훔치더니 누가 대들면 두들겨 패고, 선상님 지갑까지 훔치는 바람에 파출소로 갔지. 그게 첫 출입이었수. 그

뒤부터 파출소 가는 것을 두려워하지도 않고 아이가 정말 무섭게 변하더라구요. 애비가 애미를 찾아가 아이 얘기를 했나봐. 애미년이 아들을 가르치겠다고 다시 돌아왔어요. 와서는 날마다 술 마시고 싸우고 아이 가르치기는커녕 더 나쁘게 만들어놨지. 그래놓고 또 도망간 거라우. 우리 영감도 젊을 때부터 다리가 시원찮더니 지금은 앉아서 끌고 다닌다우. 죽어야 하는데 죽지도 못해요, 저 손자놈 때문에."

"그 손자 좀 봅시다."

"지금 없어요."

"어머니가 데리고 갔어요?"

"그 년은 그쪽에도 아이가 벌써 둘이나 된다고 합디다. 따지고 보면 불쌍한 년이지. 이쪽 저쪽에 애만 펑펑 싸질러 놓았으니 오도 가도 못하고 헛갈리니 맨날 술만 퍼마시는 거지. 사정이 그러니 아이를 그쪽으로도 못 보내고 할아버지 할머니 집에 데리고 사니 아이만 나빠지고 그래서 걱정이 태산인데 저쪽 마을에 교회가 있거든. 그 교회 전도사님이 아는 사람 통해 그런 아이들 맡아서 가르치는 무슨 시설이 춘천에 있다고 소개해 주길래 거기 보내놨어요. 벌써 반년이 지났는데 보고싶고 걱정돼서 눈이 짓물렀어요. 아무래도 이상한 것은 우리 아들놈이라, 도대체 그런 여편네 뭐가 좋다고 도망가면 찾으러 다니고 돌아와 술주정하는 거 다 받아주고 애걸하면서 붙잡는지 정말 모르겠다우. 귀신에게 홀린 거라면 푸닥거리라도 해서 떼버려야지 안 되겠수, 정말."

양사백은 노파가 가지고 온 아이 부모와 아이의 사주를 놓고 분석해봤다.

"제 말 잘 들으셔야 합니다. 아이 부모도 살리고 아이도 사는 길이 있긴 있어요."

"무슨 길이우, 그게? 일러만 주시면 그대로 하겠습니다."

"먼저 아이의 부모들, 아들과 며느리부터 보겠습니다. 이 사람들 둘 다 마흔일곱 동갑인데 곧 해가 바뀌면 마흔여덟이지요. 이 사람들 둘 다 마흔아홉이 끝이고 그 뒤가 보이지 않습니다. 두 사람 다 자기들도 모르는 귀신에게 이끌려 다니다가 불이나 물 속으로 뛰어들 팔자라, 가만 놔두면 인생 끝이 납니다. 두 사람 다 사는 길은 찢어져야 합니다. 이제 며느리를 놔줘야 합니다."

"글쎄, 그렇게도 해 봤는데, 안 되더라구요. 이 년이 두어 해 지나면 자식 놈 보고싶어 제발로 기어들어오는 거라우. 그러고는 또 나가고. 올 때 보니 온 몸에 피멍 든 상처 투성이라 저쪽에서도 사는 것이 만만찮은 모양이라고 짐작이 갑디다. 불쌍하지요, 따지고 보면. 그런 여자라 저쪽에서 두들겨 맞고 쫓겨났을 때 우리가 받아주지 않으면 그 불쌍한 것이 어디를 헤매겠어요?"

"그래도 이제 어느 한쪽에 닻을 내려야 합니다. 아니면 모두 죽어요."

"그것들은 죽든지 살든지, 부모 자식 골병 들이고 그만큼 살았으면 아깝지도 않아요. 헌데 우리 손자놈 인간 만들어 살겠어요?"

"지금 열셋인데 열일곱이면 정상으로 돌아와 좋은 청년으로 제 운명을 개척해 나갈 겁니다. 그때까지는 방황하면서 말썽을 부리겠지만 참고 지켜봐야 합니다. 인간 하나 만드는데 최소한 이십년은 걸리거든요. 그러나 부모가 완전히 갈라서지 않으면 아이의 사주에도 먹물이 튀게 됩니다. 저쪽 산등성이 밑에 있는 외딴집에 사시지요? 그 집 안방에 사는 것은 좋지 않습니다. 동사택(東四宅) 불배합인데다 오행이 상극이라

육살택(六殺宅)입니다. 비록 찌그러지기는 했지만 대문간에 들어서면 오른쪽으로 행랑이 하나 있지요? 농기구 넣어두는 창고 옆에 붙은 방 말입니다."

"그건 우리 손자가 오면 손자가 쓰고 며느리가 오면 며느리가 쓰는 방이우."

"그 방을 이제부터 영감님 내외분이 쓰세요. 구멍난 바람벽에는 거적을 대고 찌그러진 문짝도 손을 보아 북풍을 막으세요. 그 방으로 옮겨 사시면 영감님의 굳어진 다리도 조금 풀리게 될 겁니다."

"하지만 우리 손자가."

"손자가 집에 돌아오면 그 방에서 함께 살면 됩니다. 반드시 그렇게 하세요."

"그게, 참, 큰일 났네."

중얼거리며 돌아갔지만 노파는 정확하게 양사백이 일러준 그대로 실행했다. 행랑채의 작은 방은 봄에 손자 녀석이 춘천의 무슨 기독교 단체가 운영하는 시설에 들어가기 위해 떠난 뒤로 비워두었기 때문에 쥐가 들락거리며 벽에 두 군데나 구멍을 내놓았고, 몇 해째 창호지를 새로 바르지 않은 문짝은 너덜너덜했다. 대체 도사는 남의 집에 와보지도 않고 이 모든 사정을 어떻게 알았을까. 그녀는 도사를 믿고 따르는 외에 달리 할 수 있는 일이 없다는 것을 알고 있었다. 도사는 안방에서 행랑으로 옮기는데 별도로 날을 받을 필요가 없기 때문에 준비가 되는대로 빨리 옮기라고 했었다. 그 말대로 그날 저녁 무렵 노파는 송만이를 불러 영감을 업어 행랑에 옮긴 후 아궁이에 군불을 지폈다. 구들 사이 갈라진 틈으로 연기가 새어나와 온 방안을 자욱하게 덮었으나 영감은 그 연기의 냄새와 맛을 즐기고 앉아 있었다. 그런 영감을 보니 노파도 공연히 기분이 좋아졌다.

겨울인데다 산골 마을이라 해가 늦게 떴다. 사람들은 따뜻한 태양이 떠오르는 모습은 보지 못해도 사방이 밝아지고 사물이 눈에 들어오면 그것으로 아침이 온줄 알았다. 아침이 오고 새 날이 왔기 때문에 일을 하다 문득 머리를 들어보면 병풍산 마루에 올라앉아 있는 해와 눈이 마주치는 것이었다. 그날은 해가 병풍산 정상에 올라앉기도 전부터 마을이 술렁거렸다. 이번에도 들쑤시고 다니는 소문의 진원지는 송만이였다.

"병원에서 마누라가 전화를 했어요. 대체 내가 무엇을 했느냐고 합디다. 아무것도 한 일이 없다고 했더니 이 마누라 말이 어제 오후에 다시 CT 촬영을 했는데 난소에 종양이 다섯 개에서 세 개로 줄어들었고, 남은 세 개도 크기가 쪼그라들었다고 해요. 의사들도 영문을 몰라 좀 더 관찰해 보고 수술을 하든지 항암치료를 하든지 하겠다고 한답니다. 그때야 생각이 나서 내가 그랬어요. 장마에 밀려온 토사에 파묻혔던 할아버지 무덤을 도사님이 와서 단박에 찾아내서 명당에 장사 지내 드렸다고. 더 놀라운 일은요, 우리 마누리 꿈에 그 할아버지, 시한아버지 말입니다. 그 할아버지가 현몽하여 아픈 곳을 만져주었다는 거요. 이제 살았습니다. 우리 마누라, 불쌍한 여자, 이대로 가면 나는 어찌 사나 했는데 살아나게 됐어요. 다, 도사님 덕분입니다."

송만이 마누라에게서 일어난 일은 송만이가 원래 부풀게 이야기하는 버릇이 있는지라 깎아서 듣던 사람들도 술꾼 며느리를 둔 노파의 말은 믿을 수 밖에 없었다.

"새벽녘에 방이 식어 영감 다리가 더 아프면 어쩌나 걱정되어 일어
나 군불을 좀 떼야겠다 하는데 몸이 말을 안 듣습디다. 그래서 이불 속
으로 더 기어들었는데 그때 아궁이 쪽에서 딱 딱 하고 나뭇가지 꺾는
소리가 나데요. 나무가 타는 냄새가 나고 연기가 방을 가득 메웠습니다.
무슨 소린가 궁금하기도 하고 연기 때문에 숨을 쉬기도 어려워 밖으로
나가보았습니다. 아, 그랬더니 우리 영감이 군불을 떼고 있습디다. 앉아
서 군불만 떼는 것이 아니라 일어나 나뭇단을 아궁이 앞으로 옮기기도
하더라니까. 이게 어찌 된 일이냐고 물었더니 자기도 모르겠대요. 아침
을 먹고 나서는 이년만에 처음으로 대문 밖으로 나가더라니까요. 안방
에서 행랑으로 옮길 때 벌써 기분이 좋더니 이런 일이 벌어지네요."

마을의 가구수는 정확하게 아홉집이었다. 송만이네 집과 노파의 집
을 빼고 나머지 일곱집 사람들이 그날 중으로 모두 양사백을 찾아왔다.
올때 돈은 절대 받지 않는다고 알려두었기 때문에 옥수수 낱알이 가득
담긴 자루를 둘러메고 오는 사람도 있었고, 닭을 잡아 들고 오는 사람
도 있었다. 무엇이거나 집안에서 귀중한 것을 찾아 하나씩 들고 왔다.

일곱집 중에서 두 집은 도시로 나간 아들이나 딸의 운수를 물었고,
세집에는 집안에 중병이 든 환자가 있었다. 한집은 하는 일마다 되는
일이 없는데다 비육우 열다섯 마리를 입식하여 길렀더니 한우에게만
치명적인 병을 일으키는 바이러스가 유행하는 바람에 소값도 떨어지고
판로도 막혀 죽을 지경이라고 했다. 나머지 한집은 오십대 후반의 부부
로 이미 이 궁벽한 산촌을 떠나 서울로 가서 남은 인생을 걸어보기로
작정을 해놓고 있었다. 그들 또한 불확실한 미래를 알고 싶어 했고, 불
안 속에서도 가느다란 희망의 끈을 가지고 싶어 했다.

양사백은 일곱집 사람들에게 성심을 다하여 일일이 처방을 내려주었다. 집에 문제가 있는 사람에게는 집의 흉조를 보완하는 방법을 일러주었고, 조상의 무덤에 문제가 있는 집 사람에게는 함께 선영에 가서 무덤의 길흉을 판단하여 옮길 것은 옮기라고 권하고 그런 경우 새로운 묘자리까지 물색해 주었다. 사주나 관상이 워낙 좋지 않아 흉액을 막을 길이 보이지 않는 사람에게도 천명을 거슬러 뒤바꿀 유일한 힘은 덕행(德行) 뿐이라는 사실을 설득하여 새로운 기대와 희망을 품게 해 주었다.

"겉으로 다들 잘 살고 있는 줄 알았는데 걱정 근심 없는 사람이 한 집도 없네요, 하."

송만이가 두 손을 모아 부비며 말했다.

"걱정 근심이 없으면 그걸 불가에서는 열반이라고 합니다. 아무 일도 없는 상태, 무위(無爲)를 열반이라고 합니다. 죽은 상태나 마찬가지지요. 그러므로 살아 있다는 것은 걱정이 있다는 것이고 걱정 근심이 있다는 것은 살아 있다는 뜻입니다."

"가만, 그렇다면 목숨 붙어 있는 동안에는 걱정 근심이 사라지지 않느냐, 그런 뜻인가요?"

"그렇다니까."

"에이, 디리운 인생."

그래놓고 송만이는 다시 두 손을 부볐다.

"더러운 인생을 빨리 소모시키기 위해 술이나 한 잔 해야겠어요. 내일은 춘천에 가서 마누라를 만나야지. 만나서 오늘 배운 이야기를 가르쳐 줘야겠어요."

송만이가 술 마시고 싶다고 말하자 술이 제 발로 들어왔다. 화천에서 택시 운전을 하는 그의 처남 정수돌이 막걸리 몇병에다 빙어 회무침을 싸들고 찾아온 것이었다. 햇살이 포근한 마루에 개다리 소반을 갖다놓고 그 위에 빙어 회와 막걸리잔을 늘어놓고 세 사람이 둘러앉았다.

"도대체 요즘은 왜 이런지 모르겠습니다. 오늘 아침에도 내가 술 한잔 해야겠다 하고 도사님에게 말하자마자 처남이 술을 싣고 짠 나타났단 말이오. 도사님께서는 요술도 부리십니까?"

"그런 결례의 말씀을."

정수돌이 말이 헤픈 자형을 팔을 저어 제지했다.

"선생님을 이곳에 모셔다 드리고 집으로 돌아가 마누라와 둘이서 많은 이야기를 했습니다. 돌팔이인지도 모르니 인터넷에 찾아보자 하여 인터넷에 들어갔더니 선생님에 대한 이야기가 몇 건 있었습니다. 찬반이 분명하게 갈라져 있더군요. 도선 국사의 환생이라는 극찬도 있었고 풍수계의 물을 흐리는 독불장군으로 사이비라는 혹평도 있었습니다. 그러다가 어떤 이가 지금 정권을 잡은 측의 천도설에 반대하고 한양지기설을 주장하는 대표적인 지사라는 글이 있었습니다. 비록 무식한 지방 소읍의 택시운전사이기는 하지만 저도 알만한 것은 압니다. 선생님이 배낭 하나 달랑 메고 이 궁벽한 땅에 오신 까닭이 무엇일까, 생각해 보고 도선 국사라면 선생님과 같은 행동을 하지 않았을까, 하고 생각했습니다. 우리는 당장 선생님이 시키신대로 출입문의 방향을 바꾸고 식당을 키우느라 확장했던 가건물을 철거했습니다. 그리고 아예 그 집을 매물로 내놨어요. 옮기기 위해서요. 그랬는데 출입문을 바꾸면 찾아오던 손님들이 발길을 돌리지 않을까, 엄청 걱정을 했는데 거꾸로 손님이 바글바글 하는 거라요. 이 정도면 가게를 옮기지 않고 이 자리에서 계속 식당업을 해도 괜찮겠다는 생각이 들 정도였으니까요. 하지만 가게가 팔리면 가까운 곳으로 옮길 생각입니다. 선생님께서 하라고 하신대로 할 참이니까요."

"처남이야말로 살판났구만. 아무리 그래도 애가 없으니 인생 글렀어."

송만이가 배가 아픈지 손 아래 처남을 끌어내렸다.

"그 문제도 해결이 될 것 같습니다."

"어떻게? 양자라도 들일 작정인가? 자네 마누라님이 성격이 모질어서 남의 핏줄 키우지 못할 텐데."

"그게 아니고, 우리가 나을 겁니다. 가게의 출입문을 돌리고, 가건물을 철거한 그날 밤부터 마누라가 이상해졌어요. 몸이 뜨겁고 자꾸만 덤비는데 처음에는 이 여자가 드디어 미치는구나, 하고 겁이 날 정도였다니까요. 우린 요즘 밤마다 신혼입니다. 그러니 아기가 태어나는 것은 시간문젭니다."

막걸리와 빙어회는 신혼 재미를 가져다 준 데 대한 보상이었다.

원래는 한 달을 머물 생각이었다. 그러나 이 작은 마을에 온지 겨우 열흘도 안 됐는데 소문이 너무 크게 나버렸고, 사람들의 기대도 너무 부풀어 있었다. 양사백은 가지고 온 막걸리를 다 비우고 일어서는 정수돌을 따라 일어났다.

"막걸리 마시고도 운전 괜찮겠소?"

"두 잔 밖에 마시지 않았습니다. 제가 많이 떠들어서 많이 마신 것처럼 보였겠으나 운전에 지장이 있을 정도로 마시지는 않습니다."

“그럼 나를 화천 버스터미널까지 태워 주시오.”

“도사님, 제가 뭘 잘못한 것이라도 있습니까?”

송만이가 물었다.

“떠날 때가 됐습니다. 사실은 너무 오래 머물렀습니다.”

20.
개벽

서울의 집으로 돌아오니 마누라 허정자가 이층의 서재에서 책을 정리하고 있었다.

"영영 안 돌아 오시면 이 책들을 학교나 도서관에 보내려고 정리하던 중이었습니다. 며칠 됐다고 벌써 집이 그리워지던가요?"

"게딱지 같아도 바람과 추위를 막아줄 집만큼 소중한 것도 없어요. 그 속에서 살과 피를 나눈 인연이야 더 말할 것 없지."

"오늘 도착한다고 누구에게 알렸어요?"

"천만에, 사실은 나도 몰랐어요, 오늘 아침까지."

"참 이상하네. 마치 오늘 오실 줄 알고 있는 사람 같았는데."

"누구랍디까?"

"소기섭이라고 했어요. 많이 듣던 이름인데, 누구에요?"

"국회의장을 하고 싶어 하다가 물먹은 사람이오. 만나자고 했소?"

"또 찾아온다고 했어요. 마침 저기 오시네."

좁은 골목이라 주차할 공간이 없어 자동차를 대문 앞에서 돌려보내고 소기섭 혼자 대문 안으로 들어서고 있었다. 그는 여전히 반죽이 좋았다. 어제 만나고 오늘 다시 만나는 사람처럼 스스럼이 없었다.

"나도 이제 도사급으로 등록을 해야겠군. 양 선생이 오늘 올 줄 알았거든."

"정치 때려치우고 도사로 밥 먹고 살아도 되겠습니다."

"하긴 당장 때려치우고 싶어요. 물 먹었습니다."

"누구에게?"

"누군 누구겠소. 새로 대통령 된 아마추어지. 이 자들이 민족당 조직에 올라타고 대권을 잡더니 싹 안면을 바꾸는 거라. 우리에게는 껍데기 몇 개 던져주고 지들끼리 북치고 장구치고 신바람 났어요, 권력 놀이에 너무 도취한 나머지 나라 경영이라는 본분을 잊어버릴 정도로."

"본분을 잊어버리기는 민족당 쪽이 먼저였지요, 아마?"

"하긴 그랬지요. 우리도 이 자들과 손을 잡았다가 대권을 쥐기만 하면 버릴 생각이었으니까. 어쨌든 이 아마추어들의 등장으로 한 시대가 갔어요. 내가 마지막 정치인인 것 같소."

허정자가 녹차를 받쳐들고 왔다. 찻잔으로 입술을 축이던 소기섭이 문득 잊은 물건을 찾은 듯이 말했다.

"무애 스님 열반하신 것 아시지요?"

"언제요? 스님은 항상 스스로 백오십세까지는 살 수 있을 거라고 장담하셨는데, 그 새를 못참고 떠났습니까?"

"내가 보기에는,"

소기섭이 허정자의 눈치를 보며 목소리를 낮추었다. 허정자가 자리를 피해 아래층으로 내려가자 소기섭이 말했다.

"절에 있던 그 여자, 무슨 연꽃이라 했는데 연꽃 치고는 너무 붉었어요. 스님에게는 너무 젊었고. 총무하던 정관 스님이 전화로 알려 왔기에 대놓고 물었어요. 혹시 복상사 아니냐 하고. 정관도 딱 잡아떼지는 않습디다. 다비식에는 내려가 볼까 합니다. 우리 총재님과는 여러 가지로 인연이 깊은 분이었어요. 너무 속물이라 헷갈리기는 했지만, 편한 데도 있었습니다."

"바쁜 국회의원이 여기는 왜 왔습니까?"

"나도 뭔가 결정을 해야 하거든요. 마지막 정치인이라 했지만, 그 마지막이 언제냐, 지금이냐, 몇년 뒤냐, 이걸 모르겠단 말입니다. 양 선생님께서 가르쳐 주십시오."

"더 기다리세요."

양사백은 잘라 말했다.

"어차피 세월은 흐르고 권력은 썩습니다. 썩은 시신 위에 파리떼가 뀁니다. 신선하던 아마추어가 썩으면 더 철저하게 썩어요. 그때를 기다리기만 하면 기회는 옵니다."

"총재님에게도 그렇게 전하겠습니다. 총재님께서는 이번에 너무 실망하셔서 자칫하면 잔을 던져버리고 싶을 정도로 정치에 넌덜머리를 내셨습니다. 그러나 일단 정권을 잡으면 역대 어느 누구도 흉내도 낼 수 없는 지도력을 발휘할 겁니다. 우리는 모두 그 꿈을 지니고 있어요."

"배가 고플 겁니다. 오랜 세월 들판에서 남이 뜯어먹는 고깃덩이만 쳐다보고 살았습니다. 배고픈 짐승들 앞에 고깃덩이가 던져지면 어떤 일들이 벌어질까요? 내 눈에는 그것이 보입니다."

"사실은,"

하고 소기섭이 목소리를 낮추었다.

"여삼락 대통령이 오늘 내일 중으로 하야 성명을 낼 예정이라고 합니다."

양사백은 묻지 않았다. 소기섭의 다음 말을 기다리며 그의 입을 바라보았다.

"성명에서는 그 이유를 그럴듯하게 둘러대겠지요. 언론은 미국과 북한 정권의 음모론을 들고 나올 테고, 민족당이 사년을 기다리지 못하고 밑에서 흔들었기 때문이라고 짚어내는 사람도 있을 겁니다. 하지만 나는 진짜 이유를 알아요."

"뭡니까?"

"고육지책입니다. 자기 주변의 사람들, 학자와 시민운동가들이 권력의 맛을 보고는 빠르게 부패해가는 것을 지켜보면서 낙망하고 있다는 이야기를 들었어요. 그런 부패가 더 진척되기 전에 예방하려는 고육책으로 대통령 사임이라는 전대미문의 결단을 내린 겁니다. 그 양반이라면 충분히 그럴 수 있는 인물이거든요."

"주변 사람들이 부패해 간다는 것을 어떻게 알았을까요?"

"우리 민족당과 전에 여당이었던 청우당 쪽에서 조직의 모든 힘을 쏟아 그에 관한 정보를 수집해 오고 있었습니다. 여삼락의 주변 인물들 과거를 들춰내고 권력 잡은 후의 행적을 현미경으로 들여다보는 거지

요. 엄청난 양의 정보들이 쌓여 있습니다. 그것을 털어내면 날마다 여삼
락 정권의 비리를 폭고할 수 있는 수준입니다. 대권에 오른지 겨우 한
두 달에 이 지경이니 앞으로 사년을 견딜 일이 아득했겠지요. 그래서
던진 겁니다.”

“던진 것이 아니라 민족당과 청우당이 합세하여 정권을 여삼락에게
서 탈취한 거로군요.”

“그게 그거지요. 양 선생이 예언했던대로 이루어진 겁니다. 그래서
제가 어제 오늘 두 번이나 선생을 찾아온 겁니다. 그 다음이 어떻게 되
겠습니까?”

“그 다음이라니요?”

“보궐선거에서 우리 총재님이 대권을 잡을 겁니다. 그 다음이 궁금해
요.”

“개벽은 지나갔습니다.”

양사백이 말했다.

“여삼락 대통령이 당선된 것이 이 땅의 천지개벽이었습니다. 환골탈
태할 기회였지요. 그러나 그 기회를 정치하는 사람들이 속물들의 게임
으로 전락시키고 말았어요. 이제 이 나라와 민족의 앞날은 뻔한 수순으
로 가겠지요. 다른 것은 잘 모르겠지만 소 대표님의 앞날에 대해서는
조금 알만합니다.”

“말씀해 주십시오.”

“소원대로 국회의장도 하고 그보다 더 실속 있는 권력을 잡기도 할
겁니다. 그러나 결국은 마지막 정치인이 될 겁니다.”

“마지막 정치인……요?”

"그렇습니다. 마지막 정치인."

양사백이 입을 다물어버렸으므로 소기섭은 그 말을 몇 번이나 입속에서 굴리닥 화제를 돌렸다.

"마지막 정치인, 그것도 괜찮겠네. 양 선생은 또 어디로 가실 겁니까?"

"모르겠어요. 북으로 가는 길이 막혔으니 남쪽으로 가야지요. 가다가 막히면 돌아오고, 다시 떠날 겁니다."

"풍수의 진리를 무엇으로 입증할 생각입니까?"

"내 신후지(身後地)를 마련해 놓았느냐 하는 말씀이지요? 도선 국사도 자신은 출가 승려로 무자식이었지만 자기를 낳아준 모친의 무덤을 명당에 마련코자 했으나 천파(天破) 당했다고 합니다. 전설적인 명풍수 격암 남사고도 자신은 명당에 들지 못했고, 어사 박문수나 토정 이지함도 자기 무덤은 명당에 마련하지 못했습니다. 나는 지난 날 어리석게도 그 이유를 그 분들의 풍수기법이 완전치 못해서 그랬던 것으로 생각했습니다. 그러나 지금은 달라요. 그 분들도 산천을 주유하다가 대명당을 보면 일단 제 무덤으로 확보해 놓고 싶었을 겁니다. 그러나 곧 명당 기운으로 가호를 입는 외에는 어떤 힘도 재산도 없는 사람이 명당을 간절히 필요로 할 때 선뜻 그 자리를 내놓지 않았겠습니까. 그게 풍숩니다."

오랜 침묵이 흘렀다. 밖에는 어둠이 내리고 있었다. 소기섭이 일어나면서 말했다.

"이제 다시는 풍수를 찾지 않을 겁니다."

악수하자고 손을 내밀었다.

"마지막 풍수가 떠나는 뒷모습을 보았으니 이제는 풍수를 찾을 일도 없을 테지요."

소기섭의 운전수가 자동차를 대문 앞에 세워놓고 마당으로 들어오고
있었다.

임기를 다 채우는 대통령은 엉터리다(?)

　이런 류의 소설에는 대개 '실제 모델이 누구냐?' 하는 궁금증이 따른다. 주인공인 풍수는 누구를 모델로 했느냐 하는 관심에 못지않게 이야기에 등장하는 대통령은 누구냐, 중도하차하는 것으로 설정되어 있는데 혹시 고 노무현 전 대통령을 모델로 했느냐? 아니면 앞으로 대통령이 될 사람의 운명을 예견한 것이냐? 등등의 뒷이야기들이 있을 것이다.

　먼저 풍수 이야기부터 해야겠다. 오늘날 풍수는 존재하지 않는다. 지금도 누군가 죽으면 산에 가서 묘자리를 봐주고 방위와 하관 시간을 정해주는 따위의 일을 하면서 쥐꼬리만한 수고비로 연명하는 지관들은 더러 있다. 그러나 진정한 의미의 풍수는 존재하지 않는다. 나라의 대들보를 양성한다는 목적의식으로 발품을 들여 대지의 기운을 찾는 명풍수가 설 자리가 없기 때문이다. 과학적 사고와 낯선 종교가 밀어낸 것이 아니라 풍수 스스로 자기 존재를 부정하면서 막연한 기복 미신의 언덕에 기대어 연명해 왔기 때문이다. 풍수의 이론적 바탕을 이루는 동기감응에 대해서도 합리적이고 과학적인 설명을 할 수 있어야 하는데 그게 부족한 것도 풍수의 존립 기반을 무너뜨리는 원인 중의 하나다.

　그래도 풍수는 살아 있다. 과학적 사고와 합리주의가 미치지 못하는 삶과 죽음의 경계에서, 헤아릴 수 없이 많은 원인과, 원인의 원인이 얽히고 설켜 민족, 국가, 세계를 형성하고 흐르게 하는 어간에 서서 흐르는 방향을 가리키고 보정하는 도인들이 살아 있는 것이다. 이 이야기는 그런 고독한 도인들 중 한 사람의 이야기다.

　두 번째로 대통령 이야기다. 정말 대통령 다운 대통령이 들어서면 그는 주어진 수권의 시간을 다 채우지 못하고 중도하차하지 않을 수 없다는 한국적 현실을 보여주고자 했다. 주어진 시간(5년인가?)에 열심히 파먹고, 그럭저럭 버티며 가신들과 집안 살림을 챙기다가 내려오는 대통령들은 많이 보아 왔지만 나름의 이상향을 건설하려다가 앞뒤로 받쳐 끝내 도중하차하는 그런 대통령은 아직 보지 못했다. 장차 그런 대통령이 나와야 한다는 서글픈 기대를 풀어본 것이다. 역설적으로 시간을 다 채우고 내려오는 대통령들은 다 엉터리라는 뜻이기도 하다. 고 노무현 전 대통령은 말로는 '그만두고 싶다'고 하면서도 임기를 채웠으니 그는 이 소설의 모델이 아니다. 그럴 자격이 없는 것이다.

　머지않아 우리는 나라의 명운을 좌우할 사람 한 명을 선택해야 한다. 대선이 코 앞에 닥친 것이다. 누가 될 것인지 예상표를 만들어 보자는 것이 아니라 선택을 제대로 해야 한다는 함의가 아주 없지는 않았다는 것을 솔직하게 밝혀야겠다.

마지막 풍수

발행일 | 초판 1쇄 2012년 7월 25일

지은이 | 이 청
펴낸이 | 고진숙
펴낸곳 | 도서출판 문화문고
책임편집 | 김종만
표지디자인 | 송우진
본문디자인 | 배경태
CTP출력 | 상지사피앤비
인쇄·제본 | 상지사피앤비
물류 | 문화유통북스
출판등록 | 제 300-2004-89호(2005년 5월 17일)
주소 | 110-816 서울시 종로구 부암동 129-8 울트라타임730 오피스텔 612호
전화 | 02-379-8883 팩스 02-379-8874
이메일 | mbook2004@naver.com
ISBN 978-89-7744-034-0(03810)